KB140005

미公開 헤밍웨이 단편선

未公開 헤밍웨이 단편선

김유조 譯

ksi 한국학술정보[주]

책 머리에

아버지와 어머니 마티(헤밍웨이의 세 번째 부인 마더 겔론: 역주)는 1940년, 쿠바의 아바나 근교에 "핑카 비지아"(전망 좋은 농장이란 뜻: 역주)를 임대했는데 그 곳은 결국 그의 임종까지 22년 동안이나 고향집의 역할을 했다. 당시만 해도 그 곳의 남쪽편으로는 진짜 전원 풍경이 있었다. 지금은 이 전원도 사라졌다. 그렇다고 안톤 체홉(헤밍웨이가 즐겨 읽었던 러시아 작가: 역주)의 작품에 나오는 벚나무 과수원처럼 중산층 부동산 소개업자들이 전원을 파괴한 것은 아니다. 부동산 개발에 의한 전원 파괴의 운명이야 푸에르토리코에서도 일어났고 카스트로의 혁명만 아니었더라면 쿠바에서도 일어났을는지 모른다. 그러나 이 곳은 빈민들의 숫자가 폭발적으로 늘어난 데다 그들이 판자촌을 마구 지었기 때문이었다. 이런 현상은 "대 안틸레스" 제도(서인도제도의 일부: 역주)에서는 어디나 마찬가지이었다. 그들의 정치적 성향이나 신조야 어쨌거나 말이다.

어머니 마티는 우리들을 위하여 농장의 한쪽에 작은 집을 마련해 주었다. 어린 시절, 이 집에서 우리가 이른 아침에 선잠이 깬 채 자리에 누워 있으면 남쪽으로 보이는 그 전원에서는 메추라기 울음소리가 들려오곤 했다. 그건 날카롭게 우짖는 소리였다.

그 전원은 마니구아라는 덤불 숲과 불꽃이 타오르는 듯한 모양의 키 큰 나무들로 덮여 있었는데, 이 나무들은 그 곳을 관류하고 있는 수로를 따라 자라고 있었다. 야생의 기니꿩이 이 수로 주변으로 오곤 했는데 저녁이면 나무 위에 홰를 쳤다. 이 꿩들은 덤불 숲 속에서 몰려다닐 때나 땅을 후벼 팔 때는 서로 불러대곤 했는데 하루 종일 모이를 찾아 쫓아다닌 후에는 단숨에 훌쩍 횃대로 되돌아갔다.

마니구아 덤불 숲은 아프리카 원산의 키가 낮은 아카시아 숲으로, 흑인 트기들의 말에 의하면 그 씨앗들은 검둥이 노예들의 발가락에 묻어서 처음 이 섬에 도래했다고 한다. 기니꿩들도 역시 아프리카 원산이었다. 이 꿩들은 스페인 사람들이 데리고 온 사육 꿩들과는 달리 길들여지는 일이 결코 없었다. 그리고 몇 마리는 도망을 가서 이 열대 다우의 몬순적도 기후 속에서 왕성하게 번식하였다. 아버지 말씀에 의하면 이 꿩들처럼 검둥이 노예들도 다수 남미의 해안에서 노예선이 난파했을 때 도망을 쳤는데, 그 대다수가 외부의 영향 없이 자신들의 문화와 언어를 지키며 모여 사는 모양이었다. 그들은 아프리카에서 살던 꼭 그대로 오늘날까지도 이곳 오지에서 함께 살아가고 있었다.

비지아라는 스페인 말은 전망, 혹은 조망을 뜻한다. 비지아 농장은 언덕 위에 있어서 아바나 전경을 거칠 것 없이 내려다보고 있었고 북쪽으로는 해안의 평원도 조감하였다. 북쪽으로는 아프리카적인 요소나 심지어 대륙적인 모습도 전혀 보이지 않는다. 그 쪽은 흑인 트기들이 사는 섬 풍경으로, 화가 윈슬로우 호머가 적도를 그린 수채화 같이 낯익은 경치였다. 그 풍경에는 대왕야자나무들과 푸른 하늘이 펼쳐져 있었는데 작고 흰 뭉게구름이 브리사라고 하는 얄팍한 북동 무역풍에 얹혀서 모양과 크기를 끊임없이 바꾸며 피어나고 있었다.

늦은 여름에는 태양을 따라서 열대 무풍지대가 북쪽으로 움직이며 열기가 오후마다 형성되기 때문에 종종 엄청난 뇌우가 쏟아진다. 그러면 남쪽 대륙에서 형성되어 북쪽 바다 방향으로 움직여 나가는 츄바스코스, 즉 습윤한 열기가 잠시나마 씻겨 없어진다.

　어떤 해의 여름에는 허리케인이 한두 차례 이 섬의 가난한 사람들이 사는 판자촌을 엄습한다. 허리케인의 희생자들은 그렇지 않아도 이미 불충분한 수도 사정, 술 취한 미군 병사들의 호세 마르띠 동상에 대한 방뇨 사건, 이에 대한 호된 비판적 보도와 의식화된 국민적 분노감 및 설탕 값 등으로 인해 팽팽하게 긴장되어 있는 이 나라의 정치 상황에 새로운 위기감을 더하게 된다.

　번개는 여름마다 어김없이 여러 차례 우리집을 내리쳤다. 그러니 거기서 보낸 어린 시절에 뇌우가 쏟아질 때면 우리는 아무도 전화를 쓰지 않으려고 했다. 특히 아버지가 전화를 거시다가 마루 바닥에 나뒹굴어진 후부터는 그랬다. 그 사건 때는 아버지와 온 집안이 성 엘모의 불길 같은 푸른 불빛 속에서 방전이 되어 번쩍이고 있었다.

　핑카에서 생활을 시작한 초기에 아버지가 소설을 쓰시는 것 같지는 않았다. 물론 편지는 많이 쓰셨는데 그 중 한 편지에서는 이제 쉬어야 할 차례가 왔어 라고 밝히고 있다. 어머니 마티는 세상일이야 어떻게 복잡하게 돌아가든지 말든지 내버려두고 글만 쓰는 사람처럼 보였다. 그러면서 스페인 내전이 끝날 무렵, 마드리드에서 두 분이 함께 지내시며 맛보았던 고양된 흥분의 취향을 지속시키는 듯싶었다. 아버지와 어머니는 수영장 옆에 나란히 있는 클레이 코트에서 서로 자주 테니스를 쳤다. 그리고 종종 친구들을 대동한 테니스 파티도 열었는데 아바나에 있는 하이알라이 코트에서 주로 치는 바스크 출신의 프로 선수들이 대거 참여하였다. 이들 중 한 사람은 키가 요즈음 젊은 여자들 눈에는 꼽추처럼 보일 정도였다. 마티는 그와 약간 시시덕거렸고 아버지는 이 자신의 적수에 대해 좀 이러쿵저러쿵 뒷말을 했다. 아버지는 이 적수가 높이 보낸 콘트롤도 되지 않고 정직하며 힘

찬 공을 스핀을 먹이고 깎아 치거나, 혹은 느린 공으로 교묘하게 낮은 위치에서 받아침으로써 자주 꺾곤 했다.

재미있는 일들도 많았다. 아버지의 친구 분인 그레고리오 후엔테스씨가 작은 어항인 코히마르 만에 정박시켜 놓고 언제나 쓸 수 있게 해둔 필라르 호를 타고서 심해 낚시를 하는 일도 좋았고 클럽 데 까자도레스델 께로에서의 날으는 비둘기 사냥, 주점 플로리디타에서 한잔 하러 아바나로 여행하는 일, 그리고 멀리 유럽에서 벌어지고 있는 전쟁에 관하여 상세하게 사진을 곁들여 놓고 있는 「일러스트레이티드 런던 뉴스」를 사러 가는 일도 즐거웠다.

아버지는 항상 이력이 워낙 붙은 분이어서 마티에게 "타인의 마음은 깊은 숲 속과 같다"라는 뚜르게네프가 했던 말을 넌지시 비친 적도 있다. 그러면 그녀는 당시 막 탈고했던 소설의 제목으로 그 중 일부를 써먹었다.

이 책에 실린 단편들은 대부분 바로 이 핑카 비지아 시절에 쓰여졌거나 빛을 본 작품들임을 밝힌다.

1987년, 아들 존, 패트릭 및
그레고리 헤밍웨이

발행인 서문

어네스트 헤밍웨이의 단편 소설이 완전 수록된 최신판이 출간되어야겠다는 당위성이 제기된 지도 꽤 오래 되었다.

지금껏 이러한 형식으로 나온 유일한 책은 1938년에 나온 "최초의 49 단편 소설집"이라는 옴니버스 판으로서 헤밍웨이의 극작 "제 오 열"도 함께 수록되어 있었다. 당시는 헤밍웨이의 작품 활동이 왕성하던 때여서 쿠바와 스페인에서 그가 겪었던 사건들에 토대를 둔 수많은 작품들이 여러 잡지에 속속 발표되고 있었다. 그러나 이러한 작품들까지 "최초의 49 단편 소설집"에 수록하기에는 시기적으로 맞지가 않았다.

1939년에 이미 헤밍웨이는 "우리 세대에"와 "여자 없는 세계" 및 "승자에게는 아무 것도 주지 마라" 등, 그 전에 이미 출간된 책들과 맞먹을 수 있는 새로운 단편 소설집을 구상하고 있었다. 그 해 2월 7일에 헤밍웨이는 키이 웨스트에 있는 그의 집에서 스크리브너사(社)에 있는 발행인 맥스웰 퍼킨즈에게 편지를 내는 가운데 그러한 책을 제안했다. 당시 그는 이미 다섯 작품을 탈고해 놓고 있었다. "탄핵" "나비와 탱크" "전투 전야" "누구도 결코 죽지 않는다" 및 이 책에 최초로 수록되는 "인물이 있는 풍경화" 등이 그것이다. 여섯 번째 단편인 "능선 아래에서"는 코스모폴리탄지(誌)의 1939년 3월판에 곧 발표되었다.

새 책에 대한 헤밍웨이의 계획들은 결국 어긋나고 말았다. 원래 그는 이 새로운 작품집을 원숙한 내용으로 채우기 위해 세 편의 매우 긴 이야기를 새로 쓸 작정도 하고 있었다(두 작품은 스페인 내전에서의 전투를 다룬 것이고 다른 하나는 쿠바의 어부에 관한 것으로 그는 사흘 낮 밤을 황새치와 싸웠으나 마침내 상어에게 빼앗겨 버린다는 내용이었다). 그러나 갑자기 헤밍웨이가 어떤 새 장편 소설의 집필에 착수하게 되자—뒤에 "누구를 위하여 종은 울리나"로 출간되는데—모든 다른 작품 계획들은 유보되고 말았다. 그가 포기한 두 편의 전쟁 소설은 다만 추측해 볼 수 있을 따름인데 아마도 내용의 상당 부분은 "누구를 위하여 종은 울리나"에 포함되었으리라고 본다. 쿠바의 어부에 관한 이야기 부분은 결국 13년 후에 다시 손을 대어서 저 유명한 중편 소설 "노인과 바다"로 변형, 발전된다.

헤밍웨이의 초기 단편들은 대부분 북미시간 지방을 배경으로 하고 있는데, 그 곳 월룬 호반에는 그의 가족들의 오두막 별장이 있었다. 소년 및 청년 시절, 매년 여름을 그는 거기에서 보냈다. 그 곳에서 사귄 많은 친구들 중에는 근처에 살던 인디언들도 포함되어 있었는데 의심할 나위 없이 여러 단편 속에 실제로 등장하고 있으며 다수의 이야기들이 적어도 부분적으로는 사실에 입각하고 있다. 헤밍웨이의 목적은 끔찍하게 중요하면서도 쏘는 듯이 신랄한 순간들, 다시 말하여 에피퍼니(문학 용어상의 현현: 역주)라는 표현이 매우 적절하게 뜻하고 있는 그런 경험들을 생생하고도 정확하게 전달코자 하는 것이었다. 유고집으로 출간된 "여름의 사람들"과 "최후의 낙토"라고 이름 붙여진 단편은 이 당시의 산물이다.

그 후에 쓰여진 이야기들도 역시 배경은 미국에 두고 있는데 남편과 아버지로서의, 그리고 심지어는 병원의 환자로서의 헤밍웨이의 경험과 관계가 있다. 등장 인물의 성격과 주제의 다양성은 저자 자신의 생활만큼이나 다양화되었다. 한 가지 특별한 제재는 키이 웨스트에서의 그의 생활에 바탕을 둔 것이다. 키이 웨스트에서 그는 이십대와 삼십대를 보냈었다. 친구들과 함께 고기잡이배 필라르 호를 타고 바다와 대면하면서 그는 몇몇 대표작들의 영감을 얻었다. 헤리 모건이 주인공인 두 편의 이야기, 즉 "횡단 여행"(코스모폴리탄지, 1934년 5월호)과 "소매 상인의 귀향"(에스콰이어지, 1936년 2월호)가 모두 이 당시에 쓰여졌는데 이 작품들은 궁극적으로 "부자와 빈자"라는 소설 속에 통합되었다. 그러나 이 작품들은 최초에 나온 대로 별개의 이야기처럼 읽는 것이 합당하고 또한 재미도 있다.

헤밍웨이는 문학사에 등장한 가장 지각력이 뛰어난 여행가 중의 한 사람이었음에 틀림없으며, 그의 이야기들은 전체적으로 볼 때 경험의 세계를 보여주고 있다. 1918년에 그는 이탈리아 주둔, 미국 진중 근무 부대의 일원으로 병원 구급차 운전병을 지원했다. 이로써 그는 최초의 대서양 횡단 여행을 하게 되며 당시 그의 나이는 열여덟 살이었다. 밀라노에 도착하던 날 탄약 공장이 폭파되며 헤밍웨이는 소속된 분견대의 다른 지원병들과 함께 사체들의 유해를 수거하는 임무를 받는다. 3개월이 겨우 지났을 때, 그는 양 다리를 심하게 다쳐서 밀라노에 있는 미국 적십자병원으로 후송되고 잇달아 외래 환자로서의 치료를 받았다. 그가 전장에서 만난 사람들을 포함하여 이러한 전시의 경험들은 제1차대전이 배경인 소설 "무기여 잘 있거라"에서 많은 세부적 사실의 묘사에 도움이 되었다. 이 경험들은 다섯 편의 단편 걸작품들을 쓰는 데도 많은 영감을 주었다. 1920년대에 그는 이탈리아를 여러 차례 다시 방문했는데 때로는 직업적인 신문기사의 신분으로 또 때로는 단순히 놀러도 갔었다.

무솔리니가 통치하는 이탈리아를 친구 한 사람과 더불어 자동차 여행하는 내용의 단편인 "체 티 디세 라 파트리아?"는 독재 정권의 가혹한 분위기를 전달하는 데에 성공한다.

1922년과 1924년 사이에 헤밍웨이는 스위스로 몇 차례 여행을 하며 터론토 스타지의 기사 자료를 수집했다. 그의 취재 분야는 경제적 상황 및 다른 실제 생활에 관한 것이었으나 스위스의 겨울 스포츠, 즉 봅슬레이, 스키 및 위험한 스위스식 썰매타기 등에 관한 소개도 포함되어 있었다. 다른 분야에서와 마찬가지로 헤밍웨이는 관광객들을 매료시킬 만한 명승지와 위락장들을 발굴해내는 데 있어서도 그의 동료들을 단연 앞서 있었다. 동시에 그는 많은 단편 소설의 제재들도 수집해 두었는데 그 주제는 희극적인 것에서부터 심각하고도 소름끼치는 내용에까지 이르고 있었다.

헤밍웨이가 최초로 투우 경기장을 관람한 것은 1923년이었다. 당시 그는 잠시 살고 있던 파리를 떠나 미국 친구들과 어울려 마드리드를 여행하고 있었다. 첫 번째 황소가 투우장으로 뛰어들어온 순간부터 그는 이 새로운 경험에 의해 압도되었었고 이후 평생의 팬이 되었다. 그에게 있어서는 거친 황소와 투쟁을 하게끔 되어 있는 한 인간의 모습은 오락이라기보다는 비극적 장면이었다. 그는 투우사에게 필수적인 기법과 관습, 기술과 용기에 의해 매혹당했으며 또한 황소들의 순수한 폭력에 의해서도 똑같이 매료되었다. 그는 곧 투우에 관한 공인된 전문가가 되었고 이 방면에 대한 유명한 전문서 "하오의 죽음"을 썼다. 다수의 그의 작품들이 투우에 관한 주제를 포함하고 있음은 물론이다.

곧바로 헤밍웨이는 스페인의 모든 것을 사랑하게 되었다—즉 그 곳의 관습과 풍경과 예술품과 사람들까지도. 스페인 내전이 1936년 7월의 마지막 주에 터졌을 때 그는 공화정부파들을 열렬히 지지했으며 그들의 대의를 위하여 지원을 아끼지 않았다. 그리고 NANA통신(북미 신문 연합통신: 역주)의 특파원 자격으로 마드리드에서 이 내전을 취재하였다. 내전 동안에 스페인에서 완전한 경험을 축적함으로써 그는 장편 "누구를 위하여 종은 울리나"와 극작 "제 오 열"외에도 일곱 편의 단편 소설을 집필하였다. 이 시기는 그의 저술 활동에 있어서 가장 많이 쓰고 영감에 가득 찼던 때였다.

1933년에 그의 아내 폴린의 부유한 숙부, 거즈 파이퍼가 이들 부부에게 아프리카의 사파리(수렵 여행단: 역주)여행을 하도록 재정 지원을 해주겠다고 제의하자 어네스트는 기대감에 차서 완전히 흥분하였으며 준비 작업을 끝없이 했다. 한 무리의 친구들을 같이 가자고 초청했고 적합한 사냥무기들을 골랐으며 여행을 위한 여러 다른 장비들도 마련하였다.

이 사파리 여행은 10주간 가량이나 계속되었으나 그가 본 모든 것들은 그의 마음에 지울 수 없는 인상을 남긴 것 같다. 열광과 호기심의 결과로 그는 모든 자질구레한 일들까지 거의 사진을 박듯이 정확하게 기록하는 유년시절의 능력을 어쩌면 다시 획득한 듯싶었다. 저 유명한 백인사냥꾼 필립 퍼시벌과도 이때 처음 만났는데 그의 냉정성과 때로 나타나는 교활하기까지 한 프로정신 때문에 헤밍웨이는 즉각 그를 존경하게 되었다. 사파리 여행이 끝날 때쯤 헤밍웨이는 여러 가지 심상과 사건들과 또한 자신의 작품을 위한 독특한 가치를 지닌 특징 연구 등으로 생각을 가득 채웠다. 이 여행의 수확으로 그는 논픽션 소설 "아프리카의 푸른 언덕"과 가장 훌륭한 단편 몇 편을 썼다. 이 단편들 중에는 "프랜시스 매코머의 짧고 행복한 시절"과 "킬리만자로의 눈" 및 1986년 5월에 유고집으로 발간된 소설 "에덴 동산"에서 소설 속의 소설로 등장한 "아프리카 이야기" 등이 포함된다.

헤밍웨이가 작가로 성장하는 데 있어서 파리 생활은 확실히 중요했음에도 불구하고 그의 단편 소설 가운데 프랑스 배경을 갖고 있는 것은 거의 없다. 그도 이 사실을 의식하고서 "움직이는 축제일"의 서문에서 어쩌면 쓸 수도 있었을 몇몇 주제를 아쉬운 듯 언급하는데 그 중 몇 가지는 단편 소설이 되고도 남을 것이었다.

제2차 세계대전 동안에 헤밍웨이는 전쟁 특파원으로 근무했으며 노르만디 상륙 작전과 파리 해방을 취재했다. 여기서도 그는 비정규군 척후 정찰대를 조직하여 퇴각하는 독일병들과 같은 속도로 뒤쫓아 간 모양이다. 이번에 처음 발표되는 "십자로의 특수 공작대"를 포함하여 이 시기에 쓰여진 그의 작품에서는 픽션과 논픽션의 경계가 애매하다.

만년에 헤밍웨이는 친구의 아이를 위하여 "착한 사자"와 "충직한 황소"라고 하는 두 편의 동화를 썼는데 1951년에 홀리데이지에 게재되었다.

이 책은 이제껏 발표되지 않은 헤밍웨이의 일곱 편의 작품을 싣고 있다. 이 중 네 편의 작품은 완전한 단편 소설이다. 나머지 세 작품은 발표되지 않은 미완성의 소설에서 뽑아낸 장면들이다.

이 책을 핑카 비지아판이라고 이름 붙인 것은 쿠바의 샌프란시스코 데파울라에 있는 헤밍웨이의 집 이름에서 연유한다. 그는 핑카 비지아에서 들락날락하면서 생애의 마지막 20여 년간을 생활해왔다.

그는 이 농장을 참으로 소중히 여겼으며, 이제 이 핑카 판에 훨씬 더 소중한 그의 생애에 걸친 노작의 중요 부분을 싣게 된 것은 적절한 귀결인 듯싶다.

찰스 스크리브너 2세

차 례

"기차 여행"은 20세기 초 미국의 단편 작가인 라드너 풍으로 쓰여진 미완성 소설의 첫 4장에 이르는 내용인데 제목은 원래 없었다. 다음에 뽑은 장면들은 "불패자"나 "오만 달러"와 같은 계열의 작품세계를 구성하고 있다.

기 차 여 행

아버지가 나를 흔들어 깨웠다. 그는 침대 옆에 서 있었다. 주위는 어두웠다. 나는 그의 손이 몸에 닿는 것을 느꼈다. 머리 속은 완전히 잠에서 깨어나 주변 사물을 보고 느꼈으나 내 몸의 모든 다른 부분은 여전히 잠에 취해 있었다.

"지미," 아버지가 불렀다. "잠이 깼니?"

"네."

"그럼 옷을 입어라."

"알았어요."

그는 계속 거기 서 있었다. 나는 몸을 움직이고자 했으나 정말 여전히 잠이 덜 깬 상태였다.

"옷을 입으라니까, 지미."

"좋아요." 나는 대답했다. 그러나 계속 자리에 누워 있었다. 그러자 이윽고 잠이 사라졌고 나는 침대에서 빠져 나왔다.

"착한 녀석." 아버지가 말했다. 나는 바닥 깔개 위에 서서 침대 발치에 벗어 두었던 옷을 더듬어 찾았다.

"옷은 의자 위에 있다." 아버지가 말했다. "신발과 양말도 물론 신어야지." 그는 방에서 나갔다. 옷을 입는 일은 차갑고도 거추장스러웠다. 나는 여름 내내 신발과 양말을 신지 않고 지냈으므로 신는다는 일조차도 별로 유쾌하지 않았다. 아버지가 방으로 되돌아오더니 침대 위에 앉았다.

"새 신발이 아프니?"

"발을 죄는데요."

"신발이 꽉 죄면 콱 신어버려라."

"지금 신고 있잖아요."

"내가 다른 신발을 사다 주마." 그가 말했다. "아까 한 말은 사실은 사리에 맞는 말이 아니지, 지미야. 그건 속담이란다."

"알고 있어요."

"한 구멍에다 둘 끼워 넣기라는 검둥이 농담도 있단다. 그건 속담이기도 하지."

"그 말이 신발에 대한 속담보다는 더 나은데요." 내가 말했다.

"그것도 썩 좋은 내용은 아니다." 그가 말했다. "그래서 네가 좋아하는 거야. 보다 재미난 속담 치고 참된 것 없어." 날씨가 추웠다. 다른 쪽 신발끈을 묶자 옷 입는 일은 대충 끝이 났다.

"버튼을 채우는 신발로 사는 게 좋겠니?" 아버지가 물었다.

"뭐든 상관없어요."

"네가 좋다면 그걸로 사주마." 그가 말했다. "버튼 달린 신발이 좋다면 당연히 가져야지."

"완전 출발 준비가 다 됐어요."

"우린 어디로 가니?"

"먼 길을 가잖아요."

"어디로?"

"캐나다루요."

"그래, 우린 역시 그리로 간다." 그가 말했다. 우리는 방을 나와서 부엌으로 갔다. 덧문은 모두 닫혀 있었고 식탁 위에는 램프가 놓여 있었다. 방 가운데에는 옷 넣는 트렁크와 잡낭이 하나씩 있었고 룩색이 두 개 있었다. "식탁에 앉아." 아버지가 말했다. 그는 프라이팬과 커피 포트를 난로에서 가져오더니 내 옆에 앉았다. 우리는 햄과 달걀을 먹고 커피는 연유 크림을 쳐서 마셨다.

"많이 먹어."

"배가 부른걸요."

"그 계란도 마저 먹어." 그는 한번 뒤집어 놓은 팬케이크와 함께 프라이팬에 남아 있던 계란을 내 접시에다 옮겨 주었다. 계란 프라이의 가장 자리가 베이컨 기름으로 바삭거렸다. 그것을 먹은 다음 나는 부엌을 둘러보았다. 비록 떠나가지만 나는 부엌을 머리 속에 기억해두고 아울러 작별의 인사도 하고 싶었다. 구석에 있는 난로는 녹이 슬었고 뜨거운 물이 담겨 있는 쪽의 뚜껑은 반이나 부서져나가고 없었다. 난로 위에는 나무 손잡이가 달린 쟁반 닦는 행주가 주방걸이들 중의 한 끝에 매달려 있었다. 아버지는 그 행주를 어느 날 저녁 박쥐에게 내던진 적이 있다. 그는 새 것으로 사서 바꾸는 일을 잊지 않으려고 그걸 거기 걸어두었는데 나중에는 아버지에게 박쥐 생각만 떠오르게 하는 모양이었다. 나는 그 박쥐를 뜰채로 잡아서 윗부분에 그물이 처있는 상자에다가 잠시 가두어두었다. 박쥐는 눈과 이빨이 모두 작았는데 상자 속에 날개를 접은 채 갇혀 있었다. 우리는 날이 어둡기를 기다려 호숫가에서 그 놈을 풀어 주었다. 그러자 그 박쥐는 물위로 가볍게 날개를 파닥거리며 비상하더니 이윽고 물에 닿을 듯 내려왔다가 다시 높이 올라가서 선회를 한 다음 우리 머리 위로 날아왔다가 어둠에 묻힌 숲속으로 되돌아가 버렸다. 부엌에는 식탁이 두 개 있었다. 그 중 하나에서 우리는 식사를 했고 다른 하나에는 접시를 쌓아 놓았다. 식탁은 둘 다 기름포로 덮여 있었다. 양철 양동이도 하나 있었는데 그것은 부엌 물통에다 호숫물을 길어서 채우는 데 쓰던 것이었다. 그리고 샘물을 길어오는 에나멜 칠한 쇠양동이도 하나 있었다. 벽장문 위에는 두루마리 수건이 달려 있었고 난로 위의 시렁에는 접시 닦는 마른수건이 있었다. 빗자루는 구석에 있었다. 장작통은 반 가량 차 있었고 프라이팬은 모두 벽에 걸려 있었다.

나는 머리 속에 기억을 해 두려고 부엌을 샅샅이 둘러보았다. 부엌이 그렇게 좋아 보일 수가 없었다.

"흠." 아버지가 말했다. "다 기억해 둘 수 있을 것 같니?"

"그럴 것 같은데요."

"무얼 기억해 두겠니?"

"우리가 즐겼던 모든 걸요."

"장작통을 채우고 물을 긷던 일은 아니겠지?"

"그것도 어려운 건 아니었어요."

"그래." 그가 말했다. "어렵진 않았지. 넌 떠나기가 섭섭하니?"

"캐나다로 간다면 괜찮아요."

"우리가 거기 주저앉을 건 아니란다."

"잠시도 머물지 않을 건가요?"

"그렇게 오래 있진 않아."

"그럼 어디로 가죠?"

"가서 봐야지."

"어디로 가든 전 상관없어요." 내가 말했다.

"그 길로 계속 나아가 보자꾸나." 아버지가 말했다. 그는 담배에 불을 붙이고 나서 나에게 담뱃갑을 내밀었다. "담배는 피우지 않니?"

"안 피우는데요."

"그게 좋아." 그가 말했다. "자 이제 밖으로 나가서 사닥다리를 타고 지붕으로 올라가 양동이를 연통 위에 갖다 놓아라. 나는 문을 잠글게."

나는 밖으로 나갔다. 날은 아직 어두웠다. 그러나 언덕의 가장 자리에는 빛이 스미고 있었다. 사닥다리는 지붕에 비스듬히 걸쳐 있었다. 나는 장작 헛간 옆에서 산딸기를 따서 담던 낡은 양동이를 찾아낸 다음 사닥다리를 타고 올라갔다. 한 단 한 단 오를 때마다 신발의 밑창이 위태하고 미끄럽게 느껴졌다. 나는 양동이를 난로에서 올라 온 연통 위에 올려 놓았다. 빗물이 스며들지 않고 보통의 다람쥐나 줄무늬 다람쥐들이 집안으로 뛰어들지 못하게 하기 위함이었다. 지붕 위에서 나는 숲을 통하여 호수 쪽을 내려다 보았다. 반대편 쪽을 보니 장작 헛간의 지붕과 울타리와 구릉이 있었다. 내가 사닥다리를 타고 올라올 때보다 날은 더 밝아졌다. 차가운 날씨의 매우 이른 아침이었다. 나는 숲과 호수와 주위의 모든 것을 기억하기 위하여 다시 한번 눈여겨보았다. 뒤켠의 구릉들도 보고 집의 반대편에서 끝나는 숲도 보고 다시 시선을 아래로 내려서 장작 헛간의 지붕들도 보았다. 장작 헛간과 울타리와 구릉과 숲, 이 모든 것들이 너무나 마음에 들어서 나는 지금 우리가 멀리 떠나는 것이 아니라 그저 낚시 여행을 떠나는 것이라면 참 좋겠다 하는 생각이 들었다. 문이 닫히는 소리가 들렸다. 아버지는 가방을 전부 마당에 내다놓았다. 그런 다음 그는 문을 잠갔다. 나는 사닥다리를 내려오기 시작했다.

"지미야." 아버지가 불렀다.

"네."

"거기 지붕 위는 어떠냐?"

"전 지금 내려가고 있잖아요."

"올라가거라. 나도 곧 올라가마."그는 말했다. 그리고 매우 천천히 조심스럽게 사닥다리를 타고 올라왔다. 그도 내가 했던 대로 사방을 둘러보았다. "나도 역시 가고 싶진 않단다."그가 말했다.

"왜 우린 가야만 해요?"

"나도 모르겠다."그가 말했다. "하지만 우린 떠난다."

우리는 사닥다리를 내려왔다. 아버지는 사닥다리를 옮겨서 장작 헛간에다 집어넣었다. 우리는 잔교 쪽으로 물건들을 옮겼다. 모터보트가 잔교 옆에 매어 있었다. 기름포 덮개에는 이슬이 맺혔고 좌석들도 이슬에 젖어 있었다. 나는 덮개를 젖히고 나서 휴지 부스러기로 좌석의 물기를 닦아 냈다. 아버지는 잔교 위의 가방들을 들어 올려서 선미 쪽에다가 놓았다. 나는 뱃머리의 끈과 선미의 끈을 모두 풀고 보트 안으로 되돌아와서 잔교를 붙들고 있었다. 아버지가 실린더 구멍으로 엔진에 휘발유를 주입하고 그 휘발유가 실린더에 잘 흡수되도록 키를 두어 차례 흔들어 움직였다. 그런 다음 시동을 걸자 엔진이 움직였다. 나는 줄을 말뚝에 한번 감아 놓아서 보트가 잔교에 붙들어 매어져 있게 하였다. 프로펠러가 물을 휘젓자 배는 잔교에 매어 있었으므로 잔교를 지탱하는 말뚝들 사이로 물이 소용돌이쳤다.

"배를 출발시키자, 지미."아버지가 말했다. 나는 줄을 풀었다. 우리는 잔교를 떠나기 시작했다. 나는 덧문이 닫힌 오두막집을 숲을 통하여 보았다. 우리는 잔교를 떠나서 똑바로 나아갔다. 잔교는 점점 짧아 보이기 시작했다. 이어서 호수의 풍경이 점점 넓게 시야에 들어왔다.

"네가 보트를 맡아라."아버지가 말했다. 나는 키를 잡고 배를 선회하며 돌출된 곳으로 방향을 잡았다. 뒤돌아보니까 호숫가와 잔교와 보트장과 길리아드나무 숲들이 보이는가 했더니 어느새 우리는 숲속의 개간지를 지나쳤고, 이어서 호수로 연결되어 들어오는 작은 수로의 하구 때문에 생긴 좁은 만이 보였다. 그리고 햄록나무가 있는 높은 둑을 지나서 돌출된 곳의 나무가 자라고 있는 호수면이 시야에 들어와서 나는 그 곳 너머로 나타나는 모래톱을 찾아내야만 했다. 모래톱 가장자리의 바로 위쪽은 물길이 깊었다. 나는 그 수로의 가장자리를 따라가다가 수로의 둑이 물 속으로 비스듬히 들어가 버리는 끝 쪽에서 빙 돌아 나왔다. 곤들매기 수초가 물 밑에서 자라고 있었는데 프로펠러 때문에 우리 쪽으로 빨려왔다. 곶을 지나치자 나는 잔교 쪽을 돌아보았는데 보트장은 이미 시야에서 사라져 버렸고 다만 곶만이 보였다. 거기에는 까마귀 세 마리가 모래 위를 걷고 있었고 모래에 반쯤 빠져 있는 오래된 통나무도 있었다. 그 앞쪽으로는 넓은 호수가 펼쳐져 있었다.

나는 기차 소리를 들었다. 그러자 기차가 다가오는 것이 보였다. 처음에는 긴 커브를 돌며 매우 작게 보이더니 서둘러 달려와서 보선 구간으로 진입해 들어왔다. 기차는 언덕과 함께 달려오는 듯했고 언덕은 그 뒤의 숲과 함께 움직이는 듯했다. 기관에서 나오는 하얀 증기 뭉치가 보였고 기적 소리가 들렸다. 그 다음에 증기 뭉치가 또 나오고 다시 기적 소리가 들렸다. 아직도 이른 아침이었다. 기차는 낙엽송이 자라는 늪지 건너편에 와 있었다. 철길 양쪽으로는 물이 흐르고 있었다. 그 물길의 바닥은 갈색 늪이었으나 물은 맑게 솟아오르고 있었다. 늪지의 한 가운데로는 안개가 피어올랐다. 산불로 죽어버린 나무들은 옅은 안개 속에서 회색 빛이었으며 여위어 죽은 모습이었다. 날씨는 차고 공기가 맑은 이른 아침이었다. 기차는 철로를 따라 똑바로 달려와서 점점 다가왔으며 점점 더 크게 보였다. 나는 기찻길에서 물러나서 호수를 돌아다 보았다. 거기에는 식료품상이 두 군데 있었고 보트 창고들과 물속으로 쭉 빠져나온 잔교들이 있었다. 역 바로 가까이에는 아르트와식 우물(지하수 압력으로 물이 저절로 나오게 한 우물: 역주)과 그 둘레에 자갈을 깔아 놓은 작은 공지도 눈에 들어왔다. 이 우물에서는 갈색의 물막으로 덮여 있는 파이프를 통하여 물이 곧장 햇볕 속으로 뿜어져 나오고 있었다. 분수 바닥은 떨어지는 물로 질척거렸다. 그 뒤쪽으로는 미풍이 부는 호수가 있었으며 호숫가로는 숲이 있었다. 우리가 타고 온 보트는 잔교에 매어 있었다.

기차가 서자 차장과 제동수가 내려왔다. 아버지는 보트를 잘 갈무리해주기로 한 프레드 커드버트씨에게 작별 인사를 했다.

"언제 돌아올 건가?"

"모르겠어, 프레드." 아버지가 말했다. "봄이 오면 배에다 페인트나 좀 입혀 줘."

"잘 가거라, 지미야." 프레드가 말했다. "몸조심해라."

"안녕히 계세요, 프레드 아저씨."

우리는 프레드 아저씨와 악수를 나누고 기차를 탔다. 차장은 앞칸으로 승차했고 제동수는 우리가 밟고 올라왔던 작은 상자를 집어들고는 기차가 출발하기 시작했을 때 훌쩍 올라탔다. 프레드씨는 플랫폼에 서 있었다. 나는 역을 보다가 프레드씨가 거기서 있는 것을 발견했다. 그는 곧 걸어 나갔다. 햇볕 속에서 철철 넘쳐 나오는 물이 보였고 그런 다음 침목들과 늪지가 나타났으며 역도 매우 작아졌다. 호수는 다른 모양으로 다른 각도에서 보였고 이윽고 우리 시야에서 사라졌다. 우리는 베어강을 건너서 개착지(철도를 내느라고 깎은 소협곡: 역주)를 통과했다. 이제는 다만 뒤로 달려가는 침목들과 철로만이 눈에 띄었다. 철도 옆에는 불탄 자리에 잘 들어차는 풀이 자라고 있었다. 그 외에 기억해 둘 만한 것은 더 없었다. 승강단에서 내다보니 모든 것이 달랐다. 숲도 알지 못하는 새로운 모습이었고 호수를 지나친다 해도 낯설기는 마찬가지였다. 그것도 그저 호수일 따름인데 새로웠고 이제껏 그 옆에서 살아온 호수와 같지는 않았다.

"여기 나와 있으면 탄재를 다 맞겠어." 아버지가 말했다.

"안으로 들어가는 게 낫겠군요." 내가 말했다. 너무나 많은 새로운 지역의 모습을 보니 나는 무척 재미있었다. 이곳도 우리가 사는 지역과 사실은 똑같이 보이는 것이리라고 생각은 하면서도 똑같이 느껴지지는 않았다. 단풍이 들고 있는 활엽수가 서 있는 땅뙈기라면 어디나 다 똑같이 보이리라는 생각이 든다. 그러나 기차를 타고 너도밤나무 숲을 한번 내다보면 느긋하게 마음이 편하지만은 않다. 우리들의 심사는 곧장 이제껏 살던 곳의 숲을 바라보고 싶어진다. 그러나 그 당시에는 그런 심리상태를 알지 못했었다. 나는 모든 풍경이 우리가 보다 오래 살았던 곳과 다르지 않으리라고 상상했었고 아주 똑같아서 느낌조차 비슷하리라고 여겼는데 사실은 그렇지가 않았다. 우리는 이 새로운 풍경과는 아무 관계도 없었고 생소했다. 언덕이 주는 느낌은 숲보다도 더 나빴다. 아마 미시간주의 언덕이란 실제로는 다 똑같으리라. 그러나 나는 지금 기차를 타고 창 밖을 내다보는 입장이었다. 나는 차창을 통하여 숲과 늪지를 내다보았고 강물을 건넜다. 그건 매우 재미있었다. 그런 다음 우리는 농가가 있는 언덕을 통과했으며 그 언덕 뒤에는 숲이 있었다. 이것도 사실은 같은 언덕들이었다. 그러나 이 언덕들이 기차에서는 달리 보였다. 모든 것이 조금씩 다른 느낌이었다. 물론 지금 생각해 보면 철로변의 언덕이 똑같을 수야 없겠다. 그러나 그 풍경은 내가 그러하리라고 짐작했었던 것과는 딴판이었다. 이른 가을 날씨도 기막혔다. 창문을 열어 두어서 공기도 맑았다. 조금 있으니 배가 고

팠다. 우리는 동트기 전부터 일어나서 이 시간에 이르렀던 것이
다. 벌써 여덟 시 반이었다. 아버지가 객실을 따라 우리 좌석으
로 되돌아왔다.

"기분이 어떠니, 지미?"

"배가 고파요."

그는 초콜릿바와 사과를 주머니에서 꺼내 나에게 주었다.

"흡연실로 가자." 그가 말했다. 나는 객실을 통과하여 하나 앞
선 차칸으로 그를 따라갔다. 우리는 좌석에 앉았다. 아버지가 창
쪽을 차지했다. 흡연실은 더러웠고 좌석의 검은 가죽천도 탄재에
그을러 있었다.

"우리 건너편 좌석을 좀 보렴." 아버지는 그쪽으로 시선을 주
지 않으면서 나에게 말했다. 우리 건너편에는 두 남자가 나란히
앉아 있었다. 좌석 안쪽에 앉아 있는 남자는 창 밖을 내다보고
있었다. 그의 오른손 팔목이 옆에 앉아 있는 사람의 왼쪽 팔목
과 수갑으로 함께 채워져 있었다. 그들 앞쪽 의자에도 다른 두
남자가 앉아 있었다. 나는 그들의 등허리만 볼 수 있었지만 그
들도 같은 식으로 앉아 있었다. 통로 쪽으로 앉은 두 남자가 대
화를 나누고 있었다.

"낮 열차를 타다니." 우리 건너편의 남자가 말했다. 그 앞에
앉은 사람이 돌아보지도 않고 말했다.

"왜 밤 열차를 타지 않았죠?"

"자넨 이자들과 같이 가며 잠잘 수 있기를 바랐나?"

"그럼요, 왜 못해요?"

"이렇게 가는 게 더 편하다네."

"편하다니, 제기랄."

차창 밖을 내다보던 남자가 우릴 보고 눈을 찡긋했다. 그는
키가 작은 사람이었는데 테 없는 모자를 쓰고 있었다. 모자 아

래로 보이는 그의 머리통에는 붕대가 감겨 있었다. 그와 함께 수갑을 차고 있는 남자도 역시 테 없는 모자를 쓰고 있었지만 그의 목은 굵었다. 그는 푸른 신사복을 입었고 마치 여행을 하기 때문이라는 듯이 그 모자를 쓰고 있었다. 옆 좌석의 두 남자는 키나 체격이 거의 비슷했으나 복도 쪽의 남자가 더 목이 굵었다. "잭, 담배나 좀 피우게 해줄 수 없소?" 눈을 찡긋했던 남자가 함께 수갑을 차고 있는 남자의 어깨 너머로 나의 아버지에게 시선을 보내며 말문을 열었다. 목이 굵은 남자가 고개를 돌려 아버지와 나를 보았다. 눈을 찡긋했던 사나이가 미소를 띠었다. 아버지는 담뱃갑을 꺼냈다.

"그에게 담배를 주고 싶소?" 호송원 형사가 물었다. 아버지는 복도의 통로를 가로질러 담뱃갑을 내밀었다.

"내가 그에게 주겠소." 호송원이 말했다. 그는 자유로운 손으로 담뱃갑을 받아서 그것을 찌그린 다음 수갑 채운 손에다가 놓고 그 손으로 꼭 붙든 채 자유로운 손으로 궐련을 하나 꺼내서 자기 옆에 앉은 남자에게 그걸 주었다. 차창 옆에 앉은 남자가 우리에게 미소를 보냈다. 호송원이 그를 위하여 담배에 불을 붙여 주었다.

"참 친절도 하십니다." 죄수가 호송원에게 말했다. 형사는 통로 건너로 담뱃갑을 되돌려 주려고 내밀었다.

"하나 태우시오." 아버지가 말했다.

"괜찮습니다. 껌을 씹고 있어요."

"멀리 가시오?"

"시카고로 가죠."

"우리도 멀리 간답니다."

"시카고는 멋진 도시라구요." 차창 옆의 작은 남자가 말했다.

"나도 한때 거기 있었으니까요."

"있었노라고 거기 가서 내가 증언해줄 거야."호송원이 말했다. "자네가 거기 있었노라고 내가 꼭 말해주지."

우리는 자리를 옮겨 그들 바로 건너편 좌석에 앉았다. 맞은편 호송원이 이쪽으로 몸을 돌렸다. 그와 함께 앉은 남자는 바닥만 내려다보고 있었다.

"무슨 잘못을 저질렀나요?"아버지가 물어 보았다. "이 신사양반들은 살인 혐의로 수배를 받았지요."

차창 옆에 앉은 남자가 나에게 눈을 찡긋했다.

"추잡한 엉터리 말은 삼가 해요."그가 말했다. "여기 우린 모두 범인이 아니오."

"누가 살해되었나요?"아버지가 물었다. "이탈리아 사람이오." 그 호송원이 말했다.

"누구라구요?"키 작은 남자가 일부러 아주 밝은 표정을 지으며 물었다.

"이탈리아 사람이오."
호송원이 아버지 쪽으로 반복해서 말했다.

"그럼 누가 그를 죽였나요?"그 작은 사내가 호송 형사인 경사를 보고 놀리듯 다시 물어보며 눈을 크게 떴다.

"자네 웃기는구만."호송원이 말했다.

"무슨 말씀."작은 사람이 말했다. "경사님, 저는 그저 누가 이 이탈리아 사람을 죽였는지 물어보았을 따름입니다."

"그 경사 양반이 이탈리아 사람을 죽였다고."맞은편 의자에 앉아 있던 죄수가 형사 쪽을 보며 말했다. "그가 이탈리아 사람을 자기의 활과 화살로 죽였어."

"입 닥쳐."형사가 말했다.

"경사님."그 작은 사람이 말했다. "나는 이탈리아 사람을 죽이지 않았어요. 난 어떤 이탈리아 사람도 죽이고 싶지 않아요. 이탈리아 사람이라곤 아무도 몰라요."

"그 말을 그대로 적어서 저 친구에게 불리하게 써먹으시오."
맞은 편 의자에 앉은 죄수가 말했다. "그가 하는 말은 모두 그
에게 불리하게 사용될 거요. 그는 이번 사건의 그 이탈리아 사
람을 죽이지 않았어요."

"경사님." 그 작은 사람이 물었다. "누가 이번에 그 이탈리아
사람을 죽였나요?"

"네가 그랬지." 형사가 말했다.

"경사님." 작은 사내가 말했다. "그건 허위올시다. 난 이탈리아
사람을 죽이지 않았어요. 앞으로 이 말을 반복하지도 않겠어요.
난 이탈리아 사람을 죽이지 않았어요."

"그가 한 말은 모두 불리하게 사용될 것임에 틀림없어." 다른
죄수가 말했다.

"경사님, 당신은 왜 이탈리아 사람을 죽였어요?"

"그건 실수였겠지요, 경사님." 그 작은 죄수가 이죽거렸다. "그
건 중대한 실수였어요. 당신은 이번 사건의 이탈리아 사람을 죽
이지 않았어야 했는데."

"혹은 저번 사건의 이탈리아 사람도." 다른 죄수가 말했다.

"둘 다 아가리 닥쳐." 경사가 말했다. "저놈들은 마약 상용자들
이지요." 그가 나의 아버지에게 말했다. "저놈들은 빈대에 물린
것처럼 정신이 돌았어요."

"빈대라구요?" 그 작은 사람이 말했다. 그의 언성이 높아졌다.

"나에겐 빈대라곤 없소, 경사님."

"그 친구는 전통 있는 가문의 영국 백작 혈통이라오." 다른 죄
수가 말했다. "그곳 상원의원님께 물어 보시오." 그는 나의 아버
지를 보더니 목례를 보냈다.

"저기 있는 저 소년에게 물어 보시오." 첫 번째 죄수가 말했다.

"꼭 조지 워싱턴의 그때 나이만큼 보이니까, 그가 거짓말을 할리 없지요."(조지 워싱턴과 벚나무의 일화를 들먹인 것임: 역주)

"거리낌없이 말해봐라, 이 꼬마야." 덩치 큰 죄수가 나를 노려보았다.

"입 닥쳐." 호송원이 말했다.

"네, 경사님." 작은 죄수가 말했다. "입 닥치게 하시오. 그는 저 소년을 증인으로 채택할 권리도 없어요."

"나도 한때는 소년이었소." 덩치 큰 죄수가 말했다.

"더러운 입 좀 닥치라니까." 호송원이 말했다.

"맞아요, 경사님." 작은 죄수가 입을 열었다.

"더러운 입 좀 닥치고 있어." 작은 죄수가 나에게 눈을 찡긋하며 말했다.

"우리 차칸으로 되돌아가는 게 좋을 것 같군." 아버지가 나에게 말했다. "또 봅시다." 아버지는 두 형사에게 인사를 했다.

"그럽시다. 점심 때 만나요." 또 한 형사가 고개를 끄덕였다. 작은 죄수도 우리들에게 눈인사를 보냈다. 그는 우리가 통로를 따라가는 것을 지켜보았다. 맞은편 죄수는 차창 밖을 내다보고 있었다. 우리는 흡연실을 빠져 나와서 옆 칸의 우리 좌석으로 되돌아왔다.

"자, 지미야. 넌 이런 걸 어떻게 생각하니?"

"모르겠는걸요."

"나도 역시 모르겠구나." 아버지가 말했다.

점심 때가 되어 기차가 캐딜락역(북미지방에 있는 작은 도시로 포드자동차공장 중의 하나가 있음: 역주)에 도착하자 우리는 아까 본 사람들보다 먼저 구내 간이식당의 카운터로 가서 자리를 잡았다. 그들은 조금 떨어진 식탁에 앉았다. 점심은 먹을 만

했다. 우리는 닭고기 파이를 먹었다. 그런 다음 우유 한잔을 마시고 아이스크림을 곁들여 블루베리 과일파이도 한 조각씩 먹었다. 간이 식당은 붐볐다. 열려 있는 출입구로는 기차가 보였다. 간이 식당의 카운터 앞에 있는 삼각대 의자에 올라 앉아서 나는 그들 네 사람이 함께 점심 식사하는 것을 눈여겨보았다. 죄수 두 명은 왼손으로 식사를 하고 있었고 형사들은 오른손을 썼다. 형사들이 고기를 잘라야 할 때는 왼손의 포크도 사용했으며 그럴 때마다 죄수의 오른손이 그들 쪽으로 당겨졌다. 함께 채워져 있는 다른 두 손은 식탁 위에 놓여 있었다. 나는 작은 죄수가 식사하는 것을 지켜보았다. 일부러 그러는 것 같지는 않았지만 그는 경사를 매우 불편하게 하고 있었다. 그는 부지불식간에 쿡 찌르기도 했고 손을 잡아당기고 있어서 경사의 왼손이 항상 자기 쪽으로 끌어 당겨지게 하고 있었다. 다른 두 사람은 아주 편안하게 식사를 했다. 하여간 그들을 바라보는 일이 별로 재미있지는 않았다.

"식사하는 동안만이라도 왜 좀 손목을 풀어 놓지 않소?" 작은 사람이 경사에게 말했다. 경사는 아무 대꾸도 하지 않았다. 그는 자기의 커피잔 쪽으로 손을 뻗어서 그것을 집어 들었는데 그때 그 작은 사람이 툭 쳐서 커피를 엎질렀다. 경사는 작은 사람을 보지도 않고 팔을 홱 뻗쳤다. 그러자 강철 수갑이 작은 사람의 팔목을 끌어 잡아당기는가 싶더니 벌써 경사의 팔목은 작은 사람의 얼굴을 갈겼다.

"개자식." 작은 사내가 중얼거렸다. 입술이 터져서 그는 상처를 빨았다.

"누가?" 경사가 말했다.

"당신은 아니오." 작은 사람이 황급히 말했다. "나와 함께 묶여 있는 당신은 아니오. 분명히 아니오."

경사가 식탁 아래로 그의 손목을 내려 놓더니 작은 사람의 얼굴을 쳐다봤다.

"무슨 소릴 하는 거야?"

"아무 것도 아닙니다." 작은 사람이 말했다. 경사는 그의 얼굴을 쳐다 보고 나서 다시 수갑이 채워진 손으로 커피잔을 잡으려고 팔을 뻗었다. 작은 사람의 오른손이 경사가 팔을 뻗는데 따라서 식탁을 가로질러 끌려갔다. 경사는 커피잔을 들었다. 그가 막 잔을 들어서 마시려고 할 때 커피잔이 그의 손에서 갑자기 떨어졌고 커피가 사방에 쏟아졌다. 경사는 수갑 찬 손을 들더니 작은 사람의 얼굴을 보지도 않고 두어 번 내려쳤다. 작은 사람의 얼굴은 피투성이가 되었다. 그는 입술을 빨고는 식탁을 쳐다보았다.

"배가 부른가?"

"네." 작은 사람이 말했다. "많이 먹었습니다."

"이젠 좀 차분해지겠군."

"매우 차분해졌습니다." 작은 사람이 말했다. "경사님 기분은 어떠신가요."

"입이나 닦아." 경사가 말했다. "입이 터졌어."

우리는 그들 둘이 동시에 기차로 오르는 것을 보았다. 우리도 역시 기차에 올라서 좌석으로 갔다. 경사라고 호칭되지 않았던 옆 형사는 몸집이 큰 죄수와 수갑을 차고 있었는데 식탁에서 일어난 일에 대해 조금도 아는 체를 하지 않았다. 그도 그 장면을 보았으나 전혀 눈치챈 척도 하지 않았다. 몸집 큰 죄수도 아무 말은 하지 않았으나 모든 경과를 다 지켜보았다.

기차를 타니 플러시 천으로 된 우리 좌석에 탄재가 묻어 있어서 아버지는 신문으로 닦아 내었다. 기차가 출발했고 나는 열린 차창으로 밖을 내다보았다. 캐딜락 시를 구경하려 했으나 별로 보이는 게 없었다. 호수와 공장들과 철도 가까이에 닦아놓은 멋진 도로 하나가 눈에 들어올 뿐이었다. 호수변을 따라서는 톱밥 무더기들이 많이 쌓여 있었다.

"머리를 내밀지 말아라, 지미." 아버지가 말했다. 나는 좌석에 앉았다. 하여간 볼 만한 것은 많지 않았다.

"여기가 알 모이거스트의 고향이란다." 아버지가 말했다.

"아, 네." 내가 말했다.

"식탁에서 일어난 일을 보았니?" 아버지가 물었다.

"네."

"모든 걸 다 봤니?"

"글쎄 잘 모르겠는데요."

"그 작은 사람이 무엇 때문에 그런 문제를 일으켰다고 생각하니?"

"수갑을 풀고 싶어서 일이 어렵게 돌아가도록 만드는 것 같던데요."

"그 외에 다른 것도 봤니?"

"형사가 세 차례나 얼굴을 치는 걸 봤어요."

"그가 죄수를 칠 때 어딜 눈여겨봤니?"

"전 그의 얼굴을 봤죠. 경사가 그를 때리는 걸 지켜봤어요."

"그래." 아버지가 말했다. "경사가 죄수의 오른손에 붙어 있는 수갑으로 그의 얼굴을 칠 때 말이다, 그 죄수는 왼손으로 식탁에서 강철날이 붙어 있는 나이프를 집었지. 그리고 그걸 자기 주머니에 넣었단다.

"저는 못봤는데요."

"못봤겠지." 아버지가 말했다. "모든 사람은 다 두 손을 가지고 있지, 지미야. 적어도 원래는 말이야. 네가 사물을 정확하게 보고자 한다면, 양쪽을 다 잘 지켜보아야만 한단다."

"다른 두 사람은 무얼 했나요." 내가 물었다. 아버지는 웃었다.

"그 두 사람은 나도 지켜보지 않았군." 그가 말했다.

점심을 먹은 후부터 우리는 원래의 열차 좌석에 앉아 있었다. 나는 차창 밖을 내다보며 시골 풍경을 지켜봤다. 이제 그것은 대단찮게 보였다. 왜냐하면 너무나 많은 다른 일들이 진행되고 있었고 또한 너무 많은 시골 풍경을 내다보아 왔기 때문이었다. 하지만 나는 아버지가 운을 뗄 때까지는 흡연실로 가보자고 제안할 생각이 없었다. 아버지는 책을 읽고 있었는데 내가 안절부절못하여서 방해가 되었나 보다.

"넌 도무지 책 같은 건 읽지 않니, 지미야?" 그가 나에게 물었다.

"많이는 안 읽어요." 내가 말했다. "시간이 없거든요."

"지금은 무얼 하고 있는 중인데?"

"기다리고 있지요."

"거기 가보고 싶니?"

"네."

"우리가 그 경사에게 알려주어야 한다고 생각하니?"

"아뇨." 내가 말했다.

"그건 윤리적인 문젠데." 그가 말하고 책을 덮었다.

"그 사람에게 말해주고 싶으세요?" 내가 물었다.

"아니." 아버지가 말했다. "더군다나 사람은 법이 유죄라고 판결을 내릴 때까지는 무죄의 상태가 아니냐? 그는 이탈리아 사람을 죽이지 않았는지도 모르지."

"그 사람들은 마약 상용자들일까요?"

"그들이 마약을 쓰는지 않는지는 모르지." 아버지가 말했다. "많은 사람들이 그걸 쓴단다. 하지만 코카인이나 몰핀이나 헤로인 등을 쓰면 사람들은 원래 하던 대로 말을 할 수 없게 돼."

"왜 그렇게 될까요?"

"그건 나도 모르지." 아버지가 말했다. "사람이 원래대로 말하는 건 왜 그렇겠니?"

"그리로 가보죠." 내가 말했다. 아버지는 트렁크를 내려서 열더니, 그 속에 책과 포켓에서 꺼낸 무언가를 넣었다. 아버지가 트렁크를 채우자 우리는 흡연실로 갔다. 흡연실 통로를 따라서 걸으며 나는 형사 두 사람과 두 명의 죄수가 조용히 앉아 있는 것을 보았다. 우리는 그들 건너편에 앉았다. 작은 사내의 테 없는 모자가 그의 머리통을 감은 붕대 위에서 아래로 내려 씌워져 있었고 그의 양 입술은 퉁퉁 부어 있었다. 그는 잠이 깨어서 차창 밖을 내다보고 있었다. 경사는 졸려서 눈을 감았다가 다시 뜨고, 한동안 뜨고 있다가는 다시 감고 했다. 그의 얼굴은 매우 지치고 졸린 모습이었다. 맞은편 옆 좌석에 있는 다른 창 쪽 편으로는 죄수가 기대어 있었고 형사는 통로 쪽으로 비스듬히 몸이 기울어져 있었다. 그러다가 불편해졌는지 조금 더 지나자 서로 등을 맞대고 졸았다. 작은 사내가 경사를 쳐다보더니 이윽고 통로 건너 우리 쪽으로 시선을 보냈다. 그러나 우리를 알아보는 것 같지는 않았다. 그는 왠지 객실 전부를 죽 훑어보았다. 그의 표정은 마치 흡연실에 있는 모든 사람을 다 훑어보고 있는 것 같았다. 승객들이 많지는 않았다. 그런 다음 또 다시 경사를 쳐다보았다. 아버지는 또 다른 책을 주머니에서 꺼내서 읽고 있는 중이었다.

"경사님." 작은 사내가 말했다. 경사는 졸던 눈을 뜨고 죄수를 보았다. "화장실 좀 갔다 와야겠어요." 작은 사내가 말했다.

"지금은 안돼." 경사가 눈을 감았다. "이봐요, 경사님." 작은 사내가 말했다. "화장실 가는 걸 참아본 적 있소?"

"지금은 안돼." 경사가 말했다. 그는 반쯤 잠이 들고 반쯤 잠이 깬 지금의 상태를 흩트리고 싶지 않았다. 그는 숨을 느리면서도 깊이 쉬고 있었다. 그러나 눈을 뜨고자 할 때는 숨을 멈추었다. 그 작은 사람은 통로를 건너 우리를 또 쳐다보았으나 역시 알아보는 것 같지는 않았다.

"경사님." 그가 말했다. 경사는 대답도 하지 않았다. 작은 사람이 다급하게 말했다. "이봐요, 경사님. 화장실에 급히 가야겠어요."

"좋아." 경사가 말했다. 그는 일어났다. 그 작은 사내도 일어났다. 그들은 통로를 따라갔다. 나는 아버지를 쳐다보았다. "쫓아가봐." 그가 말했다. "가보고 싶으면." 나는 그들을 쫓아서 통로를 따라 걸어갔다.

그들은 문 앞에 서 있었다.

"혼자 들어가고 싶소." 죄수가 말했다.

"안돼, 그렇게는."

"당치 않은 말씀 마쇼. 나 혼자 들어갑시다."

"안돼."

"왜 안돼요? 문을 잠그면 되잖아요."

"수갑을 풀어놓을 순 없어."

"좀 풀어줘요, 경사님. 혼자만 들어가게 해 주쇼."

"감시를 해야 돼." 경사가 말했다. 그들은 안으로 들어갔고 경사가 문을 닫았다. 화장실로 들어가는 문의 건너편 쪽 의자에 나는 앉아 있었다. 통로를 따라 나는 먼발치로 아버지를 쳐다보았다. 화장실문 안쪽에서 그들이 두런거리는 소리가 들렸다. 그러나 무슨 이야기인지는 알 수가 없었다. 누군가가 안에서 문을 열려고 손잡이를 돌렸다. 그러자 무언가가 손잡이에 부딪치고 두어 차례 문을 때리는 소리가 들렸다. 그런 다음 그것은 바닥에 떨어졌다. 그러자 마치 토끼를 죽일 때 뒷다리를 들어서 그 머리를 나무 그루터기에 세게 후려치면 나는 듯한 소음이 들렸다. 나는 아버지를 보고 빨리 오라고 손짓을 했다. 방금 들은 소음이 세 번이나 더 들렸다. 그러자 나는 무언가가 화장실문 아래로부터 흘러나오는 것을 보았다. 그것은 피였다. 피는 매우 천천히 그리고 유연하게 나왔다. 나는 통로를 따라서 아버지에게로 달려갔다.

"피가 문 아래에서 나오고 있어요." "넌 거기 앉아 있어." 아버지가 말했다. 그는 일어났다. 그리고 통로를 건너가서 거기 앉아 있는 형사의 어깨를 쳤다. 형사가 올려다보았다.

"당신 동료가 화장실에 갔지요?" 아버지가 말했다.

"그래요, 틀림없어요." 형사가 말했다. "무슨 일이오?"

"우리 아이가 거길 갔는데 피가 문 밑으로 흘러나오는 걸 보았다는구려."

형사가 벌떡 일어났다. 그리고 좌석에 앉아 있는 또 한 죄수를 휙 낚아챘다. 그 죄수는 아버지를 노려보았다.

"이리 와" 형사가 말했다. 그 죄수는 그냥 거기 앉아 있었다.

"이리 와 보라니까." 형사가 말했으나 죄수는 꼼짝도 안 했다.

"이리 와, 안 그러면 네 엉덩이를 쏴 버리겠어."

"도대체 무슨 일입니까? 경찰관님요." 죄수가 빈정대며 물었다.

"이리 와, 이 쌍놈아." 형사가 말했다.

"아, 고운 말 좀 쓰세요." 죄수가 말했다.

그들은 통로를 따라 걸어갔다. 형사가 오른손에 권총을 뽑아들고 앞장섰다. 수갑이 그와 함께 채워진 죄수는 뒤따라 매달려 갔다. 승객들이 무슨 일인가 알아보려고 일어서기 시작했다. "꼼짝들 말고 앉아 있어요." 아버지가 말했다. 그는 내 팔을 꽉 잡았다.

형사가 문 밑의 피를 보았다. 그는 죄수를 뒤돌아보았다. 죄수는 그의 시선을 보더니 꼼짝 않고 서 있었다. "그러지 말아요." 죄수가 말했다. 오른손에 권총을 쥐고 있던 형사는 그의 왼손을 아래로 홱 잡아당겼다. 죄수가 그의 무릎 아래 미끄러지듯 냅다 고꾸라졌다. "안돼요." 그가 말했다. 형사는 문을 응시하고 있었다. 죄수가 형사의 리벌버 권총을 자꾸 치우려 하자 형사는 권총을 총구 쪽으로 쥐더니 죄수의 머리통 옆을 갑자기 내려쳤다. 죄수는 고꾸라지며 머리와 두 손이 바닥에 부딪쳤다. "이러지 말아요."라고 하며 그는 바닥에 댄 머리를 마구 이리저리 흔들었다. "안돼요, 안돼요, 안돼요."

형사는 그를 때리고 또 때렸다. 그러자 그는 조용해졌다. 얼굴을 바닥에 대고 그는 뻗어 있었는데 머리는 가슴으로 푹 꺾여 있었다. 문을 지켜보며 형사는 리벌버 권총을 바닥에 놓고 몸을 아래로 하여 죄수의 팔목으로부터 수갑을 풀었다. 그런 다음 그는 리벌버를 다시 쥐고 일어났다. 오른손으로는 리벌버를 꼭 쥔 채 그는 기차를 정지시키려고 비상 정지장치를 잡아당겼다. 그리고 나서 화장실 문의 손잡이 쪽으로 손을 뻗었다.

기차가 속도를 갑자기 줄이기 시작했다.

"그 문에서 비켜." 누군가가 문 안에서 말하는 것이 밖으로 들렸다.

"빨리 문 열어." 형사가 말하고 한발 물러났다.

"앨." 형사가 다시 소리쳤다. "앨, 자네 괜찮아?"

형사가 이제 문의 한쪽 편으로 바싹 붙어 섰다. 기차는 점점 느려졌다.

"앨," 형사가 또 외쳤다. "자네 괜찮으면 대답하게." 아무 응답이 없었다. 기차가 섰다. 제동수가 객실의 문을 열고 들어왔다.

"젠장, 이게 뭐야?" 그가 말했다. 그는 바닥에 나뒹굴어진 죄수와 피, 그리고 리벌버 권총을 들고 있는 형사를 보았다. 차장이 객실의 다른 쪽 입구에서 달려왔다.

"사람을 죽인 놈이 저 안에 있소." 형사가 말했다.

"빌어먹을, 있긴 뭘. 그놈은 창문으로 내뺐소." 제동수가 말했다.

"저 자를 감시해요." 형사가 말했다. 그는 승강단으로 나가는 문을 열었다. 나는 통로를 건너가서 창 밖을 내다보았다. 철도를 따라서 울타리가 있었다. 울타리 너머로는 숲이었다. 나는 철길 아래위를 훑어보았다. 형사가 달려가더니 이내 되돌아 달려왔다. 시야에는 아무도 없었다. 형사가 객실로 되돌아 들어왔다. 그들은 화장실 문을 강제로 열었다. 문은 형사가 바닥에 가로질러 뻗어 있어서 활짝 열리지 않았다. 차창이 반쯤 열려 있었다. 형사는 아직도 숨이 붙어 있었다. 그들은 그를 들어 올려서 화장실로부터 객실로 옮겼다. 죄수도 옮겨서 좌석에다 뉘었다. 형사는 죄수의 수갑을 큰 트렁크의 손잡이에다 채웠다. 모두들 어찌할 바를 몰랐다. 형사를 보살펴야 할지 도망간 작은 사내를 수색해야 할지 혹은 다른 무엇을 해야 할지 그들은 갈팡질팡이었다. 모든 사람이 기차에서 내려서 철도와 숲의 가장자리를 살펴보았다. 제동수는 그 작은 사람이 철길을 가로질러서 숲 속으로 달아나는 것을 보았다고 했다. 형사가 두어 차례 숲 속으로 들어갔으나 곧 도로 나왔다. 그 죄수는 형사의 권총까지 빼앗아 도망간 모양이었다. 그래서 아무도 그를 뒤쫓아 숲 속으로 깊이 들어가려고는 하지 않는 듯이 보였다. 마침내 그들은 열차를 출발시켰다. 가까운 역에 도착하여 주 경찰을 부르고 그 작은 죄수의 인상착의를 알리기 위해서였다 나의 아버지는 그들을 도와 형사를 치료했다. 아버지는 그의 상처부터 씻어냈다. 상처는 쇄

골과 목 사이에 나 있었다. 아버지는 화장실로부터 종이나 타월을 가져오도록 나에게 시켰다. 그리고 그것을 잘 접어서 마개처럼 만들어 상처의 입구를 틀어막았다. 그런 다음 형사의 셔츠에서 잘라 낸 소매로 그것을 꼭 붙들어 매었다. 그들은 형사를 좌석 바깥으로 내와서 가능한 한 편안하게 뉘었고 나의 아버지는 그의 얼굴을 씻어 주었다. 그는 머리까지 화장실 바닥에 심하게 부딪쳐서 아직까지 의식불명이었다. 그러나 아버지는 상처가 중상은 아니라고 했다. 역에 도착하자마자 그들은 다친 형사를 운반해 갔고 또 다른 형사도 역시 남아 있는 죄수를 데리고 나갔다. 그 죄수의 얼굴은 백짓장 같았는데 머리통에는 멍든 혹이 나 있었다. 그들이 그 죄수를 데리고 나갈 때 그의 표정은 바보처럼 보였다. 그는 무척 신경이 예민해져서 그들이 시키는 일을 재빨리 하려고 열심히 움직이는 것 같았다. 아버지는 그들이 경사를 데리고 나가는 것을 도와준 다음 객실로 돌아왔다. 그들은 역에 있는 화물 트럭에 그를 싣고 병원으로 데려 가려는 모양이었다. 형사는 전보를 치고 있었다. 우리가 승강단에 서 있을 때 기차가 출발했다. 나는 죄수가 거기 서 있는 것을 보았다. 그는 역 건물의 벽에 뒤통수를 대고 서 있었다. 그는 울고 있었다.

나는 이 모든 일들로 인하여 몹시 언짢은 기분이 들었다. 우리는 흡연실로 들어갔다. 제동수는 양동이와 한 다발의 휴지를 갖고 와서 피가 엉켜 있었던 곳을 걸레질하여 닦아냈다.

"의사 선생님, 그는 어땠어요?" 제동수가 아버지에게 물었다.

"난 의사가 아니에요." 아버지가 말했다. "하지만 그 사람은 괜찮을 것 같아요."

"덩치 큰 형사가 둘이었는데." 제동수가 말했다. "그런데 새우만한 꼬마 녀석 하나를 못다루다니."

"그가 차창으로 나오는 걸 당신이 보았소?"

"물론이요." 제동수가 말했다. "혹시 그때가 아니라면 막 철로 위에 뛰어 내린 직후였던가, 하여간 보았오."

"그를 죄수인 줄 알아보았나요?"

"아니오. 처음 그를 보았을 때 알아차리지 못했어요. 의사 선생님, 그가 어떻게 형사에게 그런 중상을 입혔을까요?"

"뒤에서 덤벼들었음에 틀림없어요." 아버지가 말했다.

"나이프는 어디서 구했을까요?"

"모르겠소." 아버지가 말했다.

"또 한 얼간이는 불쌍해요." 제동수가 말했다. "그 녀석은 도망 갈 궁리조차 하지 않았죠."

"안 했죠."

"하지만 형사가 그 녀석에게는 본때를 보여 줬어요. 의사 선생님도 그걸 봤죠?"

"그렇소."

"저 불쌍한 얼간이." 제동수가 말했다. 그가 씻어낸 곳은 축축하면서도 깨끗했다. 우리는 옆 칸에 있는 원래 좌석으로 되돌아 왔다. 아버지는 앉아서 아무 말도 하지 않았다. 나는 그가 무슨 생각을 하는지 궁금했다.

"자, 지미야." 잠시 후에 그가 말했다.

"네."

"이제 이 모든 일에 대해서 어떤 생각을 하니?"

"모르겠는걸요."

"나도 모르겠구나." 아버지가 말했다. "기분이 좋지 않니?"

"네."

"나도 좋지 않아. 넌 무서웠니?"

"피를 보았을 때 그랬어요." 내가 말했다. "그리고 그가 죄수를 때릴 때도요."

"무서운 것도 당연하지."

"아버지도 무서웠어요?"

"아니." 아버지가 말했다. "피가 무엇처럼 보였니?" 나는 잠시 생각했다.

"진하면서도 부드러웠어요."

"피는 물보다 진하다." 아버지가 말했다. "그건 네가 적극적인 생활을 해나갈 때 부딪치는 최초의 격언이란다."

"그건 그런 뜻이 아니잖아요." 내가 말했다. "그건 가족간의 관계를 뜻하는 것이잖아요."

"아니야." 아버지가 말했다. "그건 지금 내가 한 말을 그대로 뜻한단다. 하지만 피는 항상 사람을 놀라게도 하지. 최초로 피를 발견했던 때를 지금도 난 기억하고 있어."

"언제였던가요?"

"나는 내 신발이 피로 가득 찬 것을 문득 느꼈지. 그건 매우 따뜻하고 진했어. 우리가 오리 사냥할 때 고무 장화에 스며들어 온 물과도 꼭 같았다. 다만 따뜻하고 더 진하고 더 부드럽다는 것을 뺀다면 말야."

"그때가 언제였던가요?"

"아, 오래 전 일이지." 아버지가 말했다.

"침대차의 사환"도 "기차 여행"과 같은 자료에서 나온 것으로 미완성이며 제목이 붙지 않은 소설의 일부이다.

침대차의 사환

　우리가 침대칸에서 잠자리에 들려고 할 때 아버지는 나에게 아래쪽 침대를 쓰는 것이 더 좋을 거라고 말했다. 이른 아침에 내가 차창 밖을 내다보고 싶을 것이기 때문이라는 이유였다. 아버지는 위쪽 침대도 자기에게는 아무 상관이 없다고 말했다. 그리고 잠자리에는 좀더 있다가 들겠노라고 했다. 나는 옷을 벗었다. 그리고 그 옷들을 그물 시렁에 얹은 다음 잠옷으로 갈아입고 잠자리에 들었다. 나는 불을 끄고 차창의 커튼을 걷어 올렸다. 그러나 앉아서 내다보기에는 너무 추워서 자리에 누웠더니 아무 것도 보이는 것이 없었다. 아버지는 내 침대 밑에서 트렁크를 꺼낸 다음 내 자리 위에다 펼쳐놓고 잠옷을 꺼내 위쪽 침대로 홀쩍 던졌다. 그런 다음 책과 술병을 꺼내 술을 자기 잔에다 가득 부었다.
　"불을 켜시죠." 내가 말했다.
　"아니다. 그럴 필요는 없어. 너 졸리지, 짐?"
　"그런 것 같은데요."
　"푹 자거라." 그가 말했다. 그리고 트렁크를 잠근 다음 침대 밑에다 도로 갖다 넣었다.

"신발은 밖에다 내놓았니?"

"아뇨."내가 말했다. 신발은 그물 시렁 위에 있었다. 나는 일어나서 그걸 집으려고 했으나 아버지가 찾아내서 통로 쪽에다 내다놓았다. 그는 침대 가리개 커튼을 내렸다.

"아직 안 주무시려고요, 선생님?"침대차의 나이 든 흑인 사환이 아버지에게 와서 물었다.

"아직 안 잘 거야."아버지가 말했다. "세면실에서 책을 좀 읽을까 해서."

"네, 선생님."사환이 말했다. 두꺼운 담요를 끌어당겨 푹 덮고 시트 사이에 들어가 있으니 기분이 썩 좋았다. 침대 주위는 어두웠고 차창 밖의 풍경도 어두웠다. 열려 있는 차창의 아래 부분에는 쇠그물이 가로질러 있었으며 차가운 공기가 들어왔다. 녹색의 침대 가리개 커튼은 꼭 여며져 있었다. 열차는 흔들렸으나 매우 듬직하게 느껴졌고 빨리 달렸다. 간혹 기적 소리도 들렸다. 나는 잠이 들었다가 문득 깨어나서 밖을 내다보자 기차는 매우 천천히 달리며 큰 강을 건너고 있었다. 불빛들이 강물에 비치어 반짝이었고 다리의 철골이 차창가를 지나갔다. 아버지가 위쪽 침대로 올라가고 있는 모습이 보였다.

"잠이 깼니, 지미?"

"네. 여기가 어디죠?"

"지금 캐나다로 들어가고 있어."그가 말했다. "하지만 아침이 되면 국경에서 많이 떨어져 있을 거야."

나는 차창 밖으로 캐나다를 좀 구경하려고 했다. 그러나 보이는 거라곤 조차장과 화물열차뿐이었다. 기차가 섰다. 두 사람이 토오치 램프를 들로 다가와서 멈추더니 망치로 기차 바퀴를 툭툭 쳤다. 기차 바퀴 옆에 꾸부리고 있는 사람들과 우리 건너편에 있는 화물 열차를 빼면 보이는 건 아무 것도 없었다. 나는 다시 자리로 기어 들어갔다.

"캐나다의 어디쯤 와 있어요?" 내가 물었다.

"윈저란다." 아버지가 말했다. "잘 자라, 짐."

아침에 잠이 깨어서 밖을 내다보니 우리는 미시간처럼 보이는 멋진 시골을 지나가고 있었다. 다만 언덕들이 조금 더 높아 보이고 나무들은 모두 단풍이 들고 있는 점만 달랐다. 나는 옷을 다 입었으나 아직 신발은 신지 않았다. 나는 신발을 찾아 커튼 아래로 손을 뻗었다. 신발은 깨끗이 닦아져 있었다. 그걸 신고 커튼을 연 다음 나는 통로로 나갔다. 다른 커튼들은 통로를 따라 모두 채워져 있었다. 모든 승객들이 아직 자고 있는 모양이었다. 나는 세면실로 가서 들여다보았다. 검둥이 사환이 가죽이 씌워진 쿠션이 좋은 좌석의 모서리에서 자고 있었다. 그는 모자를 눈 있는 데까지 내려쓰고 있었으며 발은 걸상들 중의 하나에다 올려놓고 있었다. 입은 헤벌어지고 머리는 뒤로 제쳐져 있었으며 두 손은 무릎에 모아져 있었다. 나는 객차의 끝까지 가서 내다보았지만 바람과 탄재만 들어왔으며 앉을 자리도 없었다. 나는 세면실로 되돌아와서 그 사환을 깨우지 않으려고 아주 조심스레 들어간 다음 차창 옆에 앉았다. 세면실은 이른 아침의 공기 속에서 놋쇠 타구의 냄새가 났다. 배가 고팠다. 나는 차창 밖으로 시골의 가을 풍경을 내다보았다. 그리고 사환이 잠자고 있는 것도 보았다. 사냥하기에는 아주 좋은 장소 같았다. 구릉지대에는 덤불 숲이 많았고 숲이 들어선 땅들과 멋지게 보이는 농가들 그리고 양호한 도로들이 있었다. 이곳은 미시간과는 꽤 다르게 보이는 그런 지방이었다. 계속 달리면서 보니 이 지방은 모두 하나로 연결된 듯한 느낌이었다. 미시간에서는 어느 한 지방이 다른 지방과 연계되어 있지 않았다. 이곳은 늪지도 전혀 없었고 산불이 난 곳도 보이지 않았다. 여기는 마치 모든 것이 어느 한 사람의 소유인 것처럼 보이면서도 또한 멋있게 보이는 지방이었다. 너도밤나무와 단풍나무는 단풍이 들었고 관목 참나무 숲도 역시 고운 색깔로 물든 잎을 달고 있었다. 덤불 숲이 나타났을 때 환한 붉은 색의 수많은 옻나무들이 보였다. 토끼가 살기에 좋은 곳으로 보여서 나는 사냥감을 찾아보려고 했다. 그러나 기차가 너무 빨리 달려서 시선을 집중시킬 수가 없었다. 그리고 눈에 띄는 유일한 새들이란 하늘을 나는 새들뿐이었다. 매가 자기 짝과 함께 들판에서 먹이를 잡는 것을 보았다. 숲 가장자리에서는 딱다구리들이 날고 있었는데 그들은 남으로 이동하고 있는 듯싶었다. 어치새도 두어 번 보였으나 달리는 기차에서 차창 밖의 새를 관찰하기가 쉽지 않았다. 기차를 타면 어떤 물체를 정면으로 보아도 그것은 모두 땅위에서 옆으로 미끄러져 간다. 그래서 무얼 좀 보려면 항상 조금 앞쪽을 내다보면서 그 물체가 그냥 통과하게 내버려두어야 한다. 우리는 긴 목초지가 있는 농가를 통과했다. 한 무리의 물떼새가 먹이를 먹고 있었다. 기차가 지나가자 그 새들 중 세 마리가 날아 올라서 숲 위를 빙빙 돌았다. 그러나 나머지는 여전히 먹이를 쪼고 있었다. 기차가 크게 선회하여 달려서 나는 우리 앞의 다른 객차들을 볼 수 있었다. 앞쪽에서 기관차와 기관차 바퀴들이 무척 빨리 달리고 있었으며 우리 앞쪽 밑으로는 강기슭이 보였다. 그때 몸을 돌리자 검둥이 사환은 이미 잠이 깨어서 물끄러미 나를 쳐다보고 있었다.

"뭘 보슈." 그가 말했다.

"별 게 없어요."

"유심히 보던데."

나는 뭐라고 말하지는 않았으나 그가 잠이 깨어서 하여튼 기뻤다. 그는 발을 걸상 위에 계속 올려놓고 있었지만, 손을 위로 뻗어 모자를 바로 매만지고 있었다.

"여기 오래 앉아 책을 읽은 분이 당신 아버지 맞소?"

"그래요."

"확실히 술 마실 줄 아는 양반이더만."

"굉장한 술꾼이시라오."

"정말 그분은 굉장한 술꾼이야. 그 말이 꼭 맞아, 굉장한 술꾼이야."

나는 아무 말도 하지 않았다.

"나도 그 양반하고 두어 잔 마셨다오. 난 그만 헬렐레했는데 그 양반은 밤을 새고도 끄떡없더만."

"원래 끄떡없는 분이오." 내가 말했다.

"끄떡없으셔. 하지만 그런 식으로 계속하면 속을 다 버릴 텐데."

나는 아무 말도 안 했다.

"배 고프우, 젊은 양반?"

"그래요." 내가 말했다.

"아주 배가 고픈데요."

"우리 지금 당장 식당칸으로 가요. 저기 뒤쪽으로 가면 뭔가 요기 좀 할 게 있을 거구만."

우리는 객차를 둘 지나서 뒤쪽으로 갔다. 식당칸까지 가는 통로가의 커튼은 모두 내려져 있었다. 식탁을 지나서 우리는 뒤에 붙은 부엌으로 갔다.

"어이 친구들 잘 만났다, 이거." 사환이 주방장에게 말했다.

"조지 아저씨군요." 주방장이 말했다. 네 명의 다른 검둥이들이 식탁에서 카드놀이를 하고 있었다.

"저 젊은 양반하고 나한테 먹을 것 좀 줄 수 있는가?"

"안 되겠습니다요." 주방장이 말했다.

"마련할 때까진 말이죠."

"마실 건 있나?" 조지가 말했다.

"없습니다요." 주방장이 말했다.

"이걸 맛 좀 보지." 조지가 말했다. 그는 옆주머니에서 한 파인트들이 술병을 꺼냈다.

"이 젊은 양반 아버님의 특별한 호의일세."

"그분 참 친절하시기도 하네요." 주방장이 말했다. 그는 입술을 쓰윽 문질렀다.

"이 젊은 양반의 아버님은 세계 챔피언이라네."

"무슨 챔피언이요?"

"술 마시는 데에."

"그분은 무지하게 친절하시구려." 주방장이 말했다. "간밤엔 어떻게 드셨소?"

"저 트기 잡배들의 기부금으로 먹었지."

"그들은 여태 몰려다니우?"

"시카고와 디트로이트 사이에서지. 요즘은 그들을 백인 에스키모라고 부른다네."

"그렇군요." 주방장이 말했다. "모든 것이 다 자기 자리를 갖고 있군요." 그는 프라이팬 한쪽 편으로 계란 두 개를 깨뜨려 넣었다. "챔피언 아드님은 햄과 계란이 어떻소?"

"고마워요." 내가 말했다.

"아까 그 호의의 술을 약간 맛보는 게 어때요?"

"좋습니다요."

"그럼 당신 아버님의 챔피언 자리를 위하여." 주방장이 한 모금 하며 나에게 말했다. 그리고 자신의 입술을 빨았다. "저 젊은 양반도 역시 술을 하나요?"

"아니." 조지가 말했다. "그는 내 보호 책임일세." 주방장이 햄과 계란 두 접시를 내놓았다.

"앉으시오, 신사 양반들."

조지와 나는 자리에 앉았다. 그는 커피 두 잔을 갖고 와서 우리 반대편에 앉았다.

"그런 호의가 한번 더 생기면 그땐 내게 기꺼이 넘겨주는 거지요?"

"기대해 보라구." 조지가 말했다. "우린 객차로 돌아가야겠네. 이 철도사업은 어떤가?"

"철도야 든든하지요," ("철도가 곧 가게 〈firm〉이지요"라는 이중의 뜻으로 말장난을 했음: 역주) 주방장이 말했다. "월가는 어때요?" (여기에서 조지와 주방장 간에 오가는 대화의 전후 맥락은 연상작용에 의한 말장난이 태반임. 동시에 백인 흉내를 내보는 패이소스도 엿보임: 역주)

"주식을 팔자는 쪽이 다시 시가 조작으로 값을 올리고 있어." 조지가 말했다. "복부인들은 요즘 안전제일이 아니더구만."

"그럼, 컵스 야구팀에다가 걸어요." 주방장이 말했다. "자이언츠 팀은 연맹전을 하기에는 너무 비대해요." 조지가 웃었고 주방장도 웃었다.

"선생은 참으로 정중한 분이오." 조지가 말했다. "여기서 상면케 된 것은 무상의 영광이오."

"도망쳐요." 주방장이 말했다. "래커와니어스양에게서 당신을 찾는 전화가 왔어요."

"난 그녀를 사랑하는데." 조지가 말했다. "누구든 그 여자의 머리털 하나 손대는 날에는—"

"도망쳐요." 주방장이 말했다. "그렇잖으면 그 트기 잡배들이 당신을 붙들어요."

"유쾌한 시간이었습니다." 조지가 멋 부리는 투로 말했다. "진정 유쾌한 자리였어요."

"도망쳐요."

"한번만 더 호의를 베풀고 나서."

주방장이 입술을 문질렀다. "신이여, 떠나는 손님의 발걸음을 재촉하고 성공을."

"아침 먹으러 다시 오겠네." 조지가 말했다.

"불로소득인 습득물도 갖고 가야죠." 주방장이 말했다. 조지는 술병을 자기의 주머니에다 넣었다.

"고귀한 사람이여, 잘 있게."

"빌어먹을, 어서 가시오." 카드놀이를 하던 검둥이들 중 하나가 말했다.

"잘 있어요. 신사 양반들." 조지가 말했다.

"안녕히 가십죠." 주방장이 말했다. 우리는 나왔다.

객차로 돌아오자 조지는 숫자판을 들여다봤다. 열둘이라는 숫자와 다섯을 나타내는 숫자가 있었다. 조지가 작은 물체를 아래로 잡아당기자 두 개의 숫자는 사라졌다.

"자넨 여기 앉아서 편히 쉬는 게 더 낫겠는걸." 그가 말했다.

나는 세면실에 앉아서 기다렸다. 그는 통로를 따라 쭉 걸어갔다. 조금 지나서 그는 되돌아왔다.

"이제 모두들 편안한가봐." 그가 말했다. "철도일이 재미있어 보이는가, 지미?"

"내 이름을 어떻게 알았어요?"

"자네 아버지가 그렇게 부르시던데, 안 그런가?"

"맞아요."

"그럼 그렇지." 그가 말했다.

"철도일이 괜찮아 보이는군요." 내가 말했다. "주방장하고는 항시 그런 식으로 대화를 나눠요?"

"아니올시다, 제임스씨." 그가 말했다. "신명이 날 때만 우린 그런 식으로 말하지요."

"바로 술 마셨을 때라든지." 내가 말했다.

"꼭 그런 때만은 아니고, 무슨 이유든 기분이 날 때 그런다네. 주방장과 나는 친족 정신이 있나봐."

"친족 정신이 뭔데요?"

"인생을 똑같이 내다보는 신사 정신이랄까."

나는 아무 소리도 하지 않았다. 벨이 울렸다. 조지가 나가서 상자 속의 작은 물건을 잡아당기고는 방으로 되돌아왔다.

"자넨 면도칼로 칼질하는 걸 본 적이 있는가?"

"아뇨."

"보여주면 재미있어 할 텐가?"

"그럼요."

벨이 다시 울렸다. "가서 좀 봐줘야겠어." 조지가 나갔다.

그는 돌아와서 내 옆에 앉았다. "면도칼의 사용법이란." 그가 말했다. "이발하는 직업에만 알려진 기술이 아닐세." 그는 나를 쳐다보았다. "눈을 휘둥그래 뜨진 말게." 그가 말했다. "난 그저 설명할 따름이니까."

"무서워하진 않아요."

"자네가 무서워하지 않는다는 걸 난 확실히 알 수 있지." 조지가 말했다. "자네 옆엔 가장 훌륭한 친구가 함께 있으니까."

"틀림없어요." 내가 말했다. 나는 그가 꽤 취했다고 생각했다.

"자네 아버진 이걸 꽤 마셨지?" 그가 술병을 꺼냈다.

"난 모르겠어요."

"자네 아버진 기독교를 믿는 고상한 신사분 타입이야." 그는 또 한 모금 마셨다.

나는 아무 말도 안 했다.

"면도칼 이야기로 돌아가세." 조지가 말했다. 그는 외투의 안주머니로 손을 뻗쳐 넣더니 면도칼을 하나 꺼냈다. 그는 면도칼을 접은 채로 왼손바닥에 놓았다.

손바닥은 분홍빛이었다.

"면도칼기술을 한번 생각해봐." 조지가 말했다. "이건 애써 일하거나 실을 잣는 것도 아냐."

그는 면도칼을 손바닥 위에 얹은 채로 쑥 내밀었다. 칼에는 검은 뼈로 된 손잡이가 달려 있었다. 그는 손잡이를 펴서 칼날을 똑바로 내놓은 채 오른손에 쥐었다.

"자네 머리에서 머리카락을 하나 내놓겠어?"

"그게 무슨 뜻인가요?"

"하나만 뽑아내라구. 내 머리칼은 잘 안 뽑혀서 말이야."

내가 머리카락을 하나 뽑자 조지가 그것을 잡으려고 손을 내밀었다. 그는 내 머리카락을 왼손에 쥐고서 그것을 조심스레 두 개로 잘라냈다. "날이 예리해야 돼." 그가 말했다. 그는 여전히 남아 있는 머리칼의 짧은 끝을 한참 보더니 손에 든 면도칼의 방향을 돌려서 뒤쪽 방향으로부터 면도날을 획 휘둘렀다. 면도날이 엄지와 검지 손가락 가까이에서 머리칼을 잘라냈다. "동작은 단순해야 돼." 조지가 말했다. "이 두 가지 뛰어난 특성이 결합돼야 한다구."

벨이 울리자 그는 면도칼을 접어서 나에게 건넸다.

"이 면도칼을 잘 좀 갖고 있게." 그가 말하고 나갔다. 나는 그걸 보았다. 그리고 폈다가 다시 접었다. 그것은 그저 보통의 면도칼이었다. 조지가 돌아와서 내 옆에 앉았다. 그는 한 모금 마셨다. 병 속에는 더 이상 술이 없었다. 그것을 보고도 그는 술병을 주머니에 다시 넣었다.

"면도칼을 이리 주게." 그가 말했다. 나는 칼을 그에게 건넸다. 그는 왼손바닥에 그것을 놓았다.

"잘 관찰했지." 그가 말했다. "날의 예리함과 동작의 단순함, 이제 이들보다 더 중요한 게 있다네. 칼 다루는 데 있어서의 안전성이지."

그는 오른손으로 칼을 집어들고 약간만 휘둘렀다. 면도날이 나왔다 들어갔다 했는데 예리한 날이 주먹 쥔 안쪽 손마디에 걸쳐서 나왔다. 그는 나에게 자신의 손을 보여 주었다. 면도칼의 자루는 주먹 속에 쥐어져 있었다. 그리고 면도날은 주먹의 왼쪽 손마디에 걸쳐서 펴지더니 엄지와 검지에 의해 적당한 장소에서 고정되었다. 이제 면도날은 예리한 끝을 밖으로 하고 그의 주먹을 가로질러 적당한 곳에서 든든하게 자리잡고 있었다.

"자, 이걸 눈여겨보실까? 필수적인 고도의 기술 차례일세."

그는 벌떡 일어나서 오른손을 쑥 내밀었다. 주먹을 꽉 쥔 채였고 면도날은 안주먹 마디에 걸쳐서 펼쳐 있었다. 면도날이 창문으로 들어오는 햇살을 받아서 반짝이었다. 조지는 그 면도날을 갖고서 고개를 재빨리 숙여 피하는 시늉과 함께 쿡 찌르는 동작을 세 번 했다. 그는 뒤로 물러나더니 허공을 두 번 홱 휘둘러 그었다. 그런 다음 머리를 숙이고서 자신의 왼손으로는 목 둘레를 감싼 채 쑥쑥 몸을 이리저리 피하며 주먹과 면도날로 앞과 뒤 또 앞과 뒤를 날렵하게 그어 대었다. 한 번, 두 번, 세 번, 네 번, 다섯 번, 여섯 번을 그는 죽죽 내리 베었다. 마침내 그가 몸을 폈다. 얼굴은 땀 투성이였다. 면도칼을 접어서 그는 주머니에다 넣었다.

"칼 쓰는 솜씨를 좀 보여드렸지." 그가 말했다. "그리고 왼손에 베개만 잡고 있으면 더욱 안성맞춤이고."

그는 앉아서 얼굴을 닦았다. 그리고 모자를 벗어서 그 속의 가죽으로 된 버팀끈도 닦았다. 그는 몇 발짝 세면실을 가로질러 가서 물을 한 모금 마셨다.

"면도칼은 망상에 불과해." 그가 말했다. "면도칼로는 방어가 안 되거든. 누구라도 맘만 먹으면 면도칼로 자넬 벨 수 있다네. 만약 자네가 다른 사람들을 벨 수 있을 만큼 아주 가까운 위치에 있다면, 그들도 자넬 베어야만 돼. 자네가 왼손에 베개나 갖고 있다면 피할 수 있겠지만, 면도칼을 쓰는데 어디서 베개를 구할 건가? 잠자리에서야 누굴 베겠어? 면도칼은 망상이야, 지미. 이건 검둥이의 무기라구. 일상적인 검둥이 무기지. 하지만 이젠 자네도 이걸 어떻게 쓰느냐 하는 걸 알게 되었네. 손에서 면도칼을 되접는 것이 검둥이들이 이룬 유일한 발전일세. 자신을 방어하는 법을 터득한 검둥이는 잭 존슨 뿐이었지. 그리고 사람들은 그를 레븐워드(캔자스주의 작은 도시로 연방 교도소가 있음: 역주)로 데리고 갔지. 그러니 면도칼이 있었던들 내가 잭 존슨에게 무얼 했겠나. 이건 아무짝에도 쓸모가 없어, 지미. 인생에서 얻게 되는 거라곤 세상을 보는 눈치뿐이야. 나와 주방장 같은 녀석들은 세상을 보는 눈치를 갖고 있다네. 비록 틀린 관점이라 할지라도 눈치보며 돈은 버는 거야. 검둥이는 늙은 잭이나 마커스 가비처럼 망상을 갖고 있어. 그러니 교도소로 가지. 면도칼에 대해 내게 망상을 갖고 있다한들, 내가 뭣이 될 건지 생각해 보게. 아무 가치가 없어, 지미. 자네도 술을 마시면 한 시간도 채 안되어서 내 기분을 알 걸세. 자네와 난 친구조차도 못된다네."

"우린 친구예요."

"착한 옛 친구 지미." 그가 말했다. "가런하고 늙은 타이거 플라워즈에게 사람들이 해먹었던 불법 거래를 생각해 보게. 만약 백인이었더라면 백만 불은 거뜬히 벌었을 거야!"

"타이거가 누구죠?"

"그는 권투 선수였다네. 빌어먹게 훌륭한 선수였지."

"사람들이 그에게 무슨 짓을 했나요?"

"이럭저럭 핑계를 대면서 항상 그를 지방 순회 시합에나 데리고 다녔지."

"너무 심했군요." 내가 말했다.

"지미, 죽어라고 해봤자 남는 건 하나도 없어. 여자들로부터는 매독이나 얻고, 결혼이랍시고 하면 마누라가 바람이나 피우고. 철도일을 하다보면 매일밤 집을 떠나 있지. 그러니 우리가 찾는 여자는 그걸 도저히 못 참기 때문에 아래위로 잘 움직여 주는 그런 여자라네. 여자가 참을 수 없어하니 우린 그런 여자를 좋아하고 밝히거든. 그러다가 남자 힘이 떨어지면 여자는 그걸 참을 수 없다는 이유로 떠나가지. 남자 혼자만 평생 그렇게 많은 오르가즘을 느꼈다는 핑계도 대고. 술을 마시고 나면 몸만 더 나빠지는데 그런 게 뭐가 중요하겠어."

"몸이 좋지 않아요?"

"좋지 않구만. 몸이 나쁜 것 같다고. 몸이 나쁘지만 않다면 내가 그런 식으로 이야기할 리가 없지."

"아버지도 가끔 아침이면 몸이 좋지 않으실 때가 있나봐요."

"그분도 그런가?"

"물론이죠."

"그래서 어떻게 하시는데?"

"운동을 하시지요."

"아, 나도 스물네 개의 침대를 정돈하지. 아마도 그게 해결책일 거야"

비가 내리기 시작한 후부터는 기차 여행의 하루가 길게 느껴졌다. 비가 내리자 차창이 젖어서 바깥 풍경은 명료하게 보이지 않았다. 그러더니 이윽고 바깥에 있는 사물들이 똑같이 보이게 되었다. 우리는 마을과 도시를 많이 지나쳤지만 그 모든 곳에도 비는 내리고 있었다. 우리가 올버니에서 허드슨강을 건널 때는 비가 아주 세차게 내리고 있었다. 나는 밖으로 나와 객차 이음쇠 옆의 연랑에 서 있었다. 조지가 출입문을 열어놔서 바깥이 내다 보였다. 그러나 다만 다리의 젖은 철골만 보였고 비는 바로 강으로 떨어지고 있었다. 기차에는 빗물이 줄줄 흘렀다. 하지만 바깥에서는 좋은 냄새가 났다. 가을이었으며 열린 문으로 들어오는 공기는 상쾌하고 마치 젖은 나무나 쇠 같은 냄새가 났다. 그래서 마치 떠나온 북미시간의 그 호수 같았다. 객차에는 많은 승객들이 타고 있었는데 아무도 흥미를 불러일으킬 만한 인상을 갖고 있진 않았다. 어떤 잘 생긴 얼굴의 부인이 나보고 옆자리에 앉으라고 해서 그렇게 했다. 그러나 그녀는 내 나이 또래의 아들과 이야기를 나누기 위해서 고개를 돌렸다. 그녀는 뉴욕의 교육감 자리로 부임한다고 했다. 나는 조지와 함께 식당차의 주방으로 되돌아가서 그가 주방장과 나누는 희한한 대화를 들을 수 있다면 얼마나 좋을까 하는 생각이 들었다. 정규 낮 근무시간 동안 조지는 다른 보통 사람들과 똑같은 식으로 대화를 나누었다. 다만 말수가 적고 정중한 것을 빼고는. 하지만 나는 그가 얼음물을 많이 마시는 것을 알아차렸다.

바깥은 비가 벌써 그쳤다. 그러나 산 위에는 아직 큰 구름이 많았다. 우리는 강을 따라서 달리고 있었는데 풍경이 매우 아름다웠다. 전에 북미시간의 그 호숫가에 살 때 일요일이면 정찬을 먹으러 가곤 했던 캔우드여사 댁에서 내가 어떤 책의 삽화에서 본 것 말고는 이런 장면을 본적이 없었다. 그 책은 매우 큼직했는데 항상 응접실 탁자 위에 놓여 있어서 나는 정찬을 기다리는 동안 뒤적이곤 했었다. 동판으로 인쇄된 그 삽화들은 비 온 뒤의 이곳 풍경과 흡사해서 강물이 있었고 그곳으로부터는 산들이 솟아올라 있었으며 회색 암석도 있었다. 때때로 강 건너편에서 기차가 건너오곤 했다. 나뭇잎새들은 가을이 되어 단풍이 들었고 이따금 나뭇가지 사이로는 강물이 보였다. 그곳은 정든 풍경은 아니었고 단지 삽화와 같았다. 그러나 그 대신에 앞으로 살아가야 할 곳 같았으며 낚시를 하고 준비해 간 점심을 먹으며 지나가는 기차를 지켜보기도 할 수 있는 그런 장소 같았다. 하지만 대체로 그곳은 그 삽화에서처럼 어둡고 현실감이 없었다. 그리고 쓸쓸하며 낯설고 고전적인 풍경이었다. 그런 느낌은 아마 비가 막 온 후에다가 해는 아직 나타나지 않은 탓이었는지도 모른다. 바람이 불어 나무에서 잎새들이 떨어지는 때에 그 사이로 걸으면 상쾌하고 좋으며 나무들도 잎이 없을 따름이지 똑같다. 그러나 잎새들이 비로 인해 떨어지면 그 잎새들은 죽은 것이며 젖은 채 땅바닥에 축 처져 있다. 그리고 나무들도 변하여서 칙칙하게 젖어 있고 친근하지 않다. 허드슨강을 따라서 지나온 풍경은 매우 아름다웠다. 그러나 그곳은 내가 알지 못하는 그런 유형의 장소였다. 그래서 떠나온 호숫가로 자꾸만 되돌아가고 싶었다. 그곳은 내가 책 속의 삽화에서 받은 것과 똑같은 느낌을 나에게 주었다. 지금 있는 곳이 그런 느낌으로 인하여, 나는 지금 항상 그 책을 보던 방에 와 있으며, 누군가의 집이고, 정찬도 앞에 있고 그리고 비 온 후의 젖은 나무도 함께 있는 착각을 일으키게 했다. 바깥 경치는 북쪽이어서 계절로는 이미 가을을 지나 축축하고도 춥게 보였다. 새들은 사라졌으며 숲은 산책하기에 더 이상 유쾌한 곳이 아니었다. 비도 내려서 사람들은 난로나 쬐며 집안에서 머물고 싶어하는 그런 가운데 있음직했다. 이런 많은 상념에 사로잡히게 된 동기가 그동안 여러 가지 세상사들을 깊이 상념치 않았다던가, 이를 말로 표현치 않았던 탓이라고 나는 여기지 않는다. 이건 오로지 내가 허드슨 강변에 펼쳐진 풍경을 보는 순간 나에게 떠오른 감정의 편린일 따름이었다. 비는 모든 곳을 낯설게 한다. 우리가 지금 살고 있는 곳까지도.

"십자로의 특수 공작대"는 완전한 단편 소설로서 제2차 세계대전이 끝났을 때부터 1961년 사이에 쓰여졌다.

십자로의 특수 공작대

정오가 되기 전에 우리는 십자로에 도달했는데 실수로 프랑스 민간인을 하나 쏘아 죽였다. 그 프랑스 사람은 맨 앞에 나타난 지프차를 보자 농가를 건너서 우리 오른쪽의 들판을 가로질러 달아났다. 끌로드가 그에게 정지하라고 명령했는데도 그가 계속 들판을 가로질러 도망가자 레드가 그를 쏘았다. 그날 그가 죽인 첫 번째 사람이어서 그는 기분이 썩 좋았다.

우리는 모두 그가 민간인 옷을 훔친 독일병이라고 생각했었다. 그러나 그는 프랑스 사람임이 판명되었다. 하여간 그의 신분증은 프랑스인으로 되어 있었고 스와송 출신이라고들 했다.

"상 두뜨 세때 떵 꼴라보(틀림없이 부역자야: 역주)."

"무조건 도망갔어요, 안 그래요?" 레드가 물었다. "끌로드는 유창한 불어로 그에게 멈추라고 했고요."

"기록부에는 부역자로 올려." 내가 말했다. "신분증은 시체에다 도로 갖다 놓고."

"스와송 출신이라면 여기까지 나와서 무얼 하고 있었을까요?" 레드가 물었다. "스와송은 저 뒤쪽에 있잖아요."

"그는 우리 부대보다 앞장서서 도망쳤어, 부역자니까." 끌로드가 설명했다.

"얼굴이 형편없군요." 레드가 그를 내려다보며 말했다.

"자네가 다소 망쳐났어." 내가 말했다. "이봐, 끌로드. 신분증을 되돌려 놓으라니까. 돈도 그대로 두고."

"다른 사람이 가져갈 텐데요."

"그래도 자넨 안돼." 내가 말했다. "크라우츠(독일 무기를 경멸적으로 부르는 말: 역주) 전리품만 해도 돈이 많이 나올 거야."

그런 다음 나는 그들에게 차량 두 대를 둘 곳과 매복 장소를 설치할 곳을 알려 주었다. 그리고 오네심므에게 들판을 가로질러 두 개의 도로를 건넌 다음 덧문이 쳐진 선술집으로 들어가서 퇴각로 위로 무엇이 지나갔는지를 파악해 오도록 명령했다.

상당한 물량이 통과했다는 것을 그가 알아왔다. 도로에서 항시 오른쪽으로 이동한 모양이었다. 아직도 훨씬 더 많은 물량이 통과해야만 되는 것을 나는 알고 있었다. 나는 도로로부터 우리가 설치한 매복 장소까지 발로 거리를 재었다. 우리는 독일제 무기를 쓰고 있었으므로 어쩌다가 독일병이 십자로에서 일어나는 총소리를 듣는다 해도 그들은 놀라지 않을 것이었다. 우리는 십자로를 훨씬 더 넘어서 매복 장소를 설치했다. 십자로를 아수라장으로 만들어서 도살장처럼 보이게 하고 싶지는 않았기 때문이다. 우리는 그들이 십자로까지 재빨리 달려와서 계속 다가오기를 바라고 있었다.

"이건 멋진 게따빵이로군." 끌로드가 말했다. 레드가 나에게 무슨 말이냐고 물었다. 나는 그에게 보통은 덫이라는 뜻일 뿐이라고 말해주었다. 레드는 그 말을 외워두어야겠다고 했다. 그는 이제 자기 생각을 대략 반쯤은 불어로 말했다. 그리고 명령을 받으면 대략 반쯤은 자기가 생각할 때 불어인 것 같은 말로 응답했다. 희극적이었으나 나는 그게 좋았다.

아름다운 늦여름 낮이었다. 여름도 이제 거의 다 갔다. 우리는 덫이라고 부르며 설치한 매복 장소에 엎드렸다. 차량 두 대가 거름더미 뒤쪽으로부터 우리를 엄폐해주었다. 거름더미는 크고 걸죽했으며 매우 단단했다. 우리는 도랑 뒤의 풀밭에 엎드렸다. 풀잎에서는 여름이면 나는 냄새가 물씬 났다. 나무 두 그루가 각각 두 개의 덫 위에 그늘을 드리워 주었다. 어쩌면 덫을 서로 너무 가까이에 설치했는지도 몰랐다. 그러나 우리가 화력을 갖추고 있고 적은 빨리 통과하고자 하는 경우라면 아무리 가까워도 지나침은 없으리라. 백 야드는 괜찮다. 오십 야드가 이상적이다. 우린 그보다도 더 가까웠다. 물론 지금 우리가 해치우려고 하는 임무의 경우라면 항상 더 가까이 있는 것 같이 생각된다.

어떤 사람은 우리의 배치 방식을 반대도 하리라. 그러나 우리는 빠져나와서 후퇴할 경우라든지 도로를 가능한 한 감쪽같이 정상인 것처럼 보이도록 하는 것도 계산에 넣어야만 했었다, 차량에 대해서는 어쩔 도리가 따로 없었다. 그러나 이리로 다가오는 다른 차량 쪽에서 보면 언뜻 우리 차량들을 공습에 의해 파괴된 것으로 오인할 듯도 싶었다. 하지만 바로 오늘은 비행기가 한 대도 날지 않았다. 그러나 이리로 오는 사람들이 이곳에 비행기가 뜨지 않는다는 사실을 알 리 없었다. 퇴로에 도망가는 자야 누구라도 사물을 엉겁결에 달리 보게 마련이다.

"몽 까삐땐(우리 대장님: 불어 해석의 역주표시는 생략함)." 레드가 나에게 말했다. "적의 첨병이 나타난다 해도, 제기랄, 이 독일제 총소리를 듣고는 쏘지 않을까요?"

"첨병이 저 차량 두 대 있는 쪽으로부터 나타날 만한 도로상에는 우리 관측병이 있어. 깃발로 신호해서 보내 버릴 거야. 땀 흘리지 말아."

"땀 흘리지 않아요." 레드가 말했다. "난 부역자로 확인된 자를 쐈다고요. 오늘 우리가 사살한 유일한 거죠. 그리고 이 매복 작전에서도 독일놈들을 많이 죽일 거구요. 빠브래(안 그래), 오니?"

오네심므가 말했다. "메르드(망할 놈)," 바로 그때 우리는 자동차가 매우 빨리 달려오는 소리를 들었다. 나는 그 차가 너도밤나무들로 경계선을 이루는 도로를 따라오고 있는 것을 보았다. 그 자동차는 짐을 과적하고 녹회색의 위장망을 씌운 폭스바겐이었다. 차안에는 강철 헬멧을 쓰고 마치 기차를 잡으려고 달리는 듯한 표정의 군인들이 가득 찼다. 길가에는 조준용 돌멩이가 두 개 있었는데 그것은 내가 농가 옆의 담에서 빼다가 설치해 놓은 것이었다. 폭스바겐이 십자로의 엇갈리는 부분을 통과했다. 그리고 똑바로 곧은 퇴각로를 따라 우리 쪽으로 다가왔다. 이 길은 우리 앞을 통과하여 언덕으로 향하여 나 있었다. 내가 레드에게 말했다. "첫 번째 돌멩이로 운전병을 사살해." 그리고 오네심므가 말했다. "몸 높이로 관통시켜."

폭스바겐 운전병은 레드에게 피격된 후 차를 통제하지 못했다. 그가 헬멧을 쓰고 있어서 그의 얼굴 표정을 볼 수는 없었다. 그의 두 손이 풀어졌다. 두 손은 뻣뻣하지도 않았고 운전대를 꼭 쥔 것도 아니었다. 운전병의 두 손이 풀어지기도 전에 기관총이 불을 뿜기 시작했다. 자동차는 도랑으로 굴러 들어가며 타고 있던 군인들을 느린 동작으로 쏟아 놓고 있었다. 몇 명은 길바닥에 떨어졌는데 둘째 분대가 그들에게 소규모이지만 정확한 비장의 집중 사격을 가했다. 적병 하나는 몸을 뒹굴었고 또 다른 자는 기어가기 시작했다. 내가 보자니까 끌로드가 그들 둘을 쐈다.

"내가 저 운전병 머릴 쏜 것 같아요." 레드가 말했다.

"너무 멋 부리지 마."

"이 사정거리에선 이 총이 조금 높이 나가거든요." 레드가 말했다. "내 눈에 들어오는 범위 내에서 그 자의 최하단을 조준해 쏘았지요."

"버트런드." 나는 둘째 분대 쪽으로 외쳤다. "자네하고 자네 부하들은 저 도로를 치우게. 신분증은 다 나에게 가져와. 돈은 분배하도록 자네가 갖고 있어. 시체를 빨리 치워. 가서 도와줘, 레드. 도랑에다 처넣어."

시체 치우는 일이 계속되는 동안 나는 선술집 너머 서쪽으로 향하는 도로를 살폈다. 어쩔 수 없이 나까지 참여해야 되는 경우가 아니면 나는 결코 시체 치우는 일은 보지도 않았다. 그것을 보는 건 역겹다. 나에게 있어서 그런 역겨운 감정이 다른 누구보다도 더하다는 건 아니다. 하지만 내가 명령을 내렸다는 의식 때문이었다.

"몇 명이나 죽였어, 오니?"

"모두 여덟인 것 같아요, 내 생각엔. 딱 맞힌 것 말이죠, 내 말은요."

"이 사정거리에선─"

"썩 신나는 건 아니었어요. 하지만 결국 기관총을 많이 쐈지요."

"이제 빨리 다시 준비해야만 돼."

"자동차가 심하게 맞은 것 같진 않은데요."

"그건 나중에 조사해 보자."

"들어봐요." 레드가 말했다. 나는 귀를 기울였다. 그런 다음 호각을 두 번 불었다. 모두 뒤로 숨었다. 마지막 남은 독일병 시체의 한쪽 다리를 잡고서 끌고 온 레드가 그의 머리를 부들부들 떨었다. 이윽고 덫은 다시 준비되었다. 그러나 아무 것도 나타나지 않아서 나는 걱정이 되었다.

우리는 적의 퇴로를 차단하고서 패주하는 적들을 저격하는 어찌 보면 꽤 간단한 임무를 수행하는 참이었다. 기술적으로 보면 우린 차단하는 입장이 아니었다. 왜냐하면 우리는 길의 양편에 매복시킬 충분한 사람들이 없었다. 그리고 우리는 적의 장갑차와 겨룰 준비도 기술적으로는 되어 있지 않았다. 그러나 각 매복조는 두 개의 독일제 로케트포를 갖고 있었다. 그것들은 미제 바주카포보다 더 화력이 셌고 조작도 더 간편했다. 그리고 탄두가 더 커서 어뢰 발사관도 쏠 수 있었다. 그러나 나중에 독일병들이 후퇴한 지역에서 찾아낸 것들은 대부분 부비트랩이 설치되었거나 파괴되어 있었다. 우리는 암시장에 나온 것들 중에서 최신품들만 골라서 사용했다. 어떻게 하는가 하면 잔뜩 쌓아 놓은 것들 가운데 일단 아무렇게나 몇 개를 골라 온다. 그리고 독일 포로병들에게 시범적으로 발사해보라고 시키면 위험이나 선택의 문제는 모두 해결되었다.

우리 같은 비정규군들에 의해 잡힌 독일 포로병들은 종종 수석웨이터나 하급 외교관만큼이나 협조적이었다. 대체로 우리는 독일병들을 길이 잘못 든 보이스카웃으로 간주했다. 이건 사실상 그들이 훌륭한 군인이라는 완곡한 표현이었다. 우린 훌륭한 군인은 아니었다. 우린 지저분한 일에 종사하는 특수요원이었다. 불어로 우리는 그 일을 "엉 메띠에 트레 살르(더러운 일)"이라고 불렀다.

포로 심문을 계속한 결과 패주하는 독일병들이 아헨으로 향한다는 것을 우리는 알아내었다. 그러므로 우리편이 아헨이나 혹은 서부방벽(지그프리드선: 역주)에서 지금 우리가 죽인 이 작자들과 맞싸워야 할 필요성은 이제 사라졌다는 것을 나는 확신했다. 이건 누가 뭐래도 간단 명료한 결론이었다. 어떤 사실이 이토록 간단 명료할 때 나는 기분이 좋았다.

우리가 지켜보고 있자니까 이번에는 독일병들이 자전거를 타고 다가왔다. 그들은 네 명이었는데 서두르고 있었지만 매우 지쳐 있었다. 그들은 자전거 부대는 아니었다. 단지 훔친 자전거를 타고 도망치는 독일병들일 따름이었다. 맨 앞에 타고 오던 자가 노상의 선혈을 보았다. 그는 고개를 돌려 차량을 보았다. 그리고 장화 신은 오른쪽 발로 오른쪽 페달을 힘껏 밟으며 자기의 체중을 실었다. 우리는 그와 다른 자들에게 총구를 열었다. 자전거를 타고서 총 맞는 자의 모습은 보기에 슬픈 일이었다. 비록 사람을 태우고 가던 말이 함께 총을 맞거나 포격전 속으로 걸어 들어간 젖소가 내장에 총격을 당한 만큼은 슬픈 장면이 아닐는지는 몰라도. 하지만 이번 경우는 그보다 더할는지도 몰랐다. 너무나 자세히 보이는 가까운 사정거리에서 자전거를 타고 가다가 총을 맞는 사람의 모습에는 표현할 수 없는 그 무언가가 서려 있다. 더구나 이번 경우는 하나도 아닌 네 사람에 네 대의 자전거였다. 거리도 너무나 가까워서 자전거가 도로에 나뒹굴어질 때 생긴 가냘프고도 비극적인 소음과 쓰러지는 사람들의 둔탁한 소리 그리고 바퀴들의 덜그덕거리는 소리들이 모두 생생하게 들렸다.

"저 자들을 도로에서 빨리 치워." 내가 말했다. "벨로(자전거) 네 대도 숨겨 놓고."

내가 도로를 관찰하려고 고개를 돌렸을 때 선술집의 문 가운데 하나가 열리더니 작업모와 작업복을 입은 민간인 두 명이 각각 술병을 두 개씩 들고 나왔다. 그들은 어슬렁어슬렁 십자로를 건너더니 방향을 돌려서 매복조가 있는 뒤쪽의 들판으로 다가왔다. 그들은 스웨터와 낡은 외투와 골덴 바지를 입었으며 막일하는 장화를 신었다.

"저 사람들을 은폐시켜, 레드." 내가 말했다. 그들은 계속 걸어왔으며 술 두 병을 그들 머리 위로 높이 들어올렸다. 한 손에 술 한 병씩을 들고 그들은 우리들이 있는 지역으로 들어왔다.

"맙소사, 엎드려." 내가 소리쳤다. 그들은 엎드렸고 팔 밑에 술병을 끼고서 풀밭 위를 기어왔다.

"누 솜므 데 꼬빵(우린 친구들이오)." 한 사람이 묵직한 목소리로 외쳤다. 술이 거나하게 취해 있었다.

"앞으로 나와, 이 술 취한 멍청이 친구들. 그리고 신분을 밝혀." 끌로드가 응대했다.

"나가고 있어요."

"총알이 빗발치는 데서 뭘 찾고 있는 거야?" 오네심므가 소리쳤다.

"약소하지만 선물을 좀 가지고 왔소."

"내가 거기 갔을 땐 왜 그 약소한 선물을 내놓지 않았소?" 끌로드가 물었다.

"아, 상황이 바뀌었잖소, 동지들."

"더 좋게?"

"뤼드망(몹시)." 먼젓번 술 취한 동지가 말했다. 또 다른 사람은 넙죽 엎드려서 술병 하나를 우리에게 건네주며 거친 목소리로 물었다. "옹 디빠 봉주르 오 누뵈 까마라드?(새로운 동지들에게 인사도 없어요?)"

"봉 주르." 내가 말했다. "뛰 뵈 바뜨르?(당신들도 싸우겠소?)"

"필요하다면. 하지만 우린 자전거를 찾을 수 있을까 해서 물어보러 왔오."

"싸움이 끝난 뒤에." 내가 말했다. "군대에 복무한 적 있소?"

"당연하죠."

"좋아. 각자 독일군 소총 한 자루와 탄창 두 개를 집어요. 그리고 길을 따라 오른쪽으로 이백 야드쯤 쭉 가서 거기서 지나가는 독일군이라면 아무나 쏴버려.”

“당신네들과 함께 있을 순 없어요?”

“우린 특수요원이요.” 끌로드가 말했다. “대장이 시키는 대로
해요.”

“그 자리에서 일어나요. 그리고 좋은 장소를 고르시오. 이쪽으
로 되쏘진 말고.”

“이 완장을 차요.” 끌로드가 말했다. 그는 완장을 호주머니에
가득 갖고 있었다. “당신은 프랑-띠뢰르(척후병)가 되었오.” 그는
그 이상 덧붙이지는 않았다.

“나중에 자전거를 갖게 되죠?”

“싸울 필요가 없게 되면 각각 한 대씩이요. 싸우게 되면 각각
두 대씩.”

“돈 문제는 어떻게 하죠?” 끌로드가 물었다. “저 사람들은 우
리 총을 빌려 쓰는데.”

“저 사람들도 돈을 갖게 해.”

“그럴 자격이 없잖아요.”

“무슨 돈이든 습득한 건 갖고 오시오. 당신네 몫을 줄 테니까.
알레 비뜨. 데빈느-뜨와(빨리 움직여요. 여기선 꺼지고).”

“스 송 데 쁘와브로 뿌리(저자들은 썩은 술주정뱅이들이오
).” 끌로드가 말했다.

“나폴레옹 시대의 군대에도 역시 주정뱅이는 있었어.”

“그럴지도 모르죠.”

“확실해.” 내가 말했다. “그 문젠 쉽게 생각해.”

우리는 풀밭에 엎드려 있었다. 진짜 여름 냄새가 났다. 보통
파리 떼와 크고 푸른 파리 떼가 도랑에 있는 죽은 자들에게 모
여들기 시작했다. 표면이 검은 도로 위에 흘러 있는 선혈의 가
장자리 둘레에는 나비 떼들이 있었다. 노랑나비 떼들과 흰나비

떼들이 핏자국 둘레와 시체가 끌려올 때 패인 골 주위에 몰려 있었다.

"나비가 피를 먹는 줄은 몰랐어요." 레드가 말했다.

"나도 역시 몰랐어."

"우리가 전에 사냥을 나갔을 땐 너무 추워서 나비는 없었죠."

"우리가 와이오밍에서 사냥을 할 땐 들쥐와 들개가 이미 구멍을 파고 동면에 들어갔었지. 구월 보름이었거든."

"제가 잘 좀 관찰해서 나비가 진짜로 피를 빨아먹는지 알아봐야겠는데요." 레드가 말했다.

"내 쌍안경을 줄까?"

그도 유심히 보더니 잠시 후 말했다. "죽어도 알 수 없는데요. 하지만 피가 나비를 부른 건 확실해요." 그런 다음 오네심므에게 고개를 돌려서 그가 말했다. "독일놈들은 가난해, 제기랄, 오니. 빠드 피스톨, 빠드 비노뀔레르, 제기랄 리넹(권총도 쌍안경도 하나 없어)."

"아세 드 수(돈은 충분하잖아)." 오네심므가 말했다. "우린 돈이야 넉넉하게 벌잖아."

"제기랄 쓸데가 있어야지."

"언젠가는."

"즈뵈, 써 버린다, 맹뜨낭(나는 써 버리고 싶어)."

끌로드는 코르크 따개로 술병 두 개 중에서 하나를 열었다. 따개는 그의 말마따나 보이스카웃 독일병의 나이프에 붙은 것이었다. 그는 술 냄새를 맡아보고 나에게 건넸다.

"세 뒤놜(브랜드군요)."

또 다른 분대도 그들 몫의 술병을 따고 있었다. 그들은 우리의 가장 절친한 친구였으나 임무가 분리되자마자 타인들처럼 느껴졌다. 그리고 차량들도 후위부대처럼 보였다. 쪼개지는 건 너무 쉬워, 나는 생각했다. 넌 그런 걸 보고 싶겠지. 그건 우리가 보기 쉬운 또 하나의 사실이야.

나는 술병에서 한 모금 했다. 그건 전혀 물을 타지 않은 매우 독한 술로 불같이 화끈했다. 내가 술병을 끌로드에게 되돌려주자 그는 레드에게 건넸다. 꿀꺽 삼키자 그의 눈에 눈물이 핑 돌았다.

"여기선 이걸 뭘로 만드나, 오니?"

"감자로 만들지요, 아마. 그리고 대장간에서 주워 모은 말 편자 부스러기도 넣어요."

내가 레드에게 쉬운 말로 설명해주었다. "다 마셔봤지만 감자술은 처음이오." 그가 말했다.

"이걸 숙성시키기 위해 녹슨 못이 박힌 통 속에다 넣어둔답니다. 풍미를 돋구려고 낡은 못도 몇 개 넣구요."

"다른 걸 좀 먹어야겠어, 입에서 그 맛 없애려구." 레드가 말했다. "몽까삐땐, 우린 함께 죽을 거요?"

"봉주르, 뚜뜨 르 몽드(안녕하시오, 세상 사람들)." 내가 말했다. 이건 수용소 밖의 길바닥에서 교수형을 당하게 된 한 알제리인에 관하여 우리가 알고 있는 오래된 농담이었다. 그는 최후의 말을 남길 거냐는 물음에 그렇게 대답했다는 것이다.

"나비를 위하여." 오네심므가 마셨다.

"못통을 위하여." 끌로드가 술병을 들었다.

"쉿, 들어봐." 레드가 말하고 술병을 나에게 건넸다. 궤도 차량 구르는 소리가 모두에게 들렸다.

"엿먹을 횡재구나." 레드가 말했다. "알롱 옹퐁 드 라 빠트레, 엿먹을 횡재다, 우 르 모르(애국심을 발휘하자. 한판 붙자)." 그가 가볍게 흥얼거렸다. 못통의 주스도 이젠 그에게 소용이 없었다. 나는 누운 채 못통 주스를 한 모금 더 실하게 마셨다. 그리고 모든 것을 챙기고는 우리 왼쪽으로 나있는 도로를 올려다보았다. 그러자 바로 그것이 시야에 들어왔다. 그건 독일제 반궤도 차였는데 입석에만 사람들이 붐볐다.

퇴로에다 덫을 설치할 때는 보통 네 개 혹은 구할 수만 있다면 다섯 개의 대전차 지뢰를, 칠판을 씌워서 도로 건너편 가에다가 설치해둔다. 그것들은 마치 둥근 서양 장기판 같이 설치되어 있는데 가장 큰 수프 쟁반보다 더 넓적하며 지독한 맹독을 품고 웅크려 앉은 두꺼비 모양을 하고 있다. 이 대전차 지뢰들은 여러 개가 반원형으로 설치되는데 뗏장으로 은폐되고 타르를 짙게 먹인 줄로 연결된다. 이건 선박용 잡화상에 가면 어디에서나 구할 수 있다. 이 줄의 한쪽 끝은 보르느라고 불리는, 일킬로미터마다 거리를 나타내주는 표지석에 팽팽히 묶어 둔다. 혹시 그게 없으면 십분의 일 킬로미터 표지석도 좋고 다른 어떤 완전히 견고한 물체에 묶어도 좋다. 그리고 또 다른 쪽 줄은 도로를 가로질러 느슨하게 끌고 와서 첫 번째나 두 번째 매복조에 말아둔다.

사람을 과도하게 싣고 접근하는 이 차량의 모양을 보니, 운전병은 세로로 난 틈새로 밖을 내다보고 있었고 기관포들은 방공자세로 높이 설치되어 있었다. 우리는 아주 가까이 다가올 때까지 세밀히 관찰만 하고 있었다. 차량에는 너무 많이 올라타 있었다. 전투 에스에스 대원(총통 친위대: 역주)들로 꽉 차 있었는데, 이제는 옷깃도 보였고 얼굴도 점점 더 명확해졌다.

"줄을 잡아당겨." 나는 둘째 분대에게 외쳤다. 느슨하던 줄이 당겨 올라가서 팽팽하게 되자 지뢰가 반원형 지역으로부터 나와서 영락없이 초록 뗏장으로 은폐된 대전차 지뢰같다고 생각되는 도로를 가로질러 이동하기 시작했다.

이제 운전병이 이걸 보고 멈추거나 아니면 계속 진행해서 부딪칠 참이었다. 장갑차량은 움직일 때 공격해서는 안 된다. 하지만 제동을 걸었을 때는 대구경의 독일제 바주카포로 그 놈을 맞출 수가 있다.

반궤도 차량은 매우 빨리 다가왔다. 이제 적병들의 얼굴을 선명히 볼 수 있었다. 그들은 모두 자기 부대의 첨병이 나타날 도로 쪽을 훑어보고 있었다. 끌로드와 오니는 창백했고 레드는 뺨에 있는 근육이 한번 씰룩거렸다. 나는 항시 그렇듯이 공허한 기분이었다. 그때 반궤도차의 누군가가 피를 보았다. 그리고 도랑의 폭스바겐과 시체들도 보았다. 그들은 독일말로 크게 떠들었다. 운전병과 함께 있던 장교가 도로를 가로지르는 지뢰들을 보았음에 틀림없다. 그들은 바퀴가 찢어지는 듯한 맹렬한 소리를 내며 핸들을 꺾어서 차를 멈추었다. 그리고 후진을 시작했는데 바로 그때 바주카포가 작열했다. 바주카포가 때렸을 때는 이미 양 매복 분대가 덫이라고 부른 두 지점에서 사격을 하고 있었다. 반궤도차를 탄 적병들은 그들 자신도 지뢰를 차 속에 갖고 있었고 추격 부대를 저지하기 위해서 도로 봉쇄작전에 착수하려고 급히 서둘고 있음에 틀림이 없었다. 왜냐하면 독일제 바주카포가 작열하자 대폭발이 있었고 그 궤도차량이 들썩 올라갔으며 우리가 숨인 머리위로 온갖 것들이 분수처럼 쏟아져 내려왔기 때문이었다. 금속 조각과 다른 여러 물체가 우박처럼 쏟아졌다. 내가 끌로드와 오니와 레드를 점검해 보았을 때 그들은 모두 사격을 하고 있었다. 나는 독일제 스마이저 총으로 세로로 난 구멍을 사격하고 있었다. 내 등허리는 젖어 있었고 목덜미에는 온통 잡동사니들을 뒤집어쓰고 있었다. 그러나 나도 튀어 올라간 것들을 보긴 했었다. 나는 왜 그 반궤도 차량이 뚫어져서 구멍이 크게 나거나 뒤집어 엎어지지 않았는가 이해할 수가 없었다. 하지만 똑바로 뚫어지긴 했다.

오십 밀리 기관포가 그 차량에서 사격을 하고 있었는데 너무나 많은 소음이 뒤범벅이 되어 분간되지는 않았다. 처음에는 그 반궤도 차량에서 아무도 모습을 드러내지 않았다. 나는 모든 것이 끝난 줄 알고 손짓으로 누굴 시켜 그 오십 밀리 포를 제거하려 했다. 그때 누군가가 그 안에서 방망이 수류탄을 던졌는데 그것은 길가 바로 위에서 터졌다.

"자기 편 시체나 죽이고 있군요." 끌로드가 말했다. "내가 올라가서 한두 개 까넣어 버릴까요?"

"한번 더 바주카로 맞출 수도 있는데."

"아이구, 아까 한번이면 족해요. 내 잔등이도 문신(文身)이 들 정도로 뒤집어썼잖아요."

"오케이, 자네가 가서 해보게."

그는 기어서 전진했다. 오십 밀리 포의 화망 아래로 뱀처럼 잔디를 기어가더니 수류탄에서 핀을 뽑고 조종 자물쇠를 헐겁게 해서 회색 연기가 나게 했다. 그런 다음 반궤도차의 측면 너머로 은밀하게 툭 던져 넣었다. 수류탄은 쾅쾅 튀는 소리를 내며 터졌고 파편들이 철판을 치는 소리도 들렸다.

"어서 빨리 나와." 끌로드가 독일어로 말했다. 독일제 기관단총이 오른쪽 세로 구멍에서 사격을 해댔다. 레드가 그 세로 구멍에 두 번 쐈다. 기관단총이 또 사격을 했다. 조준이 된 사격이 아닌 것은 명백했다.

"어서 빨리 나와." 끌로드가 외쳤다, 기관단총을 또 쏘는데 마치 아이들이 말뚝 울타리를 따라서 막대기로 드르륵 하고 그을 때와 같은 소리가 났다. 나도 되받아 쐈는데 같은 소리가 공허하게 울렸다.

"되돌아 오게, 끌로드." 내가 말했다. "레드, 자넨 이쪽 세로 구멍을 쏴. 오니, 자넨 그 반대편이야." 끌로드가 재빨리 되돌아오자 내가 말했다. "저 독일놈을 날려버려. 또 다른 놈들이 나타날 거야. 우린 그걸 또 해치워야 돼. 우린 더 많이 잡을 거야. 하여튼 첨병이 나타날 거야."

"이게 그들의 후위죠." 오니가 말했다. "이 장갑차가."

"계속해서 쏴버려." 내가 끌로드에게 말했다. 그가 궤도차량을 쏘아 맞추었다. 차량 전면의 격실이 날아가 버려서 모두들 그냥 들어갔다. 그리고 남아 있는 돈과 개인 봉급표를 찾았다. 나는 한 모금 마시고 그 차량 쪽으로 손을 흔들었다. 오십 밀리 포 위에 있던 부하들이 투사들처럼 머리 위로 손을 들어 흔들었다. 그러자 나는 나무에 등을 기대고 앉아 생각에 잠겨서 도로를 쭉 훑어보았다.

남아 있던 모든 개인 봉급표를 그들이 가져오자 나는 다른 물건들과 함께 방수포 가방에 넣었다. 마른 것은 하나도 없었다. 돈은 아주 많았는데 역시 젖어 있었다. 오니와 끌로드와 다른 분대원들은 많은 에스에스표지를 뜯어냈다. 그들은 쓸 만한 권총들과 쓰지 못하는 것 몇 정까지 모아서 붉은 줄들이 주위에 새겨져 있는 방수포 잡낭에다가 모두 넣었다.

나는 돈에는 손대지 않았다. 그건 그들의 관심사였고, 하여간 내 생각에는 거기다 손을 대면 재수가 없을 것 같았다. 그러나 포획금은 많았다. 버트런드는 일급 철십자 훈장을 나에게 주었다. 나는 그것을 내 셔츠 주머니에다 넣었다. 우리는 물건들을 잠시 필요한 기간만큼 갖고 있다가 얼마 후에는 그들에게 다 나누어주어 버렸다. 물건을 지니는 것이 나는 싫었다. 그런 물건은 종국에 가서는 재수가 없었다. 나는 후일 그들의 가족에게라도 보내 줄 수 있으면 좋겠다고 생각한 물품만 잠시 동안 갖고 있었다.

우리 분대원들은 도살장에서 폭발이 일어나 큰 살점, 작은 살

점으로 소나기를 만난 것처럼 보였고, 다른 분대원들도 반궤도차의 몸체에서 나왔을 때 그렇게 깨끗한 모습은 아니었다. 나도 수많은 파리 떼들이 내 등과 목과 어깨에 달라붙어 있다는 것을 문득 감지하자 내 모습이 참으로 엉망이겠구나 하는 생각이 들었다.

반궤도차는 도로를 가로질러 서 있었다. 그래서 이제는 어떤 차량이라도 여길 지나가려면 속도를 줄일 수밖에 없게 되었다. 모든 사람은 이제 넉넉해졌고 인명 손실도 없었다. 그러나 그곳은 황폐화되었다. 우리는 하루 더 싸워야만 할 것 같았다. 확실히 이제까지는 후위 부대고 앞으로 잡아야 할 것은 낙오병이나 운 나쁜 이탈병들일 거라는 생각이 들었다.

"지뢰를 철거하고 모든 걸 다 챙겨 넣어. 일단 농가로 가서 몸을 닦는다. 우린 거기서도 도로를 잘 봉쇄할 수 있어."

부대원들은 한 짐씩 잔뜩 짊어지고 농가로 들어 왔다. 모두들 아주 즐거워했다. 우리 소유의 차량들은 있던 데로 그냥 두고 우리는 농가 마당의 펌프에서 몸을 씻었다. 레드는 쇠붙이에 베거나 긁힌 상처를 입은 요원들에게 옥도정기를 발라 주었다. 그리고 오니와 끌로디와 나에게는 설파제를 뿌려 주었다. 그런 다음 끌로드가 레드를 돌보아 주었다.

"이 농가에는 마실 만한 게 없나?" 내가 르네에게 물어보았다.

"모르겠는걸요, 너무 바빴거든요."

"들어가서 찾아보게."

그는 붉은 포도주 몇 병을 찾아냈는데 마실 만했다. 나는 둘러앉아서 무기를 점검했고 농담도 나누었다. 우리는 매우 기율이 엄했으나 사단으로 복귀했을 때라든지 남에게 보일 때를 제외하고는 격식을 차리지 않았다.

"앙꼬르 엉 꾸 망께(또 안 맞았어)." 내가 말했다. 이건 너무 오래 된 농담으로 우리와 잠시 함께 있었던 어떤 사기꾼 녀석이 항상 내뱉던 말이었다. 나는 쓸모없는 어떤 일이 빨리 지나가고 무언가 좋은 것이 오기를 기다릴 때 이 말을 써먹었다.

"끔찍했어." 끌로드가 말했다.

"견딜 수가 없었어." 미셸이 말했다.

"난, 더 이상 못하겠어." 오네심므가 말했다.

"므와 즈쉬 라 프랑스(내가 바로 프랑스야)." 레드가 말했다.

"자넨 싸웠나?" 끌로드가 그에게 물었다.

"빠 므와(난 싸우진 않아)." 레드가 말했다. "난 지휘만 하거든."

"당신은 싸웠어요?" 끌로드가 나에게 물어봤다.

"자매(결코 안 했지)."

"그런데 셔츠에 왜 피가 묻었어요?"

"송아지 출산을 도왔지."

"조산원이요, 수의사요?"

"이름과 계급과 군번밖에 못대겠음."

우리는 포도주를 좀더 마시고 도로를 지켜보며 첨병이 나타나기를 기다렸다.

"우에라 퍽킹 포인트?(엿먹을 첨병은 어디 있나요?)" 레드가 물었다.

"그놈들의 비밀 취급인가를 못 받았어."

"우리가 작은 아끄로샤주(접전)를 벌일 때 그놈들이 나타나지 않은 게 다행이야." 오니가 말했다. "말해 줘요, 몽 까삐땐, 일이 벌어지고 있을 때 느낌이 어땠어요?"

"아주 공허해."

"무슨 생각을 했어요?"

"눈물이 나오지 않도록 예수 그리스도께 소원했지."

"그놈들이 이것저것 많이 신고 있어서 확실히 다행이었어요."

"그들이 뒷걸음쳐서 산개하지 않은 것도 다행이었고."

"내 오후 기분을 망치지 말아요." 마르셀이 말했다.

"독일놈 둘이 자전거 타고 온다." 레드가 말했다. "서쪽에서 다가와."

"겁 없는 녀석들이군." 내가 말했다.

"앙꼬르 엉 꾸 망께." 오니가 말했다. "누구 희망자 없어?"

아무도 희망하지 않았다. 그들은 몸을 앞으로 기울이고 힘껏 페달을 밟고 있었다. 장화가 페달에 비해 너무 컸다.

"하나는 내가 엠 원 소총으로 해보겠어." 내가 말했다. 오귀스뜨가 총을 나에게 주었다. 나는 자전거를 탄 첫 번째 독일병이 반궤도차를 지나서 나무들과 떨어질 때까지 기다렸다. 그런 다음 그에게 조준을 하여 그를 쭉 따라가면서 쐈으나 맞지 않았다.

"빠 봉(좋지 않아)." 레드가 말했다. 나는 총구를 조금 앞으로 들이대고 다시 시도했다. 그 독일병은 아까와 같이 낭패스럽고 가슴 아픈 모양으로 고꾸라져서 길바닥에 나뒹굴었다. 자전거는 거꾸로 처박혔고 바퀴는 여전히 돌고 있었다. 또 다른 자전거 병사가 전속 질주를 하자 곧 술이 취해서 꼬빼이라며 왔던 자들이 사격을 시작했다. 격렬하게 "따-궁"거리는 그들의 총소리가 들렸으나 자전거병을 잡기에는 어림도 없었다. 그는 죽어라고 페달을 계속 밟아서 마침내 시야에서 사라졌다.

"꼬빼은 별 볼일 없군." 레드가 말했다.

그리고 우리는 꼬빼들이 자기 동네로 돌아가기 위해서 빠져나가려 하는 것을 보았다. 그들이 섞여 있던 분대의 프랑스 사람들은 부끄럽고도 화가 나 있었다.

"옹 뻬레 퓌질레?(저놈들을 총살해 버릴까요?)" 끌로드가 물었다.

"아니, 우린 건달들을 쏘지 않아."

"앙꼬르 영 꾸 망게." 오니가 말했다. 그의 농담에 모두 기분이 좀 나아졌으나 그렇게 좋지는 않았다.

첫 번째 꼬뺑이 걸음을 멈추자 셔츠 속에 감춘 술병이 하나 보였다. 그가 총을 내 놓으면서 말했다. "몽 까뻬땐, 옹 아 페엉 베리따블 마사끄르(우린 진짜 한바탕 학살했소)."

"입 닥쳐." 오니가 말했다. "습득한 돈도 내놓고."

"하지만 우리도 오른쪽 측면에서 싸웠소." 그 꼬뺑이 걸죽한 목소리로 말했다.

"빌어먹을 놈." 끌로드가 말했다. "이 존경스런 주정뱅이야. 입 닥치고 꺼져라."

"메 오 나 바 뛰(하지만 싸웠는데)."

"싸웠다구, 염병할." 마르셀이 말했다. "푸트 므와 르 깡(당장 꺼져)."

"옹 뻬 퓌질레 레 꼬뺑(저 놈들을 죽여 버릴까요?)" 레드가 물었다. 그는 이 말을 앵무새처럼 기억하고 있었다.

"자네도 입 닥쳐." 내가 말했다. "끌로드, 내가 이 사람들한테 자전거 두 대를 약속했어."

"그건 사실이군요." 끌로드가 말했다.

"자네와 내가 내려가서 이 자들한테 제일 못쓰게 된 걸로 두 대를 골라주세. 그리고 저 독일놈과 자전거도 치우고. 다른 사람들은 도로를 봉쇄하고 있어."

"예전엔 이렇지 않았는데." 꼬뺑 중의 하나가 말했다.

"무엇이든 옛날과 똑같은 상태로 남아 있진 않아. 어쨌거나 자넨 옛날에도 술주정뱅이였겠구만."

우리는 먼저 길바닥에 있는 독일병에게로 갔다. 그는 죽진 않았으나 양 허파로 총알이 뚫고 나갔다. 우리는 할 수 있는 한 조심스레 그를 운반해서 최대로 편안하게 뉘었다. 나는 그의 군복 상의와 셔츠를 벗겼다. 설파제를 그의 상처에 뿌렸고 끌로드가 야전 붕대를 감아 주었다. 그의 얼굴은 미남이었으며 열일곱도 채 되어 보이지 않았다. 그는 말을 하려고 했으나 할 수 없었다. 그는 평소 그렇게 해야만 한다고 들어온 대로 죽음을 맞이하려 하고 있었다.

끌로드는 죽은 자들로부터 상의를 두어 개 벗겨 가지고 그의 머리를 받쳐 주었다. 그런 다음 끌로드는 그의 머리를 쓰다듬어 주고 팔을 잡은 다음 맥박을 재었다. 소년의 눈은 내내 끌로드를 지켜보았으나 말은 할 수 없었다. 끌로드가 고개를 숙여 그의 이마에 입을 맞추었다.

"저 자전거를 길에서 치워." 내가 꼬빼들에게 말했다.

"세뜨 뿌땡 게르(이 빌어먹을 전쟁)." 끌로드가 말했다. "이 지저분한 갈보같은 전쟁."

그 소년은 자기를 쏜 사람이 나라는 것을 모르고 있었다. 그래서 나를 특별히 겁내지는 않았다. 나도 그의 맥박을 재어보고는 왜 끌로드가 그와 같은 동작을 했는지를 알았다. 조금이라도 인정이 있었다면 나 자신도 그에게 입맞추었어야 했다. 넌 그런 행동을 소홀히 해. 그러면서도 그러한 가치관을 떨쳐버리지도 못하고.

"잠시 이 사람과 함께 있고 싶군요." 끌로드가 말했다.

"정말 고맙네." 내가 말했다. 나는 자전거 네 대가 있는 숲 뒤로 걸어갔다. 꼬빼들이 거기에 까마귀들처럼 서 있었다.

"이것하고 저걸 가져가. 푸뜨 므와 르 깡(당장 꺼져)." 나는 그들의 완장을 벗겨서 내 주머니에 집어넣었다.

"하지만 우린 싸웠어요. 그러니까 각자 두 대씩 가질 만하죠."

"엿이나 먹고 꺼져." 내가 말했다. "안 들려? 엿 먹고 꺼져."

그들은 풀이 죽어서 가버렸다.

열네 살쯤 되어 보이는 소년이 선술집에서 나와서 내게 새 자전거를 달라고 했다.

"그 자들이 오늘 아침 일찍 내 걸 갖고 갔어요."

"좋아. 이걸 가져라."

"다른 두 대는 어떻게 해요?"

"타고 다니며 도로를 지킨다. 본대가 여기로 진격해 올 때까지."

"하지만 아저씨도 본대잖아요."

"아니," 내가 말했다. "안됐지만 우린 본대가 아니야."

소년은 부서지지 않은 자전거에 올라탔다. 그리고 선술집 방향으로 타고 갔다. 뜨거운 햇살을 받으며 나는 농가로 되돌아 걸어가서 적의 첨병이 나타나기를 기다렸다. 기분이 더 이상 나쁠 수 없을 지경으로 울적했다. 그러나 넌 괜찮을 거야. 내가 그걸 다짐해 줄 수 있어.

"오늘밤 우린 큰 도시로 들어가게 될까요?" 레드가 나에게 물었다.

"물론이지. 지금 우리 편이 그걸 뺏고 있잖아. 서쪽에서 진격해 오면서. 그 소리가 안 들려?"

"틀림없이 들려요. 정오 때부터 들렸어요. 좋은 도시인가요?"

"본대가 나타나면 즉각 알게 될 거야. 우린 옷을 잘 차려입고, 저 선술집을 지나서 도로를 따라가면 돼." 나는 지도로 그에게 알려 주었다. "일 마일쯤 가면 보게 된다네. 쭉 내려가기 전에 커브길이 보이는가?

"더 싸울 건가요?"

"오늘은 아닐세."

"입고 계신 것 말고는 다른 셔츠는 없나요?"

"그게 이것보다 더 더러운데."

"이것보다 더 더러울 게 없겠죠. 이걸 빨아 드릴게요. 젖은 채로 입는다해도 오늘같이 더운 날에는 나쁘지 않을 거라구요. 지금 기분이 우울한가요?"

"그렇다네. 몹시."

"무슨 일로 끌로드는 꼼짝 안 하죠"

"내가 쏜 아이가 숨을 거둘 때까지 함께 있겠다네."

"아이였어요? "

"그렇다네."

"에이 빌어먹을." 레드가 말했다.

잠시 후 끌로드가 자전거 두 대를 끌고 왔다. 그는 나에게 소년의 야전수첩을 건네 주었다.

"끌로드, 자네 셔츠도 잘 세탁해 줄게. 오니 것하고 내 것도 빨았는데 거의 말랐거든."

"정말 고맙네, 레드." 끌로드가 말했다. "포도주 좀 남은 것 있나?"

"우리가 뒤져봤더니 있더구만, 소시지하고."

"잘 했어." 끌로드가 말했다. 이제 끌로드 역시 특수 공작대가 타락하게 내버려두었다.

"우린 곧 도시로 들어간다네. 본대가 우릴 지나친 다음에 말이야. 여기서 일 마일만 지나면 볼 수 있대." 레드가 그에게 말했다.

"난 전에 거길 가 본 적이 있어." 끌로드가 말했다. "좋은 도시지."

"오늘은 더 이상 전투도 안 할 거래."

"내일은 또 할 건데 뭘."

"어쩌면 안 할지도 모르지"

"하긴…"

"닥처, 난 원기왕성해."

"좋아." 레드가 말했다. "이 술과 소시지를 들라구. 내가 얼른 셔츠를 빨아 줄게."

"정말 고맙네." 끌로드가 말했다. 이제 우리 분대원들 간에도 오늘의 몫을 나누는 차례가 된 모양인데 아무도 탐탁해하진 않았다.

"인물이 있는 풍경화"는 스페인 내전에 관한 이야기로서 1938년경에 집필되었다. 헤밍웨이는 1939년 2월 7일, 맥스웰 퍼킨즈에게 보낸 편지 가운데 새 작품집의 출간을 제안하면서 이 작품이 수록되길 희망했다.

인물이 있는 풍경화

그 아파트 건물 속은 아주 이상했다. 물론 엘리베이터는 이제 더 이상 움직이지 않았다. 그것이 매달려 오르락내리락하던 강철 기둥은 휘어버렸다. 육층으로 된 층계 중에는 부서진 대리석 계단이 여럿 있어서, 건물을 올라갈 때 끝 부분을 조심스레 밟아야만 굴러 떨어지지 않을 수 있었다. 방으로 들어가는 문은 많았으나 이젠 방이라곤 남아 있지 않았다. 완전히 성하게 보이는 문을 활짝 열고 문지방을 건너서면 허공이었다. 사층과 그 아래 세 개의 층은 고성능 포탄을 직격으로 전면에 맞아서 폭파되었던 것이다. 그러나 꼭대기의 두 개 층에는 건물 전면으로 방 넷이 본래의 모습대로 남아 있었다. 각 층의 후면에 있는 방에서는 아직도 물이 흘러 나왔다. 우리는 이 건물을 "옛 농장"이라고 불렀다.

전선이 최악으로 밀렸을 때는 작은 고지대의 위쪽 등성이를 따라서 이 아파트 건물 바로 아래쪽에 양측이 대치한 적도 있었다. 큰길이 그 고지대를 둘러싸고 둥글게 나 있었는데 참호와 비바람에 헐은 모래주머니들은 아직도 거기 남아 있었다. 적이 너무나 가까이 다가왔을 당시에는 발코니에 나선 다음 박살난 아파트 건물의 부서진 타일이나 회벽 조각을 집어 던질 수도 있었다. 그러나 이제는 전선이 고지대의 가장자리로부터 훨씬 밀려 내려가서 강을 건너 소나무 숲이 듬성듬성한 언덕의 비탈 깊숙이까지 올라가 있었다. 이 언덕은 스페인 왕가의 오래된 사냥 별장 뒤쪽으로 솟아 있었는데 우리는 이 집을 까스 델 깜보로 불렀다. 바로 거기에서 지금 전투는 한창 벌어지고 있었다. 우리는 "옛 농장"을 관측소와 촬영하기에 유용한 장소로 이용했다.

당시에는 상황이 매우 위험했고 추웠다. 우리는 노상 배가 고팠고 또 무지하게 농담을 즐겼다.

건물에서 포탄이 터질 때마다 벽돌과 횟가루 먼지가 거대한 구름 덩어리를 만든다. 그래서 이것이 가라앉고 나면 거울 표면은 마치 신축 건물의 칼시민 칠한 창문의 유리처럼 뿌얘진다. 올라갈 때마다 계단이 무너져 내리는 이 아파트 방 하나에는 부서지지 않은 큰 거울이 있었는데 나는 표면에다가 손가락으로 크게 "쟈니에게 죽음을"이라고 썼다. 그런 다음 우리는 카메라 기사인 쟈니를 무슨 구실을 붙여서 그 방으로 들여보냈다. 포격이 한창이었는데 그가 방문을 열자 그 끔찍한 공고문이 거울에서 그를 노려보고 있었다. 그는 하얗게 질려서 화란인 특유의 성깔대로 발끈하였다. 우리가 다시 화해하는 데는 꽤 시간이 걸렸다.

그런 다음날 우리가 호텔 앞에서 장비를 승용차에 싣고 있을 때였다. 나는 차에 올라서 지독히 날씨가 추웠으므로 손잡이를 돌려 차창의 유리를 올렸다. 유리가 올라오자 틀림없이 빌렸을 립스틱으로 크게 갈겨쓴 문구가 거기에 나타났다.

"ED IS A LICE"("에드는 LICE이다"라는 뜻. LOUCE가 옳

음: 역주)라는 글귀였다. 그 구호가 달린 차를 타고 우리는 며칠을 돌아다녔다. 스페인 사람들은 기이하다는 시선을 보냈다. 그들은 아마도 그 글귀를 F.A.I.이나 C.N.T.를 닮은 화란―미국 혁명기구의 약칭이거나 구호쯤으로 여겼음에 틀림없었다.

무슨 영국의 위대한 권위자인가 하는 사람이 나타나서 우리가 그때 막 터진 일을 취재하는 데에 큰 지장을 초래케 했던 그런 사건의 날도 있었다. 그는 거창한 독일식 헬멧을 갖고 있었는데 전선 쪽으로 시찰을 나갈 때마다 그것을 썼다. 우리들 나머지 일행이 탐탁치 않게 여기고 있는 그런 물건이었다. 강철 헬멧은 많지 않았으므로 이런 품목은 특공 기습 부대용으로 비축해 두어야만 한다는 것이 당시의 일반적 인식이었다. 그래서 그가 이런 헬멧을 쓴다는 사실 하나만으로도 우리는 이 위대한 권위자에 대하여 즉각적인 편견을 갖게 되었다.

어느 날 우리가 미국 여기자 방에 모인 적이 있었다. 그녀는 훌륭한 전기 히터를 갖고 있었다. 그 권위자는 멋진 방에 즉각 매료되어서 이 방을 "클럽"이라고 명명하였다. 그는 제안하기를 각자 자기가 마실 술을 가지고 모이자, 그러면 이 따뜻하고 유쾌한 분위기에서 술을 함께 즐길 수 있겠다고 했다. 이 미국 여기자는 무지무지하게 부지런한 일꾼이어서 자기 방이 어떤 의미에서건 "클럽"이 되는 것을 막고자 했으나 별반 성공을 거두지 못하였다. 그녀에게는 자기 방이 이렇게 확고하게 명명되고 규정되어 버린 것이 꽤 큰 타격인 모양이었다.

그 다음날 우리는 "옛 농장"에서 촬영 작업을 하고 있었다. 카메라 렌즈는 오후 햇살의 섬광에 노출되지 않도록 부서진 매트로 만든 차양막으로 할 수 있는 한 조심스레 가리워져 있었다. 그때 그 권위자가 미국 여자를 대동하고 나타났다. 그는 우리가 그 "클럽"에서 현지 촬영 계획을 논의할 때 들은 바가 있어서 구경하러 온 모양이었다. 나는 배율이 여덟 배인 조그마한 자이스 쌍안경을 사용하고 있었는데 두 손으로 가리면 햇빛의 반사를 막을 수 있었다. 내가 관측을 하고 있었던 곳은 부서진 발코니의 귀퉁이에 있는 그늘이었다. 공격이 막 시작되려고 하고 있었다. 우리는 비행기가 날아와서 폭격이 되기를 기다렸다. 당시 정부군은 중(重)포대가 몹시 부족하여 폭격으로 포격을 대신하고 있었다.

우리는 생쥐처럼 조심스레 몸을 숨기며 그 건물 속에서 작업을 하였다. 왜냐하면 우리가 일을 성공적으로 수행하고 관측도 계속할 수 있으려면 이 외견상 빈 집 같은 건물이 공격을 받지 않아야만 했기 때문이다. 그런데 그 방으로 위대한 권위자가 들어왔다. 그는 빈 의자들 중의 하나를 끌어 당겨서 환히 밖으로 보이는 발코니의 바로 중앙에 좌정했다. 헬멧은 물론 쓰고 특대형의 쌍안경과 여러 장비를 갖춘 채. 카메라는 기관총 못지않게 잘 위장되어서 발코니 창문의 한쪽 편 귀퉁이에 놓여 있었다. 나는 언덕 쪽에서는 누구에게도 보이지 않게 다른 편 구석의 그늘진 곳에 있었다. 그리고는 항시 조심해서 해가 비치는 터진 공간으로는 결코 통과하지 않았다. 그 권위자는 해가 비치는 장소의 중앙에 앉아 있어서 훤히 보였다. 강철 헬멧을 쓴 그의 모습이 이 세상의 모든 군인 참모들 중에서 가장 우두머리처럼 보였고 햇빛을 받아 반짝이는 그의 쌍안경은 일광반사 신호기 같았다.

"이봐요." 내가 말했다. "우린 여기서 작업을 해야 돼요. 당신이 앉아 있는 곳으로부터 쌍안경이 번쩍거려서 저 언덕에 있는 사람들이 다 보겠소."

"거언무울 안에서어는 위허엄이 어없을 거라고 나는 생가악합니다아." 권위자가 침착하고도 정중하게 위엄을 갖추어서 말했다.

"당신이 산양 사냥을 해본 적이 있다면 말이오." 내가 말했다.

"당신이 산양 한 마리를 볼 수 있는 거리에 있으니 그들도 당신을 볼 수 있다는 걸 알 텐데요. 당신 쌍안경으로 저 사람들이 분명하게 보이지요? 저 사람들도 역시 쌍안경이 있어요."

"거언무울 안에서어는 위허엄이 어없을 거라고 나는 생가악합니다아." 권위자가 반복했다. "탱크들은 어디 있소오?"

"저기요." 내가 말했다. "나무 밑이요."

카메라 기사 두 사람은 얼굴을 찌푸리고 꽉 쥔 주먹을 머리 위로 흔들며 화를 내고 있었다.

"가서 저 큰 카메라를 뒤로 갖다 놓아야겠오." 쟈니가 말했다.

"아가씨, 뒤로 썩 물러나요." 내가 그 미국 여자에게 말했다. 그리고 그 권위자에게도 말했다. "적들이 당신을 누군가의 참모쯤으로 여기겠지요, 아시겠지만. 그들도 그 깡통 모자와 쌍안경을 본단 말이요. 우리가 전투를 지휘하는 줄 알겠소. 당신이 화를 자초하고 있어요, 아시겠소,"

그는 자기의 상투어만 반복했다.

바로 그 순간 첫 번째 포가 우릴 때렸다. 마치 스팀 파이프가 터지는데 방수포 찢는 소리가 가미된 듯한 폭음과 함께 포탄이 날아왔다. 그리고 파열음과 으르렁 소리와 부서진 회벽의 우수수 떨어지는 소리가 나면서 먼지와 초연이 자욱했다. 나는 그 여자를 방에서 데리고 나와 아파트 건물의 뒤쪽으로 피신시켰다. 내가 문을 통해 빠져나갈 때 강철모를 쓴 무언가가 나를 지나치더니 계단으로 향했다. 그 물체가 처음 풀쩍 뛰어서 지그재그로 달릴 때는 토끼가 재빨리 움직이나 했다. 그러나 바로 그 권위자가 초연이 가득한 복도를 통해서 냅다 뛰더니 그 위태한 계단을 우당탕 내려가서 문 밖으로 빠져나갔고 이어서 토끼보다도 훨씬 더 빨리 길을 따라 도망쳤다. 카메라 기사 중의 한 사람은 말하기를 그 권위자가 어떻게나 빨리 움직였던지 라이카 카메라의 렌즈를 재빨리 그에게 맞출 수도 없었노라고 했다. 이런 말은 물론 정확한 건 아니었지만 소문이 파다했다. 하여간 그 건물은 한 일 분간 몹시 두드려 맞았다. 포탄은 아주 평각으로 날아왔다. 그래서 날아오는 소리, 철썩 때리는 소리, 그리고 꽝 터지는 소리 사이에 숨쉴 틈도 전혀 없었다. 마침내 마지막 포탄이 날아왔고 우리는 정말 멈추었나 보려고 일이 분 동안 기다렸다가 부엌 싱크대로 가서 수돗물을 마셨다. 그리고 카메라를 설치할 새 방을 찾아내었다. 그 공격은 단지 시작에 불과했다.

미국 여기자는 그 권위자에 대해 몹시 가슴이 아팠다. "그분이 나를 이리로 데려왔어요." 그녀가 말했다. "그분 말이 여긴 참 안전하다고 했어요. 그런데 그분은 가버렸고 작별인사도 없었어요."

"그는 신사일 리가 없소." 내가 영국 발음을 흉내냈다. "이봐요, 아가씨. 조심해요. 지금. 아, 이번 포탄은 지나가는 거군."

우리들 아래쪽에서 몇 사람이 몸을 반쯤 구부린 자세로 일어났다. 그들은 작은 숲 속의 석조 건물을 향하여 달려갔다. 그 집은 갑작스레 뿜어 나온 포탄의 먼지 구름 속으로 사라졌다. 여러 차례의 포격이 정통으로 그 집을 때리고 있었다. 포탄이 떨어질 때마다 바람이 불어 포연을 씻어내면 그 집은 먼지를 통하여서도 선명하게 나타나곤 했다. 마치 안개 밖으로 배가 나타나듯이. 그 사람들의 앞쪽으로 뚜껑이 둥글고 대포 주둥이가 쑥 나와서 풍뎅이 같은 모양의 탱크 한 대가 재빨리 덜그럭거리며 달려가더니 숲 속으로 사라졌다. 보고 있자니까 앞으로 달려가던 사람들이 납작 엎드렸다. 그때 또 다른 탱크가 왼쪽에서 전진하여 숲 속으로 들어갔다. 그 탱크가 포를 쏘자 섬광이 번쩍했다. 땅바닥에 엎드렸던 사람 하나가 집으로부터 불어온 포연 속에서 일어나더니 처음 공격할 때 떠났던 참호 쪽으로 미친 듯이 되돌아 도망쳤다. 또 다른 사람이 일어나서 한 손으로는 총을 쥐고 또 다른 손은 머리 위에 둔 채 역시 되돌아 달려갔다. 그러자 그들 모두가 공격선으로부터 되돌아 도망갔다. 몇몇은 달리다가 쓰러졌다. 다른 자들은 처음부터 일어나지도 않고 땅바닥에 엎드려 있었다. 나머지는 온통 언덕 기슭으로 흩어져 버렸다.

"무슨 일이 벌어졌어요?" 여기자가 물었다.

"공격이 실패했소." 내가 말했다.

"왜요?"

"철저하게 밀어붙이지 못해서요."

"왜요? 앞으로 공격하나 뒤로 도망가나 위험하긴 마찬가지 아네요?"

"꼭 같진 않아요."

여기자가 쌍안경을 자기 눈으로 가져갔다. 그런 다음 그걸 내려놓았다.

"더 이상 볼 수가 없어요." 그녀가 말했다. 눈물이 그녀의 뺨을 타고 내려 왔으며 그녀의 얼굴은 경련을 일으켰다. 나는 그녀가 우는 것을 전에는 본 적이 없었다. 울기로 한다면야 울어야 할 장면을 우리만큼 많이 본 사람도 없을 것이다. 전쟁에서는 장군을 포함하여 모든 계급의 사람들이 이러저러한 때에 운다. 사람들이 무어라고 딴 소리를 하건, 이것은 사실이다. 그러나 우는 건 피해야 될 일이고 결국 피하게 된다. 나는 이 여기자가 이러는 걸 전에는 본 적이 없었다.

"아니 저런 게 공격인가요?"

"바로 저런 게 공격이오." 내가 말했다. "이제 한번 본 거요."

"그리고 무슨 일이 일어날까요?"

"그들은 이끌어 갈 충분한 병력이 있으면 다시 그들을 내보낼

는지도 몰라요. 다시 그럴 것 같진 않지만. 취재할 맘이 내키면 저 병력 손실을 헤아려 보아도 좋아요."

"저 사람들은 다 죽었나요?"

"아니오. 몇몇은 중상이라서 움직일 수가 없소. 어두워지면 그들이 옮기러 오겠지."

"탱크는 이제 무얼 할 거죠?"

"운이 좋으면 제 집을 찾아 갈 거요."

그러나 한 대는 이미 운이 없었다. 소나무 숲 속에서 검고 짙은 연기 기둥이 올라오더니 바람이 불어 옆으로 흩어졌다. 곧 그것은 너울거리는 검은 구름이 되었는데 기름에 절은 검은 연기 속에 붉은 화염이 보였다. 폭발이 한번 일어났고 흰 연기가 넘실댔다. 그러자 검은 연기는 좀더 높이 말려 올라갔다. 그 폭도 보다 넓게 잡고서.

"저건 탱크에 불이 붙은 거요." 내가 말했다.

우린 선 채로 지켜보았다. 쌍안경으로 보니 두 사람이 참호 구석으로부터 나와서 들것을 들고 언덕의 경사면을 오르기 시작했다. 그들은 느리게 터벅터벅 움직이는 듯했다. 바라보고 있자니까 앞에 선 사람이 무릎을 꿇고 주저앉았다. 뒤에 있던 사람도 땅바닥에 넘어졌다. 그는 앞으로 기어갔다. 그런 다음 그의 팔로 앞사람의 겨드랑이를 껴서 참호 쪽으로 끌며 기어가기 시작했다. 그러더니 그는 동작을 멈추었다. 머리를 땅에 박고 쭉 뻗은 그의 모습이 보였다. 이제 그들 둘 다 거기에서 꼼짝 않고 뻗어 있었다.

건물에 대한 폭격은 이미 멈추었고 이제는 사방이 조용해졌다. 그 큰 농가와 담 쳐진 마당은 녹색의 산허리를 배경으로 선명한 황색을 드러내 보였다. 그 산허리는 거점을 요새화하고 교통호를 파느라고 이곳저곳 흰색으로 흠이 나 있었다. 이제는 취사 준비를 하느라고 사람들이 피운 작은 모닥불에서 올라온 연기가 산허리 위로 퍼졌다. 그리고 그 산허리 위쪽에서부터 큰 농가 쪽으로는 조금 전 공격전에서 발생한 사상자들이 드러누워 있었는데 마치 초록 산허리에 뿌려놓은 지저분한 보따리들 같았다. 숲속의 탱크에서는 시커먼 기름불이 타고 있었다.

"끔찍해요." 여기자가 말했다. "이런 장면은 난생 처음이에요. 정말 끔찍해요."

"항상 그랬던 거요."

"이런 걸 싫어하지도 않아요?"

"이런 건 나도 싫소. 항상 싫어해 왔고. 하지만 이런 일을 해야 한다면 당신도 뭘 좀 알아둬야 할 거요. 아까 것은 정면 공격 작전이라는 거요. 단지 살육 작전이지만."

"다른 공격 방법은 없나요."

"아, 있어요. 방법은 많죠. 하지만 전투 지식과 기율이 있어야 하고 잘 훈련된 분대원들과 분대장들도 있어야 해요. 그리고 대부분은 기습 공격을 해야만 하고."

"이제 작업하기엔 너무 어두워졌군." 쟈니가 망원 카메라 렌즈에 캡을 씌우면서 말했다. "어이 이(虱) 친구. 이제 호텔로 가자구. 오늘은 일 많이 했지."

"그래." 옆사람이 말했다. "오늘은 아주 좋은 걸 찍었어. 공격이 좋지 않아서 마음이 아주 안됐지만. 그런 건 생각 않는 게 좋겠어. 때로는 공격이 성공하는 것도 찍으니까. 그런데 공격이 성공할 때는 항상 비나 눈이 와."

"난 더 이상은 결코 보고 싶지 않아요." 여기자가 말했다. "난 그걸 다 봤어요. 이젠 호기심 때문에 그걸 보거나 돈을 벌기 위해 그걸 쓰지는 않겠어요. 저 사람들은 우리와 같은 사람들이에요. 저 비탈에 있는 사람들을 보세요."

"당신은 멘(여기자가 사람을 men이라고 표현한 데 따른 말장난: 역주)이 아니오."쟈니가 말했다. 당신은 우먼즈(위먼의 착각. 쟈니와 그 동료는 영어가 서툴다: 역주)입니다요. 혼동 마세요."

"강철 모자 사람 온다, 지금."쟈니의 동료가 창밖을 내다보며 말했다.

"많은 위엄을 지니고 온다, 지금. 갑자기 기습하기 위해 여기서 던질 폭탄이 있으면 좋겠다."

우리가 카메라와 장비들을 꾸려 넣고 있을 때 바로 그 강철 모자를 쓴 권위자가 들어왔다.

"안녕들 하슈."그가 말했다. "좋은 사진 좀 찍었소? 댁으로 모서 드리고자 뒷골목에 승용차를 대기시켜 놨습니다, 엘리자베드양."

"에드윈 헨리씨와 함께 돌아가겠어요."여기자가 말했다.

"바람이 잠잠해졌어요?"내가 그에게 허물없이 물어봤다.

그는 그 말은 흘려 버리고 여기자에게 말했다. "가시지 않겠어요?"

"안 가요."그녀가 말했다. "우린 모두 함께 돌아가요."

"오늘밤 "클럽"으로 뵈러 가죠."그는 나에게 매우 유쾌한 듯이 말했다.

"당신은 이제 더 이상 "클럽"회원에 속하지 않습니다."나는 가능한 한 영국식 발음으로 그에게 말했다.

우리 모두는 함께 계단을 내려왔다. 대리석 계단에 난 구멍들이 특히 조심스러웠으며 새로 부서진 데는 넘기도 하고 우회하기도 했다. 아주 긴 계단 같이 느껴졌다. 나는 끝부분이 납작해지고 횟가루가 묻어 있는 황동의 총알을 집어서 엘리자베드라는 그 여기자에게 건네주었다.

"갖고 싶지 않아요."그녀가 말했다. 출입구에서 우리는 모두 서서 그 강철 모자 쓴 사람이 혼자 먼저 가도록 했다. 그는 매우 위엄을 차려서 길을 건넜는데 그 지역은 자주 총탄이 날아오는 곳이었다. 계속 그는 걸어가더니 성벽이 가로막아 엄폐된 곳으로 위엄 있게 들어갔다. 그러자 우리도 한번에 한 명씩 성벽으로 엄폐된 쪽을 향해 길을 건너 냅다 뛰었다. 엄폐되지 않은 공지를 가로지를 때는 세 번째나 네 번째 사람쯤에서 사격을 받게 된다. 그런 건 좀 돌아다녀 보면 곧 알게 된다. 우리가 그 특별한 지역을 가로지르고 났을 때는 항상 기분이 좋았다.

그렇게 해서 이제 우리는 성벽의 보호를 받으며 넷 모두 카메라를 들고 나란히 길을 따라 걸어갔다. 새로 생긴 쇠파편들과 갓 부서진 벽돌 그리고 돌무더기는 뛰어 넘었다. 그리고 이제 더 이상 "클럽" 회원이 아닌, 강철 모자 쓴 사람이 우리 앞을 위엄 있게 걸어가는 모습도 계속 보았다.

"지금 전문 쓰기가 제일 싫어." 내가 말했다. "쓴다는 일이 쉬워지지가 않아. 이번 공격도 끝나버렸고."

"무슨 일이야, 친구." 쟈니가 말했다.

"말이 되는 걸 써야 한다구." 옆 사람이 친절히 말했다. "이렇게 사건으로 꽉 찬 날에는 확실히 무슨 이야기가 있을 수 있잖아?"

"그들은 언제 부상자들을 데려갈까요?" 여기자가 물었다. 그녀는 모자를 쓰지 않았다. 그리고 큰 걸음으로 맥없이 걸었다. 그녀의 머리칼은 어두운 빛을 받아 옅은 노란색을 띠었는데, 짧게 모피 깃을 댄 조끼의 칼라위로 흘러 내렸다. 그녀가 머리를 돌릴 때마다 머리칼이 출렁거렸다. 그녀의 얼굴이 창백했으며 몸이 불편해 보였다.

"어두워지기 시작할 때 우린 말을 나누었는데, 벌써."

"빨리 어둠이 짙어지게 하나님이 만드셨대요." 그녀가 말했다.

"그런데 그게 전쟁이군요. 여기 와서 보고 기사를 써 보내라는 게 바로 그것이군요. 들것을 갖고 나갔던 그 두 사람은 죽었을까요?"

"그럴 거요." 내가 말했다. "틀림없어요."

"그들이 너무 천천히 움직였어요." 여기자가 동정 어린 목소리로 말했다.

"사람은 때로 다리를 떼는 것조차 힘들 때가 있어요." 내가 말했다.

"깊은 모래 속이나 꿈속에서 걷는 것 같지요."

강철 모자를 쓴 사람이 우리 앞에서 여전히 길을 따라 걷고 있었다. 그의 왼편에는 부서진 건물들이 나란히 서 있었고 오른편에는 초라한 집들의 벽돌담이 있었다.

그의 승용차는 그 거리의 끝에 주차되어 있었고 우리의 것도 역시 그 거리 끝의 어떤 건물이 엄폐하고 있는 곳에 있었다.

"저 사람도 함께 데리고 가요." 여기자가 말했다. "오늘밤엔 어떤 사람도 상처받는 걸 원하지 않아요. 기분뿐만 아니라 어떤 것도 상하지 않았으면 해요. 헤이!" 그녀가 불렀다. "기다려요. 우리가 갈게요."

그는 멈추어서 뒤돌아보았다. 그가 고개를 돌리자 크고 무거운 헬멧이 우스꽝스럽게 보였다. 그건 마치 해를 끼치지 않는 어떤 동물에 달린 거대한 뿔 같기도 했다. 그가 기다렸으며 우리는 다가갔다.

"저 차로 뭘 좀 도와 드릴까요?" 그가 물어왔다.

"아니오. 우리 차도 바로 저 앞에 있어요."

"우린 모두 "클럽"으로 가요." 여기자가 말했다. 그녀는 그에게 미소를 지었다. "가서서 무어든 한 병 가져오겠어요?"

"참 좋겠군요." 그가 말했다. "뭘 갖고 올까요?"

"뭐라도요." 여기자가 말했다. "좋으신 걸로 아무거나 가져와요. 난 먼저 일부터 해야 하니까요. 일곱 시 삼십 분쯤으로 해요."

"내가 댁으로 모셔다 드릴까요?" 그가 그녀에게 물었다. "다른 차는 저 잡동사니들로 꽉 차 버릴 것 같아서 말이죠."

"네." 그녀가 말했다. "그게 좋겠어요. 고마워요."

그들은 한 차에 타고 우리는 다른 차에다 모든 물건을 다 실었다.

"어떻게 된 거야, 이 친구야?" 쟈니가 말했다. "자네 아가씨가 다른 녀석과 함께 돌아가네."

"그 공격 작전이 그녀의 마음을 뒤흔들어 놓았나 봐. 기분이 무척 안 좋다는 군."

"공격으로 마음이 흔들리지 않는 여자는 여자가 아니지." 쟈니가 말했다.

"매우 성공적인 공격이었군." 다른 친구가 말했다. "그녀가 너무 가까이에서 그걸 보지 않은 것만도 다행이야. 그녀가 전투를 너무 가까이에서 보게 해서는 안돼, 위험 문제하고는 별도로. 그건 너무 강렬한 장면이야. 그녀가 오늘 본 거리에서야 그건 단지 그림이었지. 구식 전쟁 장면 같은 거야."

"마음이 고운 여자군." 쟈니가 말했다. "자네와는 다른데, 이 늙은 라이스(lice)."

"나도 마음은 고와." 내가 말했다. "그리고 라우스(louce)가 맞아. 이들이 아냐. 이들은 복수야."

"난 이들이 더 좋아." 쟈니가 말했다. "그게 더 확고하게 들려."

그러나 그는 손을 들어서 차창에 립스틱으로 쓰여진 글자들을 지웠다.

"내일은 새 농담을 지어낼 거야." 그가 말했다. "자네가 거울에 써 놓았던 것에 대해서는 이걸로 됐어."

　"좋아." 내가 말했다. "기분 좋은데."

　"이 늙은이들아." 쟈니가 말하고 내 등을 철썩 쳤다.

　"이가 맞는 말이야."

　"아냐 이들이야. 난 이게 훨씬 더 좋아. 그게 여러 갑절 더 확고해."

　"빌어먹을."

　"좋아." 쟈니가 말하고 즐겁게 미소지었다. "이젠 우린 다시 좋은 친구가 됐어. 전쟁터에서는 우리 모두 서로의 감정을 상하지 않도록 조심해야지."

"기억해내는 것도 많으셔요"는 쿠바에서 쓰여졌고 단편으로 완성된 것이다. 헤밍웨이는 1939년부터 1959년까지 이곳에 있는 핑카 비지아에서 가정 생활을 누렸다.

기억해내는 것도 많으셔요

"이건 아주 훌륭한 이야기로군." 소년의 아버지가 말했다. "이게 얼마나 좋은지 알겠니?"

"전 그 여선생님이 이걸 아빠께 보내지 말았으면 했는데요."

"다른 걸 써 놓은 게 또 있니?"

"그것뿐인데요. 정말 전 그 여선생님이 그걸 아빠께 보내지 않기를 바랐어요. 하지만 그게 상을 탔을 때—"

"그녀는 내가 너를 도와주었으면 했다. 하지만 네가 그토록 잘 쓸 수 있으니 누가 도와줄 필요도 없겠어. 네게 필요한 건 쓰는 일 뿐이야. 이이야기를 쓰는 덴 얼마나 걸렸니?"

"그렇게 오래 걸리진 않았어요."

"그런 형태의 갈매기는 어디서 알았니?"

"바하마 군도에서 인 것 같아요."

"넌 독 로크나 엘보우 키이에는 간 적이 없지. 캣 키이와 비머니에도 갈매기나 제비갈매기가 둥우리를 틀지 않고. 키이 웨스트에서만은 가장 작은 제비갈매기가 둥우리를 트는 걸 봤을는지도 모르겠다만."

"킬렘 피터즈 섬이 틀림없어요. 산호초 위에 둥지를 틀거든요."

"바로 얕은 갯바닥에도 짓지." 그의 아버지가 말했다. "그 이야기 나오는 것과 같은 갈매기는 어디서 알게 된 것 같으니?"

"아마 아빠가 저에게 말해줬을 거예요."

"그건 아주 훌륭한 얘기야. 그건 내가 오래 전에 읽은 이야기를 떠오르게 했어."

"무엇이든 보셨다 하면 기억해내는 것도 많으셔요." 그 소년이 말했다.

그해 여름 소년은 아버지가 도서관에서 자신을 위해 찾아다 준 많은 책들을 읽었다. 그리고 점심을 먹으러 자주 본채로 건너와서는 아버지에게 말하기를 야구를 하지 않았을 때나 사격클럽에 내려가지 않았을 때는 글을 계속 써왔노라고 했다.

"맘이 내킬 때 그걸 나에게 보여다오. 아니면 어떤 문제점에 대해 물어봐도 좋고." 그의 아버지가 말했다. "네가 알고 있는 것에 대해서 쓰는 게 좋단다."

"그러는 중이죠." 소년이 말했다.

"네 어깨 너머로 들여다보거나 목덜미에다 숨을 내쉬고 싶지 않단다." 그의 아버지가 말했다. "하지만 네가 원한다면 우리들이 다 아는 사실에 관한 간단한 글짓기 과제 같은 걸 네게 낼 수 있어. 훈련이 될 거야."

"전 스스로 잘 해나가고 있다고 생각해요."

"그렇다면 맘이 내킬 때까진 나에게 보이지 마라. '멀리 그리고 옛날'이란 책을 읽고 어떻게 느꼈니?"

"아주 좋았어요."

"내가 말한 과제란 이런 뜻이란다. 즉 우린 함께 시장을 갈 수도 있고 투계장으로 가도 좋아. 그런 다음 우린 서로 본 것을 쓰는 거야. 그게 무슨 말인고 하면 우리가 본다는 건 실제 우리 마음 속에 남아 있는 걸 말하는 거지. 닭싸움을 다시 시키고자 심판이 닭들을 세우려고 할 때 그 수탉의 부리를 벌려서 목구멍에다 바람을 불어넣는 조련사의 일 같은 걸 각자가 보고 비교하자는 거야.”

소년은 고개를 끄덕였다. 그런 다음 자기 접시를 내려다보았다.

“혹은 우린 카페에 들어가서 포커판의 주사위를 몇 번 흔들어 보는 거야. 그리고는 네가 거기서 들은 대화 속에 무슨 말이 있었던가를 적어 보는 거야. 모든 걸 다 적으려고 하진 말아. 의미를 분명하게 들은 것만이야.”“아직 그런 정도로 준비된 것 같진 않아요, 아빠. 전 아까 그 이야기를 쓰던 방식대로 해나가는 게 더 나을 것 같아요.”

“그럼 그렇게 해라. 난 널 간섭하거나 영향을 주고자 하진 않아. 지금껏 한 말은 단지 훈련의 실례일 뿐이야. 너와 그런 기회를 가졌더라면 좋을 거라는 거지. 그런 건 피아노의 손가락 연습 같은 거란다. 그런데 특별히 좋다는 것도 아니고. 더 나은 걸 생각해낼 수도 있을 거다.”

“아무래도 그 이야기를 쓰던 방식대로 해나가는 게 더 좋을 것 같아요.”

“좋아”그의 아버지가 말했다.

내가 이 녀석만할 때는 그렇게 잘 쓸 수가 없었지. 그의 아버지는 생각했다. 뿐만 아니라 다른 누구도 이 녀석만큼 쓸 수 없을 것 같아. 사격 솜씨도 열 살짜리 소년으로 이 녀석보다 더 잘 쏘는 녀석은 본 적이 없단 말이야. 그저 남에게 보이기 위한 사격이 아니라 어른들이나 전문가들과의 사격시합 솜씨가 그랬다. 그가 열두 살이 되었을 때는 필드에서도 똑같이 쏘았다. 그는 자동 레이더를 가진 것처럼 사격을 했다. 그는 사정거리를 벗어나서 사격하는 적도 없고 쫓긴 새가 너무 가까이 오게 하는 법도 없었다. 그는 보기 좋은 자세로 쏘았고 타이밍도 절묘했으며 높이 올라간 꿩이나 물오리의 수로 사냥에서도 백발백중이었다.

비둘기를 날려서 쏘는 시합에서 그가 시멘트 길을 걸어 나와서 문을 돌리고 들어간 다음 검은 줄로 자기 사용 구역을 표시해 놓은 금속 표지 쪽으로 걸어가면 프로 선수들은 입을 다물고 지켜보았다. 그는 관객들을 물을 끼얹은 듯 조용하게 만드는 유일한 사수였다. 그가 사냥총을 걸머지고는 개머리판이 자기 어깨 어디쯤 걸려 있는가를 보려고 뒤를 쳐다보았을 때 프로 선수들 중 몇 명은 기가 꺾인 듯한 미소를 지었다. 그는 뺨을 개머리판 윗부분에 갖다대고 왼손을 훨씬 앞으로 내밀었으며 체중을 앞쪽으로 하여 왼발에 실었다. 총구는 위로 올라갔다가 내려오더니 왼쪽에서 오른쪽으로 획 이동한 다음 다시 중앙의 제자리로 돌아왔다. 그가 약실 속에 두발을 장전하느라고 온몸을 뒤로 기울일 때 그의 오른발 뒤꿈치가 부드럽게 위로 들려졌다.

"준비." 그가 어린 소년에게는 걸맞지 않은 낮고 쉰 목소리로 외쳤다.

"준비." 덫잡이가 응답했다.

"당겨." 쉰 목소리로 말하자 다섯 개의 덫 중에서 어디에선가 회색 경주 비둘기가 튀어 나왔다. 비둘기는 각도를 마구 바꾸며 초록빛 잔디 위를 초저공으로 날아서 흰색의 낮은 울타리 쪽으로 향했다. 첫 번째 총신에 장전된 탄환이 비둘기에 날아가 박혔다. 그리고 두 번째 총신에서 나간 탄환도 첫 번째 탄환에 이어 박혔다. 그 새는 날아가다가 추락했으므로 훌륭한 사수 몇 명만이 이미 공중에서 죽은 새에게 두 번째 탄환이 들어가 박히는 충격을 보았을 뿐이었다.

소년은 총신을 꺾고 시멘트 길을 벗어나 선수 대기석으로 돌아왔다. 얼굴에는 아무 표정도 짓지 않았다. 그리고 눈을 내리깔고 박수갈채도 아랑곳하지 않았다. 프로 선수들이 "스티브, 훌륭한 녀석"이라고 하면 그 이상하게 목쉰 소리로 "고마워요." 할 뿐이었다.

그는 총을 선반에 얹어 놓고 자기 아버지가 쏘는 것을 구경하러 가곤 했다. 그런 다음 두 사람은 함께 걸어나가서 바깥에 있는 술집으로 들어갔다.

"코카콜라 한 병 마셔도 돼요, 아빠?"

"반 병 이상은 안 마시는 게 좋아."

"좋아요. 아깐 너무 느려서 미안해요. 그 새가 힘차게 날아가게 한참 두지 말았어야 했는데요."

"그 새는 힘이 세고 낮게 날아가는 종류였어, 스티브야."

"내가 느리지만 않았더라면 아무도 그런 새인 줄 몰랐을 텐데요."

"넌 잘하고 있어."

"속도를 회복하겠어요. 걱정 마세요, 아빠. 그저 이 콜라만 마시고 나면 느리진 않을 거예요."

그의 두 번째 새는 공중에서 맞아 죽었다. 그는 숨겨진 새장의 출구로부터 움푹 들어간 덫의 용수철 빗장이 그의 두 번째 새를 몰아내서 높이 날리자 첫 발을 쏘았다. 모든 사람들은 쌔가 땅에 떨어져 부딪치기 전 공중에서 그의 두 번째 탄환이 날아가 박히는 것을 볼 수 있었다. 새는 덫으로부터 일 야드도 날아가지 못했다. 그 소년이 돌아오자 그 지방의 사수가 말했다.

"그래, 넌 쉬운 걸 맞추었군, 스티브."

그는 끄덕이고 나서 그의 총을 쥐었다. 그는 점수판을 보았다.

아버지 앞에 다른 네 명의 사수가 있었다. 그는 아버지에게로 갔다.

"넌 속도를 되찾았어." 아버지가 말했다.

"전 덫의 소리를 들었어요." 소년이 말했다. "아빠를 이겨서 떨쳐내고 싶진 않아요. 저 소리가 모두 들리죠. 하지만 지금 두 번째 덫은 나머지 것들보다 두 배나 소리가 커요. 윤활유를 칠해야 되는 건데요. 누구도 그걸 알아차린 것 같진 않아요."

"난 항상 덫의 소리에 따라 총을 움직이지."

"그럼요. 하지만 아주 큰 소리가 나면 아버지 왼편이라구요. 왼편은 소리가 커요."

그의 아버지는 그 다음 남은 세 번의 경기 가운데 두 번째 덫에서 나온 새를 따라잡지 못했다. 사격선에 나갔을 때 그는 그 덫의 소리를 알아듣지 못하였다. 그래서 멀리 새가 날아간 다음에야 두 번째 탄환으로 간신히 잡았다. 그 새는 울타리에 부딪쳐서 가까스로 경기장 안으로 떨어졌다.

"에이, 아빠, 미안해요." 소년이 말했다. "윤활유를 칠했나봐요. 이 망할 놈의 입을 닥치고 있어야만 했는데요."

그들이 함께 참가하여 사격하기로는 마지막이었다. 큰 국제 사격대회가 끝난 다음날 저녁 그들은 대화를 나누었다. 소년이 말했다. "비둘기를 못맞추는 사람은 어떻게 해서 그렇게 되는지 모르겠어요."

"다른 사람에겐 그런 소리 하지 마라." 그의 아버지가 말했다.

"안 해요, 그렇지만 전 진담예요. 비둘기를 못맞추고 빗나갈 이유는 결코 없다고 봐요. 전 놓친 비둘기라도 두 번째는 맞춰요. 그건 경기장 밖으로 떨어지지만."

"그건 너도 놓치는 거야."

"저도 그건 알아요. 그건 저도 놓치는 거죠. 하지만 어떻게 진짜 사수가 비둘기를 맞추지도 못하는지 이해할 수가 없어요."

"아무 스무 해쯤 지나면 너도 알게 될 거다." 그의 아버지가 말했다.

"무례하게 굴려고 한 건 아니었어요, 아빠."

"괜찮다." 그의 아버지가 말했다. "다만 다른 사람들에겐 그런 말을 하지 말어."

아버지는 아들이 썼다는 그 이야기와 아들이 글을 쓴다는 사실 자체에 대하여 의혹이 생길 때면 위의 일들을 생각해 보았다. 소년은 자신이 갖고 있던 엄청난 재능에도 불구하고 사수가 되지는 않았다. 지도와 훈련이 없었던 것은 아니었지만 원래 소년은 누구에게 배우지 않고도 나는 새를 잡던 탁월한 솜씨였었다. 그는 이제 그 모든 훈련 일체를 잊었다. 소년이 날으는 새를 빗맞추었을 때 아버지는 소년의 셔츠를 벗기고 거총을 잘못해서 팔에 생긴 멍을 보여 주었었다. 소년이 새를 날려달라고 신호하기 전에 반드시 총을 제대로 올려놓았는지 확인하도록 어깨를 되돌아보게 함으로써 아버지는 아들의 틀린 점을 교정해 주었었다.

그는 앞발에 체중을 싣고 머리를 숙인 다음 총을 획 돌리는 등의 훈련도 잊었다. 체중이 앞발에 있는 것은 어떻게 아는가? 오른쪽 발꿈치를 들면 된다. 머리는 내려. 총구를 획 돌리고 속도를 내. 점수가 얼마인가는 중요치 않아. 새들이 덫에서 튀어 나오자마자 잡으면 돼. 새의 다른 부분은 볼 것도 없고 부리만 보면 돼. 부리를 따라서 총구를 움직여. 부리가 어디로 움직일 것인가를 볼 수 없을지라도. 내가 지금 너에게 바라는 건 사격 속도야.

그 소년은 놀라운 천부적 사수였지만 아버지는 그를 완벽한 사수로 키우기 위해 속도 훈련을 시키던 초창기에는 해마다 열

마리당 여섯 내지 여덟을 잡기 시작했다. 그런 다음은 열 마리 당 아홉 마리로 향상하였다. 그리고 그 수준에서 한참 머물더니 이윽고 스무 마리에서 스무 마리를 다 잡는 데까지 도달하였다. 그가 패하는 경우라면 결승에 가서 백발백중 사수들을 가려낼 때 따르는 그날의 운세에 의할 따름이었다.

그는 자기 아버지에게 두 번째 이야기 작품은 보여주지 않았 다. 방학이 끝날 때까지도 아들 말로는 그 작품이 만족할 만큼 완성되지 않았다는 것이다. 그는 아버지에게 그것을 보여주기 전 에 철저하게 고쳐놓고 싶다고 말했다. 그것을 바르게 손질하는 즉시 당장 아버지에게 보내고자 한다는 것이다. 아들은 아주 훌 륭한 방학을 즐겼노라고 했다. 아마 가장 훌륭한 독서를 한 것 도 즐거웠고, 글 쓰는 문제에서 너무 가혹하게 자신을 몰아붙이 지 않았던 아버지에게 감사한다고 했다. 왜냐하면 방학은 결국 방학인데 이번 방학은 즐거운 방학으로 시종할 수 있었고 가장 멋진 시간을 계속 향유할 수 있었기 때문이다.

8년 후에 아버지는 전에 아들이 상을 탔던 그 작품을 다시 읽 어보게 되었다. 그 이야기는 아들의 옛날 방을 정리하느라고 거 기 있던 책들을 훑어보던 중에 찾아낸 것으로 어떤 책 속에 이 미 게재되어 있었다. 책을 보자마자 그는 자기 아들의 이야기가 어디에서 나온 것인가를 알아차렸다. 그는 오래 전에 가졌던 그 어디서 보았던 듯한 친근감을 기억해냈다. 그는 책장을 넘겼다. 바로 거기 있었다. 하나도 바꾸지 않았고 제목도 똑같았다. 그 책은 아일랜드 출신 작가가 쓴 매우 훌륭한 단편집이었다. 소년 은 그 책으로부터 정확히 그 단편을 베꼈던 것이며 제목도 원래 의 것을 사용하였다.

소년이 글을 써서 상을 탔던 그 해 여름에서부터 그의 아버지 가 그 책을 우연히 발견했던 그날까지 사이의 칠 년 중에서 최근 오 년 동안, 그 소년은 할 수 있는 못된 짓과 바보짓은 다했었지, 그의 아버지는 생각했다. 하지만 그건 몸에 병이 생겨서 그런 걸 거야 하고 그의 아버지는 오래도록 자신에게 말해왔었다. 그의 못된 짓은 병에서 생긴 거야. 그때까진 괜찮았지. 그러나 그런 일은 모두 그 해 여름이 지난 후 일이 년 만에 시작되었다.

이제 그는 자기 아들이 결코 훌륭하지 않았다는 것을 알았다. 과거를 돌이켜보며 그는 자주 그런 생각을 하게 되었다. 그리고 사격이란 별로 중요한 일이 못된다는 사실을 알고 나니 울적해졌다.

"본국에서 온 큰 소식"은 쿠바에서 완성된 또 하나의 완전
한 단편 작품이다.

본국에서 온 큰 소식

사흘 동안이나 바람이 남으로부터 불어왔다. 휘어진 대왕 야
자수의 넓은 잎들은 마침내 바람이 불어가는 방향으로 일렬 횡
대를 이루어 찢겨져 나가더니 강풍에 못이겨 구부러져 있는 회
색 나무둥치로부터 멀리 떨어져 나가고 말았다. 바람이 더욱 강
해져서 휘몰아치자 짙은 초록빛의 야자잎 줄기도 미친 듯이 흩
날렸다. 망고나무의 가지들도 바람 속에서 마구 뒤흔들리다가 우
지직하고 부러졌다. 그리고 강풍 속의 열기는 망고 꽃들을 태울
듯 건조시켜 갈색이 되게 했고 그 위에 먼지를 뒤집어 씌워 꽃
줄기도 말라 비틀어졌다. 잔디도 말라버려서 흙에는 더 이상 수
분이라곤 없었으며 바람 속에도 먼지만 있었다.

바람은 닷새 동안 밤낮으로 불어서 마침내 멈추었을 때는 야
자나무 잎새들의 반은 말라서 겨우 둥치에 붙어 있었다. 수많은
푸른 망고가 땅바닥에 뒹굴었고 나무에 달린 망고나 꽃순들은
고사(枯死)했으며 잎줄기도 말라 버렸다. 망고 과실은 그 해에
망쳐 버린 다음 많은 것들과 함께 결단이 나버렸다.

그가 신청했던 전화가 본국에서 왔다. 전화 속의 남자가 말했
다. "네, 닥터 심프슨입니다." 그러더니 딱딱 끊는 말씨가 계속되
었다. "휠러씬가요? 아, 선생님 댁의 아드님이 오늘 하루 종일

우릴 깜짝 놀라게 했어요. 정말 그랬다니까요. 우린 그 쇼크요법에 앞서 통상적인 펜토탈나트륨(수면제: 역주)을 그에게 투약해 왔지요. 그런데 아드님은 펜토탈나트륨에 비정상적인 거부반응을 보이는 걸 내가 쭉 관찰해 왔어요. 전에 마약제를 먹었던 건 아니겠죠?"

"내가 아는 한은 그렇지 않소."

"아니라구요? 글쎄요. 전혀 알 수 없다는 것은 당연하겠지요. 헌데 오늘 아드님은 멋진 연기를 했답니다. 우리 다섯 명이 마치 어린애들처럼 그의 옆에 둘러서 있었지요. 어른 다섯 명이 당한 셈이죠. 결국 치료를 연기해야만 했었어요. 물론 아드님은 전기 충격요법에 대해 과민 공포증이 있어요. 그건 전적으로 근거 없는 생각이죠. 그 때문에 우린 펜토탈나트륨을 사용하고 있는 거죠. 하지만 오늘 그 약을 투약할 때는 문제가 없었어요. 이제 난 그걸 증세라고 봅니다. 휠러씨, 그는 아무 것에도 반항하지 않았어요. 이건 이제껏 관찰해 온 것 중에서 가장 순조로운 징후 같아요. 아드님은 분명히 차도를 보이고 있는 겁니다, 휠러씨. 난 댁의 아드님이 믿음직해요. 아, 내가 이런 말도 그에게 했지요. '스티븐, 네가 그런 역량을 간직하고 있는 줄은 몰랐다.' 하고 말이죠. 아드님은 잘 해나가고 있으니까 자부심을 갖고 만족하셔도 됩니다. 전의 그 사건이 있은 직후에 그 앤 나에게 아주 흥미있고 의미심장한 편지를 써보냈었죠? 지금 선생께 그걸 부쳐 드리겠어요. 다른 편지들을 아직 못받았죠? 좋습니다. 좋아요. 편지를 부치는 데 좀 지체했군요. 비서가 지금 문자 그대로 일의 홍수에 빠져 있답니다. 휠러씨도 사정이 어떻다는 건 아실 겁니다. 난 바쁜 사람이거든요. 글쎄 치료를 거부할 때의 아드님은 세상에서 가장 막된 언사를 사용하더군요. 하지만 또 가장 신사다운 언행으로 내게 사과도 했답니다. 이젠 그애를 만나 보아야만 하겠어요, 휠러씨. 자기의 용모도 지금은 다듬고 있다구요. 그는 지금 젊은 대학생 신사 양반의 전형적인 모습을 하고 있다니까요."

"그 치료는 어때요?"

"아, 그앤 그 치료를 받을 겁니다. 펜토탈나트륨의 양을 우선 두 배로 올려야만 될까봐요. 그 약에 대한 그의 거부 반응은 그저 놀랄 만해요. 아시겠지만 이러한 조치들은 물론 그가 요청해서 하는 특별 치료이지요. 그런 점에서는 피학대적인 점도 있지요. 그 스스로도 편지에서 암시하기까지 했으니까요. 하지만 난 그렇게 생각하진 않습니다. 내 생각엔 그애가 현실을 파악하기 시작한 것 같아요. 그 편지를 보내드리겠어요. 아드님에 대해 매우 고무되실 겁니다. 휠러씨."

"거기 날씨는 어때요?"

"뭐라구요? 아, 날씨 말이군요. 글쎄요. 예년과 같은 전형적인 날씨라고 말하긴 약간 뭣하구요. 아니, 아주 전형적인 날씬 아니군요. 솔직히 말씀드리자면 다소 이상한 날씨가 계속되고 있어요. 휠러씨, 언제든지 전화하세요. 한동안 그애가 나타낼 차도에 따라 일희일비하진 않을 겁니다. 그의 편지를 보내 드릴게요. 아마 탁월한 편지라고 표현할 수도 있을 겁니다. 네, 휠러씨. 아니, 휠러씨, 걱정할 게 없어요. 선생께서 말하고 싶으신가요? 외부 전화가 병실까지 들어갈 수 있는지를 내가 알아보지요. 내일이 아마 더 좋을 것 같군요. 아이는 당연히 수술 후엔 다소 지치니까요. 내일이 더 좋겠군요. 그앤 아직 수술을 받지 않았다구요? 매우 정확한 말씀입니다, 휠러씨. 그애가 그렇게 강인한 그 무엇을 보일 수 있을 줄은 몰랐어요. 그 말씀은 정확합니다. 수술은 내일입니다. 펜토탈나트륨을 올려서 투약하겠어요. 이 특별치료는 그애 스스로 요청했다는 걸 기억해두세요. 내일이 지나서 그

애에게 전화주세요. 그땐 한가한 날이 되겠죠. 그앤 푹 쉬고 있을 겁니다. 그게 좋겠어요, 휠러씨. 그게 좋겠어요. 염려할 이유는 하나도 없어요. 그의 회복이 이보다 더 만족스러울 수도 없다고 봐요. 오늘이 화요일이죠. 선생께선 목요일에 전화하세요. 목요일 언제라도.”

바람이 남으로부터 목요일에 다시 찾아 왔다. 이제는 나무들이 바람으로부터 당할 피해도 없었다. 바람은 그저 죽어버린 갈색의 야자나무 가지를 불어제칠 뿐이었다. 그리고 잎줄기가 아직 죽지 않고 남아 있던 극소수의 망고 꽃술까지도 태워 죽일 따름이었다. 바람은 또 알라모들의 잎새를 노랗게 만들었고 먼지를 날렸으며 수영장 위로 잎새들을 쓸어갔다. 그리고 창문의 그물을 통하여 먼지를 집안으로 몰아붙여서 책갈피 사이에도 끼이고 그림 위에도 쌓이게 했다. 젖소들은 엉덩이를 바람 쪽으로 하고 누워 있었는데 씹는 어물에도 모래가 잔뜩 섞여 있었다. 바람은 사순절이면 꼭 불어온단 말이야라고 휠러씨는 회상했다. 그래서 이 지방 사람들은 이 바람을 사순절이라고 했다. 모든 나쁜 바람은 이 지방의 독특한 이름이 있었다. 그리고 모든 나쁜 작가들은 이 이름들에 대하여 문학적 의미를 항상 천착하는 체하게 되었다. 그는 이런 자세에 거부반응을 보였다. 그의 이러한 거부반응은 글 쓰는 데 있어서도 마찬가지였다. 야자나무 가지가 나무둥치로부터 바람에 날려 전방으로 일렬횡대를 이룬 것이 마치 젊은 여자들이 폭풍이 불어오는 쪽으로 그들의 등을 대고 서 있을 때 그녀들의 머리카락이 바람 불어가는 앞쪽으로 흩날리더라는 식의 표현을 그는 싫어했다. 그는 사순절 바람이 불어오기 시작하기 전날 밤에 여럿이 산책을 하다가 맡게 된 꽃술의 냄새에 관하여 쓰고 싶은 충동을 억누른 바도 있었고 자기 방 창문 밖에서 꿀벌이 잉잉대는 소리에 대해서도 마찬가지였다. 이제 꿀

벌도 없었다. 그는 이 사순절 바람에 대한 외국어 명칭의 사용
도 거절했다. 이곳에 부는 여러 종류의 바람을 나타내는 외국어
명칭들은 문학성의 측면에서도 도무지 되먹지 않게 붙여진 것이
었다. 그는 이런 이름들을 너무나 많이 알고 있었다. 휠러씨는
그냥 손으로 글을 쓰고 있었다. 왜냐하면 사순절 바람 속에서는
타자기를 꺼내고 싶지 않았기 때문이었다.

그의 아들과 동년배이자 자랄 때는 서로 친구이기도 했던 하
우스 보이가 들어와서 말했다. "스티브에게 거신 전화가 나왔습
니다."

"안녕하세요, 아빠." 스티븐이 쉰 목소리로 말했다. "전 괜찮아
요, 아빠. 정말 괜찮아요. 이제 때가 왔어요. 이젠 정말 모든 게
박자에 맞춰 진행될 거예요. 아빠 잘 모르실 거예요. 전 이제야
정말로 현실을 파악하게 되었어요. 닥터 심프슨이요? 아, 그분은
훌륭해요. 그분은 정말 믿음직해요. 그분은 정말 훌륭한 분이죠,
아빠. 전 정말 그분을 신뢰하게 되었어요. 그는 보통 사람들보다
확실히 뛰어나요. 그분은 나에게 몇 가지 특별 치료도 하고 있
어요. 다른 분들은 모두 어떻게 지내세요? 좋아요. 날씨는요? 좋
아요, 그거 괜찮군요. 치료에는 어려움이 없어요. 아뇨, 천만에요.
만사형통이죠, 사실. 아빠도 만사형통이라서 기뻐요, 이번에는 진
짜 해답을 얻었어요. 그럼 전화 너무 오래 써서 돈 낭비는 말아
야죠. 모든 분께 안부 전해주세요. 안녕히 계세요, 아빠 곧 다시
뵙죠, 끊어요."

"스티브가 네게 안부를 전했다." 하우스 보이에게 내가 말했다.
그는 옛날을 회상하며 행복한 미소를 지었다.

"그앤 친절도 하군요. 어떻게 지내고 있죠?"

"잘 지낸다는구나." 내가 말했다. "그애 말이 만사형통이란
다."

"낯선 지방"은 네 개의 장으로 구성된 미완성 작품이다. 여기에 나오는 내용들은 1970년에 유고집으로 출간된 "떠도는 섬들"의 초판본을 구상하면서 써본 예비 자료에 해당된다. 헤밍웨이는 "떠도는 섬들"을 써나가는 과정에서 작품의 방향을 전환하고 여기 소개하는 장면들을 삭제하였음에 틀림없다. "떠도는 섬들"의 최종판에 나오는 인물들의 이름이 여기에서도 사용되고 있는 사실이 그것을 입증하고 있다. 여기 나오는 내용은 재정리되었으나 작품 "낯선 지방"의 일관성과 원상의 가치가 감소된 바는 없다.

낯선 지방

　마이애미는 덥고 습윤했다. 그리고 에버글레이드 소택지로부터 불어오는 육풍은 아침 나절까지도 모기떼들을 몰고 왔다.

　"어서 여길 떠나야겠어." 로저가 말했다. "난 돈을 좀 마련해야겠고. 혹시 자동차에 대해서 뭘 좀 알던가?"

　"아주 많이 알진 못해요."

　"신문 광고란을 뒤적여 무슨 차가 나와 있는지 찾아 봐 줘. 그럼 난 돈을 여기, 웨스턴 유니언 은행으로 부치게끔 해 놓을 테니까."

　"그저 그렇게 해서 돈을 받을 수 있을까요?"

　"시간에 늦지 않게 전화만 통하면 고문 변호사가 그걸 부쳐 줄 수 있겠지."

그들은 지금 비스케인 대로에 있는 어느 호텔의 십삼 층에 올라와 있었다. 담당 보이는 신문과 다른 물품을 사러 막 내려가고 없었다. 방은 두 개가 있었는데 모두 해안의 만과 공원 그리고 대로를 지나다니는 차량들이 내려다 보였다. 그들은 각자 자신의 아름으로 숙박부를 적었다.

　　"넌 모퉁이 방쪽이 나을 거야." 로저가 말했다. "거긴 미풍이나마 들어올걸. 난 다른 방에서 전화를 걸 테니까."

　　"뭐 도와드릴 건 없을까요?"

　　"어느 신문이든 골라서 자동차 매매 광고란을 한번 훑어봐. 그럼 나는 다른 걸로 찾아 보겠어."

　　"어떤 종류의 차가 좋아요?"

　　"덮개를 접을 수 있고 타이어가 좋은 걸로. 우리가 살 수 있는 최상품으로 말이지."

　　"돈은 얼마나 올 것 같아요?"

　　"오천 달러를 청구해볼까 하는데."

　　"신난다. 그 돈이 오긴 할까요?"

　　"모르겠어. 지금 그 사람에게 연락을 취해 볼 참이야." 로저가 말하고 다른 방으로 들어갔다. 그 방문이 닫히더니 다시 열렸다.

　　"넌 여전히 날 사랑하니?"

　　"그건 모두 해결된 줄 알았는데요." 그녀가 말했다. "지금 키스해줘, 보이가 돌아오기 전에."

　　"좋아."

　　그가 그녀를 꽉 끌어당겨 안고 힘껏 키스했다.

　　"이번 건 더 좋아요." 그녀가 말했다. "우린 왜 방을 따로 써야만 해요?"

　　"내가 돈을 받으려면 신분이 뚜렷해야겠다고 생각했지."

　　"아."

"운이 있으면 우린 이런 곳에 묵진 않을 거야."

"그렇게 빨리 모든 걸 다 해결할 수가 있을까요?"

"운만 있다면."

"그럼 우린 길치 부부가 될 수도 있는 거죠?"

"스티븐 길치 부부지."

"스티븐 브랫 길치 부부죠."

"전화를 걸어야 하겠어."

"하지만 너무 오래 떨어져 있진 말아요."

그들은 그리스 사람들이 경영하는 해산물 전문 식당으로 갔다. 그곳은 냉방이 된 오아시스로서 시내의 강한 열기를 막아 주었다. 음식은 바다에서 나온 재료로 만들어진 것이 틀림없었다. 그러나 요리 솜씨나 신선도는 신통치 않았다. 하지만 술은 기가 막힌 것이 있어서 달지도 않으며 수지 맛이 나는 그리스 산 백포도주를 차게 해서 마셨다. 디저트는 체리파이를 내왔다.

"그리스로 가서 에게해의 섬들로 갈까봐요." 그녀가 말했다.

"거길 못가봤어?"

"어느 해 여름에 갔었죠. 참 좋았어요."

"언젠가는 거길 함께 가자."

두시에 돈이 웨스턴 유니언 은행에 도착했다. 오천 달러가 아니라 삼천오백 달러였다. 세시 삼십 분경에 그들은 덮개를 접을 수 있는 중고 뷰익 승용차를 샀다. 주행거리는 단지 육천 마일이었다. 차에는 상태가 좋은 스페어 타이어 두 개, 따로 잘 붙인 범퍼 장치, 라디오 한 대, 큰 스포트라이트(자동차의 앞 옆 따위를 비추는 반사기가 달린 등: 역주) 하나가 있었고, 뒤쪽에는 많은 짐을 실을 수 있는 공간도 있었다. 차체의 색은 모랫빛이었다.

다른 여러 가지 물품들도 많이 구입한 다음, 다섯 시 삼십 분에 그들은 호텔에서 체크아웃했다. 도어맨이 그들의 여러 개 되는 짐을 갖고 와서 차의 후미에 넣어 주었다. 아직도 지독히 더웠다.

로저는 두꺼운 제복을 차려입어서 땀을 몹시 흘리고 있었다. 아열대지방의 여름 날씨에 그런 옷이 맞는다면 라브라도르 지방(미국 동북부의 반도로 겨울이면 혹한으로 유명함: 역주)에서 겨울에 반바지가 맞는다는 꼴이었다. 도어맨에게 로저가 팁을 주고 차에 올랐다. 그들은 비스케인 대로를 따라 차를 몰고 가다가 서쪽으로 돌아서 코럴 케이블즈와 타미아미 트레일 방향의 도로로 들어섰다.

“기분이 어때?”그가 아가씨에게 물었다.

“멋져요. 이것이 꿈이 아닌 생시인가요?”

“난 이게 생시란 걸 알지. 왜냐하면 너무 지랄같이 덥고 또 우린 오천 달러를 못받았거든.”

“차 값으로 너무 많이 치렀다는 생각이 들죠?”

“아니 딱 맞아.”

“보험에는 들었어요?”

“그럼. 트리플 에이(미국 자동차 연합: 역주)에도 가입했고.”

“우린 속도가 너무 빠르지 않아요?”

“우린 질주하는 거야.”

“나머지 돈은 잘 보관하고 있죠?”

“그럼. 셔츠 안에다 꼭 넣어 뒀어.”

“그게 우리 은행이에요.”

“우리가 갖고 있는 전부지.”

“얼마나 오래 쓸 수 있을까요?”

“돈이 떨어져서는 안돼. 내가 조금 더 만들겠어.”

“한동안은 지탱해야만 하는데요.”

"그럴 거야."

"로저."

"응, 내 딸아."

"절 사랑해요.?"

"모르겠어."

"말해 봐요."

"모른다니깐. 하지만 잘 좀 알아 보려고 해."

"전 사랑해요. 굳게. 굳게. 굳게."

"그 마음을 잘 지키라구. 그건 나에게 큰 도움이 될 거야."

"왜 절 사랑한다고는 말하지 않아요?"

"기다려 봐."

그가 운전하는 동안 그녀는 자신의 손을 그의 넓적다리 위에 놓고 있었는데 이제는 그 손을 치웠다.

"좋아요." 그녀가 말했다. "기다려 보죠."

그들은 넓은 코럴 케이블즈 도로에 접어들어 서쪽으로 달렸다. 그리고 이제는 단조로우며 열기에 가득 찬 마이애미 외곽을 지나서 여러 상점들과 주유소와 차들이 있는 슈퍼마켓을 통과했다. 다른 사람들도 끝없이 그들을 지나치며 도시로부터 집으로 차를 몰아 돌아가고 있었다. 이제 그들은 코럴 케이블즈를 왼쪽에 끼고 지나쳤는데 그 도시의 빌딩들이 플로리다 대평원에 솟아 있는 바쏘 베네토(낮은 베니스라는 뜻: 역주) 지역 너머로 멀리 보였다. 앞쪽의 도로는 곧장 뻗어 나가서 한때는 소택지였던 곳을 다림질하여 누르듯 가로질러 달려 나갔다. 로저는 더 빨리 차를 몰았다. 후텁지근한 대기를 통하여 차가 달리자 공기는 환기장치로 비스듬히 열어 놓은 창문을 통해 들어와서 아주 시원하게 느껴졌다.

"차가 참 사랑스러워요." 아가씨가 말했다. "이 차를 사게 된

게 다행이죠?"

"매우 다행이지."

"우린 아주 운이 좋았다고 생각하지 않아요?"

"지금까진."

"당신은 저를 너무 조심스레 다루었어요."

"꼭 그런 건 아니야."

"하지만 우린 함께 즐거움을 맛볼 수 있는 거죠, 안 그래요?"

"그래 즐기고 있어."

"아주 즐기는 것 같이 들리지 않는데요?"

"글쎄, 그렇다면 나는 즐기지 않는 건가."

"당신은 즐길 수 없었군요? 전 아시다시피 정말 그걸 즐기는데."

"나도 다음엔 그럴 거야." 로저가 말했다. "약속해."

앞에 놓인 길을 바라보며 이제껏 그는 얼마나 많이 차를 몰아왔던가. 곧장 바르게 뻗어 있는 길을 보며, 그는 길이란 다 같다는 걸 알았다. 양쪽에는 도랑이 있고 숲이 있고 늪지도 있었다. 다만 다른 점은 차가 다르고 그와 함께 타고 가는 동행이 다를 뿐이었다. 로저는 해묵은 공허감이 그의 가슴 속에서 묻어 나오는 것을 느꼈고 그것을 억눌러야만 한다는 것도 느꼈다.

"나는 너를 사랑해, 이 아가씨야." 그가 말했다. 그건 사실이 아니라고 그는 생각했다. 그러나 그의 말은 근사하게 들렸다. "난 너를 무척 사랑해. 그리고 아주 잘해 주려고 애쓸 작정이야."

"그리고 당신도 즐길 거구요."

"그래 나도 즐기려고 해."

"신나요." 그녀가 말했다. "이미 우린 시작했죠?"

"우린 그 길에 들어섰지."

"근데 새들은 언제 보게 될까요?"

"일 년 중 이맘때면 새들은 아주 멀리 날아가 버리고 없어."

"로저."

"응, 브랫첸."

"당신이 꼭 그럴 맘이 아니라면 즐기지 않아도 괜찮아요. 우린 충분히 즐길 거예요. 당신은 어떻게든 당신 맘대로 느끼세요. 그러면 내가 우리 둘을 위해서 즐길게요. 전 오늘 그걸 참을 수 없어요."

그는 전방을 내다보았다. 도로가 오른쪽으로 휘더니 숲이 있는 늪지를 관통하여, 서쪽대신 서북쪽으로 달리고 있었다. 그곳은 괜찮았다. 훨씬 더 나아졌다. 곧 그들은 죽은 싸이프러스나무 뒤에 있는 물수리 둥지에 닿을 것 같았다. 그들이 막 통과한 지역은 어느 해 겨울, 그가 이곳을 드라이브하다가 방울뱀을 죽인 곳이었다. 그때 옆에는 아들 데이비드의 어머니가 앉아 있었는데, 아직 앤드루는 출산하기 전이었다. 그때가 바로 에버글레이드 소택지의 인디언 교역소에서 그들 부부가 세미노울족(북미인디언 부족: 역주) 제품의 셔츠를 사서 차 속에서 입었던 그 해이었다. 그는 교역을 하기 위해 나온 인디언들에게 큰 방울뱀을 주었다. 그들은 뱀을 받고 기뻐했다. 왜냐하면 그놈은 껍질이 좋았고 열두 개의 방울을 갖고 있었기 때문이었다. 그가 뱀을 집어들자 그 거대하고도 납작한 대가리는 축 늘어졌는데 그때의 무겁고 굵은 몸통을 로저는 지금도 기억했다. 그리고 인디언이 그 뱀을 갖고 미소짓던 모습도 생각났다. 그 해에 그들 부부는 야생의 칠면조도 사냥했었다. 그 놈은 이른 아침, 최초의 햇살을 받고 안개가 막 엷어지고 있을 때 튀어나와서 도로를 건너고 있었다. 싸이프러스나무는 은빛 안개 속에서 검게 보였으며 칠면조는 갈색의 구리빛깔로 보였다. 그놈이 도로로 뛰어올라 머리를 높이 세웠다가 뛰기 위하여 몸을 구부린 다음 도로를 뒤뚱뒤뚱 달리는 모습은 귀여웠다.

"난 기분이 괜찮아." 그가 아가씨에게 말했다. "우린 이제 어떤 멋진 지방으로 들어가게 돼."

"오늘밤은 어디에 도착할 것 같아요?"

"물색을 해 봐야지. 바다의 만이 있는 쪽으로 일단 도달하면 미풍이 육풍대신 해풍으로 바뀌어서 서늘해질 거야."

"그것 참 멋지겠어요." 아가씨가 말했다. "전 첫날밤을 호텔에서 지낼 생각을 하니 지긋지긋했어요."

"빠져나오게 되어서 참 다행인 셈이야. 우리가 그렇게 재빨리 일을 해결할 수 있으리라곤 생각 못했거든."

"톰이 어떻게 지내실지 궁금해요."

"고독하시지." 로저가 말했다.

"그분은 정말 훌륭한 양반이잖아요?"

"그분은 나의 가장 좋은 친구이자 나의 양심이요, 아버지이자 형제이고 나의 은행이지. 그분은 성자같아. 오직 즐거움만 주시는."

"그토록 멋진 분은 첨 봤어요." 그녀가 말했다. "그분이 당신과 손자들을 사랑하는 걸 보면 당신 가슴이 아플 거예요."

"그분이 여름 내내 아이들과 함께 계실 수만 있다면 좋으련만."

"아이들이 몹시 그립지 않아요?"

"내내 그 녀석들이 그리워."

야생 칠면조를 잡았을 때 그들은 좌석 뒤쪽에다 그놈을 실었었다. 그놈은 무거웠고 따뜻했다. 그리고 집에서 기른 푸르고 검은 색깔과는 너무 다른 빛나는 구릿빛 깃털이 있어서 아름다웠다. 데이비드 어머니는 너무 흥분해서 거의 말 한마디 할 수도 없었다. 조금 지나서 그녀는 말했었다. "아니, 내가 그놈을 안고 있겠어요. 다시 한번 보고 싶어요. 나중에 다시 치우면 되잖아요." 그래서 그는 그녀의 무릎에 신문지를 깔았다. 그녀는 칠면조의 피묻은 머리를 날개 속으로 집어넣었다. 그리고 날개로 그 위를 조심스레 덮은 다음 거기 앉아서 그놈의 가슴팍 깃털을 쓰다듬기도 하고 쓸어내리기도 했다. 로저는 그동안 계속 차만 운전했다. 마침내 그녀가 말했다. "이젠 식었어요." 그리고는 그놈을 종이로 싸서 좌석 뒤쪽에 다시 넣고 말했다. "내가 그토록 원할 때에 그놈을 안게 해줘서 고마워요." 로저는 운전을 하며 그녀에게 키스했다. 그러자 그녀는 말했었다. "아, 로저. 우린 참 행복해요. 그리고 항상 그럴 거죠, 안 그래요?" 그런 일이 있었던 곳은 바로 이 길의 앞에 있는 다음 번 경사지고 굽은 길 근처였다. 하지만 새들은 보이지 않았다.

"당신은 아이들을 지금처럼 그리워하지 않게 될까봐 저를 사랑할 수 없는 거죠, 그렇죠?"

"그래서 못하나 봐, 솔직히."

"그게 당신을 울적하게 하는 건 이해해요. 하지만 당신은 어쨌거나 아들로부터 떨어져 있으려고 했잖아요, 안 그랬어요?"

"그랬지. 걱정하지 말아, 내 딸아."

"당신이 내 딸이라고 말할 땐 무척 좋아요. 다시 한번 말해봐요."

"말이 끝날 때나 쓰는 건데." 그가 말했다. "내 딸아."

"아마도 제가 더 젊어서 그런가 봐요." 그녀가 말했다. "전 그 아이들을 사랑해요. 세 아이들 모두 끔찍이 사랑해요. 그리고 그 애들이 훌륭하다고 생각해요. 난 세상에 그처럼 훌륭한 아이들이 있는 줄은 몰랐어요. 하지만 앤디는 제가 결혼하기에는 너무 젊죠. 그리고 전 당신을 사랑해요. 그래서 난 그 애들에 관해서는 잊어버려요. 그리고 당신하고 함께 있는 게 최고로 행복한 거죠."

"당신은 착해."

"실은 그렇지도 않아요. 전 몹시 괴팍해요. 하지만 누군가를 사랑하는 순간을 전 알아요. 전 당신을 기억이 미치는 그 옛적부터 사랑해 왔어요. 그래서 착해지려고 노력하는 거죠."

"당신은 멋을 가꾸어 가고 있어."

"아, 지금보다 훨씬 더 나아질 수도 있는걸요."

"애쓰진 마."

"얼마 동안은 안 그럴게요. 로저, 전 참 행복해요. 우린 행복해지겠죠, 안 그래요?"

"그럼. 내 딸아."

"그리고 우린 영원히 행복할 수 있죠, 안 그래요? 전 그런 어머니의 딸이라는 게 남들에겐 우스꽝스럽게 들릴 거라는 것도 알아요. 당신도 남들과 같을 거구요. 하지만 난 그런 관계를 믿어요. 그건 가능해요. 전 그런 게 가능하다는 것을 알아요. 전 지금껏 당신을 사랑해 왔어요. 그리고 그것이 가능한 이야기일진 대 행복해지는 것도 가능하죠. 하여간 그렇다고만 말해 보세요."

"그렇다고 생각해."

그는 항상 그렇다고 말해 왔었다. 하지만 자동차에서는 처음이었다. 다른 여러 지방에서 다른 여러 차들을 타고서 그랬었다. 그러나 이 지방에서도 역시 그런 말을 많이 했었다. 그리고 그런 것을 믿었었다. 역시 그런 관계가 가능했을는지도 몰랐다. 모든 것이 한때는 가능했었다. 바로 저 앞에 놓여 있는 쭉 뻗은 도로의 구간에서도 그런 것은 가능했다. 그때 저곳은 수로가 맑게 흘렀고 지금 도로의 오른편 쪽에는 인디언이 움막의 가운데에 막대기를 세웠었다. 지금 그곳에 인디언이라곤 없다. 그건 옛날이었다. 그때는 가능성이 있었다. 새들도 날아가 버리기 전이었다. 그때는 칠면조를 사냥했던 일이 있기도 전의 어느 해였다. 큰 방울뱀의 일도 있기 전에 그 해에 그들은 인디언의 움집의 막대기를 세우는 것과 그 움집의 앞쪽에 수사슴이 있는 것을 보았다. 그 사슴은 목과 가슴이 흰색이었고 가느다란 다리에는 정교한 모양의 굽이 달려 있었다. 그 굽의 모양은 마치 찢어진 심장 같았고 위로 들어올려져 있었다. 그 사슴의 머리에는 아름답고 작은 뿔이 있었는데 물끄러미 인디언 쪽을 바라보고 있었다. 그들은 차를 멈추고 인디언에게 말을 건네 보았었다. 그러나 그는 영어를 몰라서 이를 드러내고 씩 웃었다. 그 작은 수사슴은 죽은 채 거기 누워 있었는데 그놈의 치뜬 눈은 똑바로 인디언을 응시하고 있었다. 그 당시와 그 이후 오 년 동안은 그래도 가능성은 있었다. 그러나 지금은 가능한 게 무언가? 자신이 가능성을 포기한다면 아무 것도 가능한 건 없었다. 다시 말하여 어떤 것들이 진실일 가능성이 있으면 그는 그것들을 말해야만 한다. 비록 그것들을 말하는 것이 잘못일지라도, 그는 말해야만 하는 거다. 그가 그런 것들을 말하지 않으면 그것들은 결코 진실이 될 수 없으리라. 그는 그런 것들을 말했어야만 했다, 그러면 아마 그도 그런 걸 공감할 수 있었을 것이고 그러면 아마 그도 그것들을 믿을 수 있었으리라. 그러면 그것들이 사실이 되었으리라. 아마란 말은 참으로 추악하다. 그러나 태우던 담배가 다 타서 꽁초가 되었을 땐 더욱 나빠진다.

"담배는 샀어?" 그가 아가씨에게 물었다. "저 라이터가 작동할지 모르겠는걸."

"저도 켜보지 않았어요. 담배도 피우지 않았구요. 전 아주 마음이 느슨했더랬어요."

"넌 신경이 날카로울 때 담배를 피우지 않잖아?"

"대체로 그렇죠."

"라이터 좀 켜 봐."

"그럴게요."

"결혼했던 녀석이 누구였지?"

"제발 그 사람 얘긴 하지 말아요."

"안 할게. 난 다만 그 사람 이름을 물어본 것뿐이었는데?"

"당신이 아는 사람은 아녜요."

"그 남자에 대해선 결코 내게 말하고 싶지 않단 말인가?"

"않겠어요. 로저. 제발."

"좋아."

"미안해요." 그녀가 말했다. "그는 영국사람이었어요."

"이었다니?"

"이죠. 하지만 난 이었다는 게 더 좋아요. 그뿐 아니라 당신도 이었다는 식으로 말했잖아요."

"이었다는 건 참 좋은 말이지." 그가 말했다. "그건 아마라는 말보다도 훨씬 더 좋다구."

"좋아요. 그게 도대체 무슨 말인지는 모르겠지만 하지만 당신을 믿어요. 로저?"

"응, 내 딸아."

"기분이 괜찮아졌어요?"

"많이. 난 썩 좋아."

"좋아요. 그 사람 얘길 하죠. 그는 게이이더군요. 바로 그거예요. 그는 그런데 대해선 한마디도 없었어요. 그리고 전혀 그런 식으로 행동한 것도 없구요. 전혀 없었어요. 정말이에요. 당신은 아마 내가 바보라고 여길 거예요. 하지만 그는 어쨌든 그런 짓은 안 했어요. 그의 용모는 정말로 아름다웠다구요. 그들이 어떻게 생겼으리란 건 아시죠. 그런데 난 그 사실을 알아냈어요. 물론 당장 알아냈죠. 실제로는 첫날밤이었어요. 이제 그 문제에 대해선 말하지 않아도 괜찮겠어요?"

"불쌍한 헬레나."

"헬레나라고 부르지 마세요. 내 딸이라고 불러줘요."

"내 불쌍한 딸. 내 사랑."

"그것도 역시 멋진 말이군요. 하지만 그걸 딸이란 말과 섞진 마세요. 그런 식으론 좋지 않아요. 엄마도 그를 알았죠. 난 그녀가 진작에 무언가 말해줬을 수도 있지 않았겠나 하고 생각했죠. 엄마는 결코 눈치채지 못했어 라고만 그저 말했어요. 그래서 내가 '엄만 눈치 챘었을는지도 몰라.'하고 말하자 그녀는 '난 네가 하려는 행위를 스스로 잘 알고 있는 줄로 생각했고 그래서 말릴 전화도 하지 않았다.'라고 했어요. 난 이렇게 말했어요. '엄만 무슨 말을 정말 해줄 수 없었을까요, 혹시 다른 사람이라도 그걸 알려 줄 수 없었을까요.'라고 말이죠. 그랬더니 엄마가 말했죠. '애야, 모든 사람은 다 네가 하려는 행위에 대해서 자기 스스로를 잘 알고 있겠거니 하고 생각했단다. 모든 사람이 넌 그것에 대해선 문제삼지 않는 걸로 알고 있었어. 그리고 이 아주 작고 여유 없는 좁은 섬에서, 생활에 얽힌 소문쯤은 너도 잘 알고 있으려니 하고 생각할 권리는 내게도 있단다.'라고 말이죠."

그녀는 이제 몸이 굳고 뻣뻣한 자세로 그의 옆에 앉아 있었다. 그녀는 자기 목소리에 강세도 전혀 넣지 않았다. 그녀는 어머니 말을 흉내내지도 않았다. 그녀는 단지 정확한 말을, 적어도 그녀가 기억하는 한에 있어서는 정확한 말을 옮길 따름이었다. 로저는 그녀의 말이 아주 정확하게 들린다고 생각했다.

"엄마는 큰 위로를 준 분이었어요." 그녀가 말했다. "엄마는 그날 나에게 많은 걸 얘기해줬어요."

"그만." 로저가 말했다. "우리 그 얘기는 내다버리자구. 모든 걸 다. 이제 이 길옆 여기에다 그 모든 얘기는 다 털어 버리자니까. 없애버리고 싶은 건 무엇이든지 내게 이야기해도 좋아. 하지만 아까 그 얘기는 이제 내다버린 거야. 정말 내다버린 거야."

"저도 그 문제가 그렇게 되길 바래요." 그녀가 말했다. "제가 꺼낸 것도 그런 때문이었죠. 아시다시피 제가 처음에 말하기로는 우린 그 일에 대해서 모른 체하자는 거였죠."

"알아. 미안해. 하지만 난 정말 기분좋아. 이젠 우린 그 일을 완전히 내다 버렸으니까."

"당신은 참 친절하세요. 하지만 당신은 주문(呪文) 외우기나 액풀이나 뭐 그런 걸 할 필요는 없어요. 전 물갈퀴 없이도 수영을 할 수 있거든요. 그런데 그 남자는 참 지독히 아름다웠어요."

"그 얘긴 침 뱉듯 없애자니까, 당신이 바란다면."

"그렇게 말할 건 없어요. 당신은 너무나 우월해서 우월해질 필요도 없어요, 로저?"

"응, 브랫첸."

"전 당신을 몹시 사랑해요. 그러니 더 이상 이럴 필요는 없겠죠, 그렇죠?"

"필요 없지. 정말이야."

"전 기뻐요. 이제 우린 즐길 수 있겠죠?"

"그럼. 우린 그럴 거야. 저걸 봐." 그가 말했다. "새들이 보이지. 처음 날아온 것들이야."

새들은 숲으로 된 섬처럼 소늪지에 솟아 있는 싸이프러스나무 가지들 사이에서 하얗게 보였다. 숲의 왼편으로는 해가 어두운 잎새들을 비추고 있었다. 그리고 해가 조금씩 기울어지기 시작함에 따라 더 많은 새가 하늘을 가로질러 날아왔다. 하얗게 보이는 새들은 천천히 날아왔는데 그들의 긴 다리는 뒤쪽으로 쭉 뻗쳐 있었다.

"새들은 밤에 날아오거든. 저쪽 늪지에서 모이를 많이 먹었을 거야. 날개를 사용해서 제동 거는 모습을 좀 봐. 긴 다리가 착륙을 위해 앞으로 구부러졌잖아."

"따오기도 역시 볼 수 있을까요?"

"저기들 있군."

그는 차를 이미 멈추었었다. 어두워지는 늪지의 건너편으로 하늘을 가로지르며 나는 숲 따오기를 그들은 볼 수 있었다. 그 새들은 맥동적으로 날으며 선회하더니 또 다른 숲으로 된 섬 위에 가볍게 앉았다.

"저 새들은 아주 가까이 붙어서 보금자리에 앉지."

"어쩌면 아침엔 그런 모습을 볼 수도 있겠네요." 그녀가 말했다. "차를 세운 김에 한 잔 하고 갈까요?"

"차를 타고 가면서 할 수도 있잖아. 여기선 모기가 붙을 거야."

그가 차를 출발시켰을 땐 모기가 벌써 몇 마리 들어와 있었다. 크고 검은 에버글레이드 소택지 형이었다. 그러나 창문을 열자 바람에 휩싸여 나갔으며 그가 손바닥으로 쳐서 잡기도 했다. 그 아가씨는 갖고 온 꾸러미에서 에나멜 컵 두 개를 꺼냈고 또한 화이트 호스 위스키 한 병이 들어 있는 마분지 상자도 꺼냈다. 그녀는 종이 냅킨으로 컵을 닦아낸 다음 상자 속의 술병을 그대로 든 채 스카치 위스키를 컵에다 따랐다. 그리고 보온통 속에서 얼음덩어리들을 꺼내서 넣고 소다수를 부어 넣었다.

"둘이 마셔요." 그녀가 말하고 찬 에나멜 컵을 그에게 건네 주었다. 그는 잔을 받아서 천천히 마시며 계속 차를 몰았다. 핸들을 왼손으로 잡고 길을 따라 계속 운전해 가니까 이제 날이 어두워지기 시작했다. 그는 조금 후에 헤드라이트를 켰으며 이윽고 불빛은 어둠 속을 멀리 비추었다. 두 사람은 그 위스키를 마셨다. 그리고 술이야말로 그들에게 정말 필요한 것이었고 둘의 기분을 훨씬 좋게 했다. 아직도 술 한잔을 하면 우리가 기대해 마지않는 바를 해결해 줄 수 있는 기회는 언제나 존재하는구나 라고 로저는 생각했다. 이 술은 해야 할 바를 정확히 해내었다.

"술이 컵 속에서 찐득하면서도 매끈한 맛이 나요."

"에나멜 컵이라서." 로저가 말했다.

"그 말은 너무 평이했어요." 그녀가 말했다. "맛이 기막히지 않아요?"

"이건 우리가 오늘 마신 첫 잔이거든. 점심때 마신 수액 같은 포도주 말고는. 이건 우리의 진정한 친구야." 그가 말했다. "오래된 거인 킬러라구."

"거 참 딱 맞는 멋진 이름이군요. 항상 이 술을 그렇게 불러요?"

"전쟁을 치른 다음부터는. 그때가 처음 이 술에 그런 이름을 썼던 때거든."

"이 숲은 거인들에겐 나쁜 장소일 텐데요."

"내 생각엔 거인들이 오래 전에 다 살해되고 없을 것 같아." 그가 말했다. "아마도 저 엄청난 타이어를 단 수륙 양용차들이 그들을 다 사랑해 버렸을 거야."

"그건 퍽 까다로운 이야기임에 틀림없어요. 에나멜 컵 쪽이 더 쉬워요."

"깡통 컵이 술맛은 훨씬 더 좋게 하지." 그가 말했다. "거인을 죽이기 위해서가 아니구. 단지 술맛을 내기 위해서 말이야. 하지

만 얼음처럼 찬 샘물을 넣어야 하고 컵도 샘물 속에서 차게 해
둬야지. 샘물을 들여다보면 물이 보글보글 올라오는 바닥에서 솟
는 작은 모래기둥도 보인다구.”

“우리도 그런 걸 마시게 될까요?”

“틀림없지. 우린 무엇이든 다 마실 거야 야생 딸기로도 멋진
걸 만들 수 있어. 레몬이 있으면 그걸 반으로 자르지. 그리고 그
걸 컵에다 짜 넣고 껍질도 컵 속에 그냥 둬. 그런 다음 야생 딸
기를 으깨서 컵에다 넣고 얼음집에서 가져온 얼음 조각에서 톱
밥을 씻어내고 컵에다 넣지. 그 다음에는 스카치를 컵에다 채워
서 그게 완전히 섞이고 차게 될 때까지 흔드는 거야.”

“물은 조금도 넣지 않아요?”

“안 넣지. 얼음이 녹으면 물은 충분하고 딸기와 레몬에서도
즙이 충분하지.”

“아직도 야생 딸기가 있을 거라고 생각해요?”

“틀림없이 있을 거야.”

“쇼트케이크를 만들 만큼 충분히 있을 거라고 생각해요?”

“틀림없이 꼭 있을 거야.”

“그 이야기는 하지 않는 게 낫겠어요. 몹시 배가 고파져요.”

“한잔 더 마실 수 있는 만큼만 달리자구.” 그가 말했다. “그럼
우린 거기 닿을 거야.”

그들은 이제 캄캄한 밤길을 달렸다. 늪지는 도로 양편으로 어
둡고 높게 보였으며 성능 좋은 헤드라이트는 멀리 비추어 주었
다. 술을 하고 나니 헤드라이트가 어둠을 뚫고 들어가듯이 과거
에 대한 생각이 몰려 나갔다. 그러자 로저가 말했다.

“내 딸아, 한 잔 더 하고 싶은데, 만들어만 준다면.”

그녀는 한 잔 더 만들더니 말했다. “제가 술잔을 들고 당신이
마시고 싶을 때마다 드리면 왜 안돼요?”

"내가 들고 있어도 운전에 지장이 없거든."

"내가 들고 있어도 역시 지장은 없는데요. 그렇게 하면 기분이 좋지 않아요?"

"무엇보다 더 좋지."

"무엇보다 더 좋은 건 아니구요. 하지만 지극히 좋죠."

이제 앞쪽에는 숲이 사라진 곳에 마을의 불빛이 보였다. 로저는 방향을 돌려서 왼쪽으로 뻗은 도로로 올라섰다. 차는 약국과 잡화상과 식당을 지나서 해변으로 가는 인적이 드문 아스팔트 길을 따라갔다. 그는 오른쪽으로 돌아서 또 다른 아스팔트 길을 타고 빈터와 드문드문 서 있는 집들을 통과한 다음 마침내 주유소의 불빛과 오두막집을 선전하는 네온사인을 보았다. 그들은 주유소에서 차를 세웠다. 네온사인의 불빛을 받아서 피부가 푸르게 보이는 중년의 남자가 오일과 물을 점검하고 연료 탱크를 채우기 위해서 나왔다. 로저가 그에게 물었다.

"오두막집은 어때요?"

"오케이요." 그 사람이 말했다.

"멋진 오두막집들이죠. 깨끗한 오두막집들이구요."

"깨끗한 시트는요?" 로저가 물었다.

"원하는 만큼 깨끗할 거요. 당신네들이 밤새 쓸 거죠?"

"머물기로 한다면요."

"하룻밤 자는데 삼 달러요."

"이 숙녀가 방 하나를 일단 한번 보면 어때요?"

"좋구 말구요. 여기보다 더 좋은 매트리스는 없을게요. 이불도 절대적으로 깨끗해요. 샤워도 좋고. 통풍도 완전한 사통오달에다가 상하수도 시설도 현대식이요."

"내가 들어가 볼게요." 아가씨가 말했다.

"여기 방문 열쇠가 있어요. 마이애미에서 왔죠?"

"그래요."

"나도 이 키이 웨스트 해안 쪽이 더 좋다오." 그 사람이 말했다. "당신 차의 오일도 오케이고 물도 마찬가지요."

아가씨가 차 있는 데로 돌아왔다.

"훌륭한 오두막이에요. 역시 서늘하구요."

"바로 멕시코 만에서 오는 미풍이죠." 그 사람이 말했다. "밤새 불어 올 거요. 내일도 종일. 아마 목요일 한나절까질 거요. 매트리스도 펴 봤어요?"

"모든 게 다 훌륭하게 보였어요."

"늙은 마누라가 매트리스를 그토록 환장하게 깨끗이 해 놓는다오. 그건 언어도단이야. 그 일을 하느라 쇠약해져서 다 죽게 됐오. 오늘밤은 내가 쇼 구경을 보냈소만. 세탁물이 제일 큰 일이라오. 하지만 마누라는 그걸 해낸단 말요. 휘발유를 꽉 채웠어요. 바로 아홉 숫자까지 차에다 넣었어요." 그는 주유 호스를 걸어 놓으러 갔다.

"좀 얼떨떨하게 만드는 사람이군요." 헬레나가 속삭였다. "하지만 집은 좋고 깨끗해요."

"그럼 차를 오두막 쪽으로 몰고 가겠오?" 그 사람이 물었다.

"그럼요." 로저가 말했다. "차를 그쪽으로 몰고 가겠오."

"그럼 숙박부를 적지요."

로저가 마이애미 해변 서프사이드가 9702번지, 로버트 허친스 부부라고 썼다.

"그 교육자(허친스는 시카고 대학의 최장수 총장을 지냈고 천재로도 유명했음: 역주)와는 친척간이오?" 그 사람이 숙박부에 자동차 면허증 번호를 표시하며 물어 보았다.

"아니오, 미안하지만."

"미안할 거야 전혀 없지요." 그 사람이 말했다. "나도 그를 대단치 않게 보니까요. 그저 신문에서 그에 관해 읽었을 뿐이오. 내가 뭘 좀 도와드릴까요?”

“아니오. 내가 그저 차를 몰고 들어가서 우리 물건들을 옮겨 놓지요.”

“휘발유는 3.9갤런으로 세금 포함해서 오 달러 오십 센트 어치요.”

“먹는 건 어디서 해결할 수 있나요?” 로저가 물었다.

“시내에 두 군데가 있죠. 그저 똑같지만.”

“어느 쪽이 더 나을까요?”

“사람들은 그린 랜턴 쪽을 훨씬 높이 평가합디다.”

“그곳은 들어 본 것 같아요.” 아가씨가 말했다. “어디에선가.”

“그랬을지 모르죠. 과부 여자가 그걸 운영해요.”

“그곳이 틀림없군요.” 아가씨가 말했다.

“내가 당신을 돕는 걸 정말 원치 않아요?”

“원치 않아요. 우린 괜찮아요.”

“꼭 한 가지만 말하고 싶은 게 있소.” 그 사람이 말했다. “부인께선 확실히 아름다운 여성이군요.”

“고마워요.” 헬레나가 말했다. “인사치레 말씀 같아요. 아니면 그저 저 아름다운 불빛 탓이겠지요.”

“아니오.” 그가 말했다. “난 진담입니다. 가슴에서 우러나온.”

“방안으로 들어가는 게 좋겠어요.” 헬레나가 로저에게 말했다.

“저를 여행 초반에 남에게 뺏기게 하고 싶진 않아요.”

오두막집 안에는 더블베드와 기름헝겊이 덮인 테이블이 하나, 의자 두개, 그리고 천장에 전구가 하나 매달려 있었다. 샤워와 화장실과 거울 달린 세면기도 있었다. 깨끗한 타월은 세면기 옆의 수건걸이에 걸려 있었고 방의 한쪽 끝에는 옷걸이가 몇 개 걸려 있는 긴 막대가 세워져 있었다.

로저는 가방을 여러 개 갖고 들어왔다. 헬레나는 얼음통과 컵 두 개 그리고 속에 스카치 병이 든 마분지 상자를 화이트 록 음료수 병이 꽉 찬 종이 봉지와 함께 식탁 위에 놓았다.

"우울한 표정 짓지 말아요." 그녀가 말했다. "침대는 깨끗해요. 시트도 어쨌든 괜찮고."

로저는 그녀를 안고 키스했다.

"불 좀 꺼요, 제발."

로저는 전구 쪽으로 팔을 뻗어 스위치를 돌렸다. 어둠 속에서 그는 그녀에게 키스하고 그의 입술로 그녀 입술을 부볐다. 그는 그녀의 양 입술이 벌어지지 않고 꼭 오무려진 것을 느꼈다. 그리고 그녀를 꽉 껴안았을 때 몸을 떠는 것도 느꼈다. 이제 그녀의 머리를 뒤로 제치고 자신의 몸에 그녀를 꼭 낀 채 그는 해안의 파도 소리를 들었으며 창문을 통해 들어오는 바람이 서늘함을 느꼈다. 그는 자신의 팔 언저리에서 그녀의 비단결 같은 머리카락을 감촉했다. 그들의 몸은 단단하고도 팽팽하게 되었다. 그가 손을 그녀의 가슴에다 얹자 그의 손가락 아래에서 그녀의 젖가슴은 융기했고 재빨리 꽃망울을 맺는 것이 느껴졌다.

"아, 로저." 그녀가 말했다. "제발. 아, 제발."

"말하지마."

"이게 그거예요? 아 사랑스러워."

"말하지마."

"내겐 잘 해줄 거예요. 그렇죠. 그리고 나도 잘 해주려고 노력하겠어요. 하지만 너무 크진 않을까요?"

"아냐."

"아, 난 그래서 당신을 사랑해요. 그리고 그것도 마찬가지구요. 지금 우리가 그 일을 해보면 알게 되겠죠? 난 그걸 오래 참을 수가 없어요. 알지도 못하면서. 오후 내내 난 그걸 참을 수가 없었어요."

"우린 해 볼 수 있어."

"아, 해요. 해 봐요. 지금 해 봐요."

"한번만 더 키스해줘."

어둠 속에서 그는 낯선 지방으로 들어섰다. 그 곳은 참으로 매우 낯설어서 들어가기가 힘들었으며 갑자기 위태하도록 어려웠다. 그런 다음 맹목적이 되었고 행복했고 안전했으며 꽉 둘러싸여졌다. 모든 의구심과 모험과 공포에서 해방되어, 붙들기 위해 점차로 붙들기 위해 느슨하게 붙들었다. 다가올 모든 것을 붙들기 위해 아직도 느슨하게, 이전의 모든 것은 내다버렸다. 그리고 어둠 속에서 밝은 행복을 더 가까이, 더 가까이, 더 가까이, 이제 가까이, 그리고 영원히 가까이 가져왔다. 그리하여 보다 길고 보다 훌륭하고 보다 멀리 보다 훌륭하며 보다 높이 모든 믿음을 통과하여 계속 나아가더니 갑작스런 행복으로 달려서 찢어지듯 아프면서 성취되었다.

"아, 사랑스런 당신." 그가 말했다. "아, 사랑스런 당신."

"네,"

"고마워, 내 귀엽고 고마운 사람."

"전 죽었어요." 그녀가 말했다. "고맙다고 하지 말아요. 전 죽었어요."

"당신이 원하는 게―"

"아니, 제발. 전 죽었어요."

"우린―"

"아뇨. 제발 절 믿어요. 전 그걸 달리 어떤 식으로 말해야 좋을지 모르겠어요."

그런 다음 한참 있다가 그녀가 말했다. "로저."

"응, 내 딸아."

"당신은 자신 있어요?"

"그럼, 내 딸아."

"그리고 성가신 그 일 때문에 실망하진 않겠어요?"

"아니, 내 딸아."

"당신은 저를 사랑하게 될 것 같아요?"

"난 당신을 사랑해." 그는 거짓말을 했다. 그건 우리가 행하였던 것을 사랑한다는 뜻이었다.

"다시 한번 말해 봐요."

"난 당신을 사랑해." 그는 또 다시 거짓말을 했다.

"세 번이에요." 그녀가 어둠 속에서 말했다. "전 그 말이 사실이 되도록 애쓰겠어요."

바람이 서늘하게 그들에게 불어 왔다. 야자수 잎새들이 서걱거리는 소리가 빗소리 같았다. 한참 후에 아가씨가 말했다. "오늘밤은 아름답겠죠 만 제 기분이 어떤진 아세요?"

"배가 고프겠지."

"추측을 잘 하시는 분이잖아요."

"나도 역시 배가 고파서."

그들은 그린 랜턴에서 식사를 했다. 과부인 식당 주인이 식탁 아래에 분사살충제를 뿌렸다. 그리고 나서 맛있는 베이컨과 함께 갈색으로 바삭거리며 프라이가 된 신선한 숭어 어란을 내왔다. 그들은 차게 한 리갈 맥주를 마셨고 으깬 감자를 곁들인 스테이크도 각각 먹었다. 스테이크는 풀만 먹고 자란 쇠고기를 써서 살이 얇았고 맛도 썩 좋지 않았다. 하지만 그들은 배가 고팠다. 그녀는 식탁 아래에서 신발을 발길질하여 벗어 던지고 벗은 두 다리를 로저의 다리에 갖다 댔다. 그녀는 아름다웠다. 그는 그녀를 보는 것이 즐거웠다. 그의 다리에 닿은 그녀 다리의 촉감도 매우 좋았다.

"그 감각이 와요?" 그녀가 물었다.

"물론이지."

"더듬어 봐도 돼요?"

"저 과부 주인이 보고 있지만 않으면."

"저도 역시 감각이 와요." 그녀가 말했다. "우리 몸은 서로에게 정말 민감하죠?"

그들은 디저트로 파인애플 파이를 먹었다. 그리고 냉각기의 얼음물 깊숙이에서 갓 꺼낸 차가운 맥주를 각자 한 병씩 더 마셨다.

"전 두 다리에다 모기약을 뿌렸어요." 그녀가 말했다. "다리에 모기약이 안 묻었을 때가 더 좋을 텐데요."

"모기약이 있어도 예뻐. 두 다리로 힘껏 눌러봐."

"과부 주인이 임자인 의자에서 당신을 밀어붙이고 싶지 않아요."

"좋아. 그걸로 충분해."

"기분이 그 이상 더 좋아진 건 아니죠, 그렇죠?"

"더 좋아진 건 아냐." 로저가 솔직히 말했다.

"우린 영화 구경 갈 필요는 없겠죠?"

"당신이 썩 좋아하지 않는다면 갈 필요 없지."

"우리들의 집으로 가요. 그런 다음 내일은 무지무지하게 이른 아침에 출발해요."

"거 좋군."

그들은 과부인 식당 주인에게 돈을 지불하고 찬 리갈 맥주 두 병을 종이 봉지에 넣은 다음 오두막집으로 돌아왔다. 차는 오두막 사이의 공지에다 주차시켰다.

"저 차가 이미 우리들 관계를 알아요." 그들이 방으로 들어갈 때 그녀가 말했다.

"저렇게 두니 좋군."

"처음 출발할 땐 보기가 좀 민망스러웠는데 이젠 우리 동반자 같이 느껴져요."

"좋은 차야."

"오두막 주인 남자가 충격 받은 것 같죠?"

"아니, 질투지."

"질투하기엔 너무 나이가 들지 않았어요?"

"그럴지도 모르지. 아마 그저 재미를 느꼈겠지."

"그 사람 생각은 하지 말아요."

"생각한 적은 없어."

"저 차가 우리를 보호해줄 거예요. 이미 우리들의 좋은 친구가 됐어요. 그 과부네 식당에서 돌아올 때 얼마나 친근해졌는지 당신은 봤죠?"

"나도 그 변모된 점을 봤어."

"우리 불도 켜지 말아요."

"좋아." 로저가 말했다. "난 샤워를 하겠어, 아니 당신이 먼저 하고 싶어?"

"아뇨, 당신이."

샤워가 끝난 후 그는 누워서 기다렸다. 그녀가 욕조에서 물을 튀기는 소리가 들렸고 이윽고 머리 말리는 소리도 들렸다. 그녀는 아주 재빨리 침대로 들어왔는데 몸이 길고 서늘했으며 감촉이 훌륭했다.

"내 귀여운 사람." 그가 말했다. "내 진정 귀여운 사람."

"날 가져서 기뻐요?"

"그럼, 내 사랑스런 사람."

"그런데, 그거 정말 좋았어요?"

"훌륭했어."

"우린 이 지방에서나 온 세상 어디서나 그걸 할 수 있어요."

"우린 지금 여기 있는걸."

"좋아요. 우린 여기 있어요. 여기. 어디 있느냐, 여기. 아, 어둠 속, 좋고 멋있고 사랑스런 여기. 참으로 멋있고 사랑스럽고 훌륭한 여기. 어둠 속에서 너무나 사랑스러운 곳. 사랑스러운 어둠 속에서. 제발 여기 내 말 좀 들어요. 아, 매우 부드럽게 여기, 매우 부드럽게 제발 조심스레, 제발제발 아주 부드럽게, 고마와요, 조심스레, 아 사랑스런 어둠 속에."

다시 낯선 지방이었다. 그러나 결국에는 외롭지는 않았다. 조금 지나자 잠이 깨어 있었는데 여전히 낯설었다. 그리고 아무도 전혀 말하지는 않았다. 그러나 이제는 그들의 지방이었다. 그의 것이나 그녀의 것만이 아닌 진실로 그들의 것이었다. 그리고 두 사람 모두 그것을 알게 되었다.

바람이 오두막 방을 통하여 서늘하게 부는 어둠 속에서 그녀가 말했다.

"이제 당신은 행복하고 날 사랑하는 거예요."

"이제 난 행복하고 당신을 사랑해."

"반복할 필요는 없어요. 당신 말은 이제 진실이거든요."

"나도 알아. 난 지독히 느림보였어, 안 그래?"

"약간 느렸었죠."

"내가 당신을 사랑한다는 사실이 정말로 유쾌해."

"깨달으세요? 어려운 건 아니죠."

"난 정말 당신을 사랑해."

"난 당신이 그렇게 될 걸로 생각했어요. 제 말은 당신이 그렇게 되길 바랬다는 거죠."

"난 사랑해," 그는 그녀를 꼬옥 밀착시켜 껴안았다. "난 정말 당신을 사랑해. 내 말 듣고 있어?"

이건 진실된 감정이었다. 그는 스스로도 이런 감정에 깜짝 놀랐다. 특히 아침이 되어서도 이런 감정이 여전히 사실임을 발견했을 때는 더욱 그러했다.

그들은 그 다음날 아침에 출발하지 않았다. 헬레나가 여전히 자고 있을 때 로저는 잠이 깼다. 그리고 그녀가 자고 있는 것을 지켜보았다. 베갯머리에 흩어져 있는 그녀의 머리칼은 목을 쓸어내리면서 한쪽 켠으로 몰려 있었다. 그녀의 예쁜 얼굴은 갈색이었는데 눈과 입술은 꼭 다물고 있어서 잠이 깨어 있을 때보다 훨씬 더 아름답게 보였다. 그가 눈여겨보니 눈꺼풀은 햇볕에 탄 얼굴을 바탕으로 창백하게 보였고 속눈썹은 또 얼마나 길었던지. 그녀의 입술은 달콤하게 보였는데 지금은 잠자는 아기의 그것처럼 고요했다. 그리고 그녀의 가슴은 그가 밤중에 끌어 올려 덮어주었던 시트 아래에서 또렷하게 고혹적으로 드러나 있었다. 그는 그녀를 깨워서는 안 된다는 생각이 들었다. 혹시 키스라도 하게 되면 어쩌나 하는 걱정이 생겨서 그는 옷을 입고 마을로 들어갔다. 마음은 허전했고 배가 고팠으며 행복한 느낌이었다. 이른 아침 냄새를 맡으며, 새 소리를 듣고 또한 새들을 보며 그는 걸었다. 아직도 멕시코 만에서 불어 오고 있는 미풍 냄새를 맡으며 그는 그린 랜턴을 지나 한 블럭 더 떨어진 또 다른 식당으로 갔다. 그곳은 진짜 간이 식당이었다. 그는 삼각대 의자에 앉아서 우유를 친 커피와 귀리 빵으로 만든 프라이드 햄과 계란 샌드위치를 시켰다. 카운터에는 트럭 운전수가 두고 간 자정판 마이애미 헤럴드신문이 있었다. 그는 스페인에서 일어난 군부 반란에 관한 기사를 읽으며 샌드위치를 먹고 커피를 마셨다. 그가 빵을 덥석 물자 귀리 빵 속에서 계란이 툭 터져 나오는 것을 느꼈다. 그는 오이 절임의 조각과 계란과 햄이 씹히는 것을 느끼고 그 모든 것의 냄새를 음미했다. 그리고 커피잔을 들어서 이른 아침의 훌륭한 커피 냄새를 즐겼다.

"멀리 그 나라에선 고통들을 많이 겪고 있나봐요, 안 그래요?" 카운터 뒤의 남자가 그에게 말했다. 그이는 나이가 지긋한 사람이었는데 그의 얼굴은 모자의 안쪽에 붙인 속테 선까지 햇볕에 그을렸고 그 위는 아주 흰색으로 반점이 좀 있었다. 얄팍하고 상스러운 입을 가진 그는 강철테 안경을 쓰고 있었다.

"고통이 많겠죠?" 로저가 동의했다.

"유럽의 모든 나라들이 같은 사정이지요." 그 사람이 말했다. "고통의 연속이라구요."

"커피 한 잔 더 해야겠어요." 로저가 말했다. 그는 신문을 읽으며 이번 커피는 식도록 놔둘 작정이었다.

"진상을 규명해 보면 거기엔 교황이 관련되어 있을 거요." 그 사람은 커피를 가져왔고 크림잔을 그 옆에 놓았다. 로저는 커피에 크림을 치며 흥미있게 고개를 들었다.

"그 모든 일의 진상에는 세 사람이 있어요." 그 사람이 그에게 말했다. "교황과 허버트 후버와 프랭클린 델라노 루즈벨트요."

로저는 긴장을 풀었다. 그 사람은 이 세 사람의 맞물린 이해관계를 설명해 나갔고 로저는 즐겁게 들었다. 미국은 참 멋진 곳이라고 그는 생각했다. 아침 식사와 함께 이 신문을 공짜로 얻었는데 이제 부바르와 뻬꾸세(플로베르의 다사다난한 소설: 역주)를 한 권 샀다 치자. 신문도 읽고 풍월도 얻어 듣는 거지, 뭐. 그는 생각했다. 이력저력 화제가 바뀌면 이 신문이 또 있고.

"유태인 문제는 어때요?" 그가 마침내 물어 보았다. "그들 처지는 어떻게 되나요?"

"유태인들은 과거지사요." 카운터 뒤의 그 사람이 그에게 말했다. "헨리 포드가 '시온의 장노들의 의정서'를 출간했을 때 그는 그네들을 사업계에서 몰아낸 거라오."

"그 사람들은 끝장난 거란 말이요?"

"의심할 나위 없소, 이 양반아." 그 사람이 말했다. "볼장 다 봤오."

"그건 놀라운데요." 로저가 말했다.

"내가 다른 걸 하나 알려주겠오." 그 사람이 앞으로 몸을 기울였다. "언젠가는 늙은 헨리(헨리 포드 1세: 역주)가 교황을 손들게 하는 날이 올 거요. 그가 월가를 제압했듯이 할 거란 말이요."

"그가 월가를 제압했나요?"

"아이구 맙소사." 그 사람이 말했다. "그건 이미 끝장난 거요."

"헨리는 수완가임에 틀림없군요."

"헨리가? 뭘 모르시나 봐. 헨리는 오래 산 사람이오."

"히틀러는 어때요?"

"히틀러는 약속을 지키는 사람이오."

"러시아인들은 어때요?"

"문제가 되는 바로 그 자들을 물어봤어요. 러시아 곰 녀석들은 자기의 뒤뜰에서나 놀라구 하라지, 뭐."

"글쎄 그렇게 하면 여러 문제가 아주 잘 해결되겠군요." 로저는 일어났다.

"만사가 낙관적인 편이오." 카운터 뒤의 그 사람이 말했다. "나는 낙관주의자요. 일단 늙은 헨리가 교황의 발을 걸면 그 세 사람 모두가 나뒹굴게 될 테니 두고 보쇼."

"무슨 신문을 보나요?"

"아무거나 다 봐요." 그 사람이 말했다. "하지만 정치적 견해를 내가 신문에서 얻는 건 아니오. 나 혼자 정견을 생각해낸단 말이오."

"얼마 드리면 되나요?"

"사십오 센트요."

"일급 아침식사였어요."

"또 오십쇼." 그 사람이 말하고 로저가 카운터에 둔 신문을 집어갔다. 자기 혼자 스스로 더 많은 정견을 찾아내겠구만, 로저는 생각했다.

로저는 여행자 캠프로 되돌아 걸어가서 갓 나온 마이애미 헤럴드 조간을 약국에서 샀다. 또한 그는 면도날 몇 개와 박하 냄새가 나는 면도 크림, 껌, 소독약 한 병 및 자명종 시계를 샀다.

오두막집에 도착하자 그는 문을 조용히 열었다. 그리고 방금 사온 꾸러미를 테이블 위에 놓았다. 꾸러미 옆에는 보온통과 에나멜 컵, 화이트 록 병이 가득 든 종이 봉지, 그리고 그들이 깜박 잊고 마시지 않은 리갈 맥주 두 병이 있었다. 헬레나는 아직도 자고 있었다. 해가 아주 높이 떠서 이제 그녀의 얼굴을 비추지는 않았다. 미풍이 건너편 창문으로 들어와서 미동도 하지 않고 잠자는 그녀를 스치며 불고 있었다.

로저는 여러 최신 뉴스판으로부터 그동안 유럽과 이곳에서 실제로 발생한 일과 전황이 어떻게 돌아가고 있는가를 찾아 보았다. 그녀가 잠들어 있어서 더 낫군, 그는 생각했다. 우린 이제 매일 가능한 한 많이, 또 멋지게 돌아다녀야겠어. 왜냐하면 그 일이(스페인 내전을 의미함: 역주) 이제 막 시작되었으니까. 그건 내가 생각했던 것보다도 더 빨리 다가왔다. 난 아직 갈 필요는 없고 그러니 좀더 시간을 벌 수 있겠지. 그곳의 사태가 당장 끝나고 그 나라 정부에서 반란을 진압해 버리거나 그렇지 않으면 충분히 많은 시간이 기다리고 있겠지. 만약에 내가 이 두달 동안을 아이들과 함께 보내지 않았더라면 나는 벌써 그 일 때문에 멀리 거기에가 있었을 거야. 아이들과 있었던 것이 차라리 잘 되었어, 그는 생각했다. 이젠 돌아가기엔 너무 늦었어. 내가 거기에 도착하기도 전에 사태는 아마 끝나 버릴는지도 몰라. 하여간 지금부터 이곳엔 수많은 일들이 벌어질 것이다. 우리 모두가 남은 생애를 다 바쳐야 할 수많은 일들이 벌어지리라. 수많은 일이. 망할 놈의 너무나 많은 일이. 난 이번 여름 톰이랑 아이들이랑 함께 멋진 시간을 보냈다. 그리고 이제 나는 이 여자를 얻게 되었다. 나의 양심이 얼마나 버티나 두고 보리라. 내가 가야만 할 때가 오면 그 일이 있는 곳으로 가리라. 그때까진 그일에 대하여 걱정 말자. 그래 이것은 시작이다. 일단 시작이 되면 끝은 없는 법이다. 우리가 적들을 쳐부수어 버릴 때까진 어떤 끝장도 있을 수 없어. 거기에든 여기든 어디든. 그 일에 종말이 있다고는 보지 않아, 그는 생각했다. 좌우간 우리들에겐 없어. 그런데 아마 그들이 이 첫 번째 사태에서는 재빨리 이길 거야. 그러니 이번에는 가야할 필요가 없을 거야.

이미 닥쳐오리라고 예상했었고 알고 있었으며 어느 해 가을이던가 마드리드에서 내내 기다려 왔었던 그 일이 현실로 나타난 거다. 그런데 그는 벌써 그곳에 가지 않을 구실을 찾고 있었다. 그가 아이들과 함께 지내며 보냈던 시간은 정당한 구실이 될 수도 있었다. 그리고 아주 최근까지 스페인에서도 무슨 딱 부러진 계획이 있지는 않았던 걸 그는 알고 있었다. 그러나 이제 그 일이 터졌는데 그는 무엇을 하고 있는가? 자신이 갈 필요는 없다고 스스로에게 납득시키는 것이 고작이었다. 내가 거기 도착하기도 전에 모든 게 다 끝나 버릴 거야 라고 그는 생각했다. 혹은 당장이 아니라도 시간은 충분히 있어 라고.

그를 붙들어 놓은 다른 이유들도 또한 있었으나 본인은 아직 깨닫지 못하고 있었다. 그 요인들이란 그의 강인한 표면적 힘을 따라다니며 그 이면에서 자라난 취약점들이었다. 그것은 마치 눈으로 표면이 덮인 빙하에 내재한 균열 같은 것이었다. 아니 그게 너무 젠 체하는 비유라면 근육 사이에 끼어 있는 지방질 같은 것이랄까. 이 약점들도 만약 강점을 지배할 만큼 자라지만 않았다면 그저 힘의 일부일 수도 있었다. 그런데 이 약점들이란 대부분 저변에 감추어져 있어서 그는 이러한 존재를 인식도 못했고 활용할 줄도 몰랐다. 하긴 당장 그가 가야만 하고, 가능한 모든 방법으로 도움을 주어야 할 계기가 도래했다는 사실을 그는 인식하고는 있었다. 다만 왜 갈 필요가 없느냐는 이런저런 이유들만 찾기에 급급했다.

그런 약점들이란 변화무쌍한 정당성의 추구 범주이며 한가지만 빼면 완전히 설득력이 없는 것이었다. 즉 자식들과 그들의 어머니들(주인공인 로저가 몇 차례 이혼을 했다는 의미를 함축: 역주)을 부양해야 할 돈을 벌어야만 한다는 명분이었다. 그리고 그 돈을 벌기 위해서는 꽤 괜찮은 작품을 써야만 되고 그렇지 못하면 그는 살아갈 수 없으리라는 것이다. 나는 좋은 이야기 여섯 개를 알고 있지, 그는 생각했다. 난 그것들을 쓰려고 해. 그리고 앞에 들었던 이유로 그 작품들은 잘 쓰여질 거야. 뿐만 아니라 태평양 연안에서 싸구려 글을 팔아먹던 짓을 보상하기 위해서도 이 작품들을 잘 써야해. 여섯 개의 이야기에서 네 작품만 실제로 쓸 수 있다고 해도 수지 계산은 나에게 유리하게 잘 맞아 들어갈 거야. 싸구려 글을 팔아먹던 일도 보상이 될 터이고. 그건 더러운 매춘짓이었어. 아니 그건 매춘도 못되었어. 그건 시험관에다 인공 수정에 쓰기 위한 정액 샘플을 채워 달라는 요청을 받는 거와 같았지. 넌 글을 생산하기 위해 사무실을 얻었고 도와줄 비서도 고용했었지. 잊지 말아. 저 성적인 상징으로 가득 찼던 빌어먹을 것들이라니. 그의 독백의 의미는 자기가 쓸 수 있는 절대적 최고치가 아닌 것을 쓰고 돈을 받았다는 회한이었다. 절대적 최고치라니. 빌어먹을. 그건 똥이었다. 거위 똥이었다. 이제 그걸 보상해야만 되었다. 그래서 능력이 허용하는 만큼, 그리고 이제껏 썼던 것보다 더 훌륭하게 글을 씀으로써 그의 존경심을 회복시켜야만 했다. 그건 간단한 것처럼 들리는군, 그는 생각했다. 언젠가 꼭 하도록 노력하자.

그러나 아무튼 내가 할 수 있는 만큼 훌륭하게, 그리고 하나님이 한창 전성기에 할 수 있었던 만큼 철저하게, 이 네 작품만 완성한다면(안녕하세요, 거기, 조물주님. 나에게 행운을 주소서. 잘 하고 계신다는 소릴 들어 기쁩니다.) 그렇게만 되면, 나도 바르게 살리라. 그리고 만약 저 비열한 니콜슨이 네 작품 중에서 둘만 팔아줄 수 있어도 자식새끼들에게는 경제적 보장이 될텐데. 우리가 떠나 버리고 없는 동안에도 말이야. 우리? 그래 확실히 우리. 우리에 대해서 기억 못해? 집으로 돌아오는 길에 계속 꿀꿀꿀 대던 작은 돼지 새끼들의 돼지우리, 우리, 우리 같은 거야. 집에서 약간 떨어져서 말이지. 집. 그건 웃기는군. 집이라곤 없어. 확실히 있어. 이게 집이지. 이 모든 것. 이 오두막집. 이 승용차. 저 한때는 신선했던 시트. 그린 랜턴 식당. 과부 주인. 리갈 맥주. 약국. 그리고 만에서 부는 미풍. 간이 식당에서의 그 열광. 귀리 빵으로 된 햄과 계란 샌드위치. 두개는 싸갈 것으로 만들어 주쇼. 하나는 생 양파 썬 것을 넣고. 차에 휘발유 가득 채우고 물과 오일 좀 점검해줘요. 타이어도 검사해 주겠어요? 압축된 공기의 쉭 소리. 공손하게 관리되고 거리낄 것 없는 것이 집인데 그건 또 어디에나 기름 묻은 시멘트가 있고, 모든 타이어는 포장 도로에서 닳았네. 안락한 시설들 그리고 빨간 자동판매기의 콜라. 고속 도로의 중앙선은 집의 경계선이었지.

자넨 꼭 미국 관광 연감의 공동 집필자 가운데 하나인 것처럼 생각하고 있구만. 그는 혼잣말을 했다. 명승지는 꼭 보아 두시오.

이 별미는 한번 먹어 보시오. 너의 아가씨가 잠자는 모습이나 봐 둬, 그리고 이런 거나 알아 둬. 즉 집이란 먹을 것이 충분치 않은 곳에 생기는 거야. 집이란 인간이 압제받는 곳이라면 어디나 생기는 거야. 집이란 악의 세력이 가장 강성하나 싸워 물리칠 수 있는 곳이면 어디서나 생기는 거야. 집이란 지금부터 네가 갈려고 하는 그곳에 생기는 거야.

그러나 난 아직 갈 필요가 없어, 그는 생각했다. 출발을 연기할 몇 가지 이유를 그는 갖고 있었다. 아니 넌 아직 갈 필요가 없는 거야, 그의 양심이 말했다. 그래야 난 그 작품들을 쓸 수 있잖아, 그가 말했다. 그래 넌 그 작품들을 써야만 해. 그리고 그 작품들은 너의 창작 능력에 못지않게, 아니 더 낫게 쓰여져야만 돼. 좋아요, 나의 양심, 그는 생각했다. 우린 양심을 바르게 해두었지. 내 생각엔 작품들의 틀이 잡혀가고 있으므로 그녀가 잠자는 걸 깨우지 않도록 해야겠어. 넌 그녀가 잠을 자도록 내버려둬, 그의 양심이 말했다. 그리고 넌 그녀를 잘 돌보도록 아주 열심히 노력해야 돼. 그것뿐이 아니야. 그녀를 돌보아 잘 지키라는 거야. 내 능력껏 잘 할 거야, 그가 양심에게 말했다. 그리고 적어도 네 편의 작품을 쓸 거야. 그 작품들은 훌륭해야만 되겠어, 그의 양심이 말했다. 그건 그럴 거야, 그가 말했다. 그 작품들은 아주 최상의 것이 될 거야.

그렇게 약속하고 결심했으므로 아가씨가 자고 있는 동안 그는 연필과 오래 된 연습장을 꺼내고, 연필을 뾰족하게 한 다음 거기 있는 테이블에서 바로 이야기들 중의 하나를 쓰기 시작했는가? 그렇지가 않았다. 그는 에나멜 컵에 화이트 호스 위스키를 일 인치 반 가량 붓고 얼음통의 뚜껑을 돌려서 연 다음 그 서늘한 바닥에 손을 넣어서 얼음 덩어리 하나를 꺼내어 컵에 넣었다. 그는 화이트 록 병도 열어서 컵 속의 얼음 옆으로 조금 부어 넣었다. 이어서 손가락으로 얼음 덩어리를 빙글빙글 돌린 다음 그는 마셨다.

적(프랑코 장군 지휘의 군부: 역주)들은 스페인령 모로코, 세비라, 팜플로나, 부르고스, 사라곳사를 확보했군. 그는 생각했다. 우리 편(공화정 지지파. 흔히 로얄리스트라고 함: 역주)은 바르셀로나, 마드리드, 발렌시아 및 바스크 지방을 점령했다. 두 진영의 전선이 아직은 개방되어 있는 모양이다. 상황이 그렇게 나쁜 것 같지만은 않군. 괜찮은 것처럼 보여. 하지만 좋은 지도를 하나 사야만 되겠다. 뉴 올리언즈에서는 틀림없이 좋은 지도를 구할 수 있을 거야. 어쩌면 모빌(알라바마주 최대의 도시: 역주)일는지도 모르지.

지도 없이 그는 가능한 한 최선을 다해 상황을 점검해 보았다. 사라곳사가 넘어간 건 나빠 그는 생각했다. 그곳은 바르셀로나로 가는 도로를 차단한다. 사라곳사는 많은 무정부주의자들의 도시였다. 바르셀로나나 레리다와도 달랐다. 하지만 그곳은 아직도 가능성이 충분한 데야. 그들은 전투를 지탱할 수가 없었음에 틀림없어. 어쩌면 그들은 전투를 아직 하지 않았을는지도 몰라. 전투를 할 수만 있다면 당장 사라곳사를 탈취하도록 해야만 할 텐데. 그들은 카탈로니아로부터 올라와서 사라곳사를 점령해야만 할 텐데.

만약 그들이 마드리드와 발렌시아와 바르셀로나를 연결하는 철도를 지킬 수 있으면서 마드리드와 사라곳사와 바르셀로나를 연결하는 철도선을 열어 둘 수 있고 이룬을 방어할 수 있다면 사정은 괜찮으리라. 프랑스로부터 들어오는 물자를 갖고 그들은 바스크 지방에서 재기할 수 있고 북에서는 몰라를 쳐부수어야 한다. 그건 아마 가장 격렬한 싸움이 되리라. 그 빌어먹을 싸움. 남쪽에 있어서는 반란군들이 타구스 계곡으로 마드리드를 공격

해야만 하리라는 사실말고는 상황을 분명히 알 수 없었다. 그리고 북으로부터 역시 마드리드 공격을 그들이 할는지 몰랐다. 까다라마스 영마루에 압박을 가하기 위해서는 지금 당장 시도해보아야만 했다. 그건 나폴레옹도 했던 방식이었다.

아이들과 함께 있지 않았더라면 좋았을걸, 그는 생각했다. 빌어먹을, 내가 거기 있었더라면 좋았을 텐데. 아냐, 넌 아이들과 함께 있지 않았더라면 좋을 텐데라고 바라는 것도 아니라구. 네가 모든 사람에게 다 갈 수 있는 건 아니잖아. 혹은 그들이 작전을 개시하는 그 순간에 그들이 있는 곳에 함께 있지 못할 수도 있고. 넌 하늘을 나는 용마도 아냐. 그리고 자식에 대한 책임도 세상의 다른 어떤 것 못지않게 갖고 있어. 적어도 우리 자식들이 살아가기에 좋은 세상을 만들기 위하여 네가 직접 싸워야 할 때가 올 때까지는 말이야. 그때까진 자식들을 보호할 책임이 있지. 그러나 이것도 좀 젠 체하는 듯한 느낌이 들어서, 그는 다시 고쳤다. 그래 자식들과 함께 지내기보다는 투쟁하는 쪽이 더 필요할 그때까지 말이야 하고. 그 정도면 아주 만족스러웠다. 그러한 때가 반드시 오리라.

이러한 것을 숙고하고 또 네가 해야 될 일을 생각해낸 다음 그 결과에 집착하라구, 그는 중얼거렸다. 네가 할 수 있는 데까지 명석하게 생각해봐. 그런 다음 네가 해야 할 바를 진정으로 하는 거야. 좋아, 그는 말했다. 그리고 생각을 이어나갔다.

헬레나는 열한시 반에 잠을 깼다. 그가 두 번째 잔도 다 비웠을 무렵이었다.

"왜 깨우지 않았어요, 당신?" 눈을 뜨자 그녀가 말했다. 그리고 그에게로 몸을 돌려 미소지었다.

"당신이 너무나 아름답게 자는 것 같아서."

"하지만 일찍 출발해서 차를 달리며 이른 아침을 맞이하자던

걸 놓쳤잖아요."

"내일 아침에 하지 뭐."

"키스해 줘요."

"키스."

"꼭 껴안아 줘요."

"힘있게 꼬옥 껴안았어."

"훨씬 더 좋아요." 그녀가 말했다. "아, 기분이 좋아요."

그녀는 샤워를 하고 나왔다. 머리칼을 고무로 된 모자 속에 쓸어넣은 채 그녀가 말했다. "여보, 외롭기 때문에 술 마실 필요는 없어요, 그렇죠?"

"아니, 그저 마시고 싶어서야."

"하지만 기분이 좋지 않았나요?"

"아니, 기분이 썩 좋았어."

"매우 기뻐요. 그래도 부끄러운데요. 난 그저 자고 또 잤지 뭐예요."

"점심 먹기 전에 수영은 할 수 있는데."

"글쎄요." 그녀가 말했다. "난 너무 배가 고파요. 점심을 먼저 먹고 낮잠이나 책을 보던지 무슨 다른 걸 하고 나서 수영하면 어때요?"

"분더바(훌륭하다는 뜻의 독일어: 역주)."

"오늘 오후 차를 타고 출발하면 안돼요?"

"당신 느낌이 어떤가 그것부터 알아 봐, 내 딸아."

"이리 와요." 그녀가 말했다.

그는 그대로 따랐다. 그녀의 팔이 그를 안았다. 꼼짝도 하지 않는 그녀의 몸매는 샤워를 한 다음이라 신선하고 서늘했으며 물기가 아직도 덜 마른 것을 그는 느꼈다. 그녀가 그의 몸을 꽉 누른 부분에서는 유쾌한 통증을 느끼며 그는 천천히 즐겁게 그녀와 키스했다.

"기분이 어때요?"

"썩 좋은데."

"됐어요." 그녀가 말했다. "우리 내일 떠나요."

해변은 거의 밀가루처럼 고운 백사장이었으며 몇 마일에 걸쳐 있었다. 그들은 늦은 오후에 해변을 따라 오래 걸었다. 수영을 나가서는 맑은 물 속에 누워 있기도 하고 둥실 떠서 놀이도 했고 다시 수영을 했다. 그리고 해변을 따라서 멀리 걸어갔다.

"여기는 비미니 해변보다 더 아름답기까지 해요."

아가씨가 말했다.

"하지만 물은 거기만큼 좋진 않은데. 그 멕시코 만류의 수질만큼 좋지는 않아."

"그만큼은 좋지 않군요. 그렇지만 유럽의 해변을 보고 났더니 여긴 믿을 수 없을 정도예요."

모래가 깨끗하고 부드러워 산책을 하며 육감적 쾌락조차도 느끼게 했다. 모래는 건조하고 부드럽고 가루 같은 느낌에서부터 그저 촉촉하며 파도가 밀려나가는 선에서 무너져 내리는 단단하고 서늘한 것까지 다양하였다.

"아이 녀석들이 여기 와서 여러 가지를 지적하고 가르쳐 주고 말해 주면 좋겠는데."

"내가 지적해 줄게요."

"당신은 그럴 필요가 없어. 당신은 조금 앞서서 얼마간 걸어가면 돼. 그래서 당신 등이랑 히프를 좀 보여 줘."

"당신이 앞장서요."

"아냐, 당신이야."

그러자 그녀는 그에게 다가와서 말했다. "이리 와요. 우리 나란히 달려가요."

그들은 부서지는 파도 바로 위에 단단한 지반을 따라서 가볍게 달렸다. 그녀는 잘 달렸다. 여자 치고는 너무 잘 달리는 정도였다. 로저가 그저 조금 보조를 빨리 하니까 그녀는 쉽사리 따라왔다. 그가 보조는 똑같이 했으나 다시 조금 보폭을 넓게 잡았다. 그녀는 심지어 그 정도까지는 처음에는 따라 잡았으나, 이어서 "이봐요, 날 죽이지 말아요."라고 말했다. 그는 멈추어서 그녀에게 키스했다. 달렸기 때문에 그녀의 몸이 뜨거웠다. 그녀가 말했다. "안돼요, 이러지 말아요."

"멋있어."

"우선 물 속으로 들어가야만 돼요." 그녀가 말했다. 그들은 파도 속으로 뛰어들었다. 파도가 부서지는 곳은 모래 투성이였다. 그들은 헤엄쳐나가서 물빛이 맑고 초록색인 데까지 갔다. 그녀가 일어서자 단지 머리와 어깨만 나왔다.

"이제 키스해요."

그녀의 입술은 짭짤했고 얼굴도 바닷물로 젖었다. 그가 키스했을 때, 그녀가 머리를 돌렸으므로 젖은 머리카락이 그의 어깨에 휘감겼다.

"무척 짜지만 무척 좋아요." 그녀가 말했다. "꼭 껴안아 줘요."

그가 꼭 껴안았다.

"큰 파도가 와요." 그녀가 말했다. "정말 큰 파도예요. 자 높이 뛰어요, 그럼 우린 함께 파도 속에 밀려가요."

파도가 그들을 말아서 굴려가자 그들은 꼭 부둥켜안고 있었으며 그의 두 다리는 그녀의 다리를 감쌌다.

"그냥 물에 빠지는 것보다 더 좋아요." 그녀가 말했다. "훨씬 더 좋아요. 한번 다시 해봐요."

이번에는 아주 거대한 파도를 골랐다. 파도가 그들을 매달아

올리고 돌돌 말아서 내팽개칠 때 로저는 자신들의 몸을 부서지는 파도의 선에 가로 내맡겼다. 파도가 내려쳐 부서질 때 그들은 떠다니는 나무토막처럼 데굴데굴 굴러서 모래 위로 떠밀려 올라갔다.

"몸을 깨끗이 하고 모래 위에 누워요." 그녀가 말했다. 그들은 헤엄을 쳐나가서 맑은 물 속으로 잠수했다. 그런 다음 서늘하고 단단한 해변에 나란히 누웠다. 파도 중에서도 해변으로 가장 멀리까지 달려오는 끝자락이 그들의 발가락과 발목을 간지럽혔다.

"로저, 아직도 날 사랑해요?"

"그럼 내 딸아. 아주 굉장히."

"나도 당신을 사랑해요. 당신은 함께 지내기에 참 좋았어요."

"나도 재미있었어."

"우린 다 재미있는 거죠, 안 그래요?"

"하루 종일 사랑스러웠어."

"우린 그저 반나절만 지냈어요. 내가 못난 여자가 돼서 늦잠을 잤거든요."

"잠자는 거야 참 좋고 건전한 일이지."

"어디 그걸 좋고 건전한 일로 했어야 말이죠. 난 그저 어쩔 수가 없이 늦잠 잔 건데요."

그는 그녀의 옆에 나란히 누웠다. 그의 오른쪽 발이 그녀의 왼쪽 발에 닿았다. 그의 다리도 그녀의 다리에 닿았다. 그는 자신의 손을 그녀의 머리와 목에 놓았다.

"오래 기른 머리칼이 몹시 젖었어. 바람을 쐬어서 감기 걸리지 않을까?"

"그렇진 않을 거예요. 우리가 바닷가에만 늘 산다면 난 머리를 자를 텐데요."

"안돼."

"그게 멋있게 보여요. 당신은 놀랄 거예요."

"난 지금 그대로가 좋아."

"수영을 하기에는 짧은 게 좋아요."

"하지만 잠자리에선 안 좋아."

"그건 모르겠어요." 그녀가 말했다. "당신은 언제나 내가 소녀라고 말할 수 있을 텐데요."

"그렇게 생각해?"

"난 거의 자신 있어요. 난 항상 당신을 일깨워 줄 수 있어요."

"내 딸아?"

"왜요, 당신?"

"당신은 사랑의 행위를 늘 좋아해?"

"아뇨."

"지금은 어때?"

"무슨 생각을 하시죠?"

"해변 아래위를 잘 살펴서 시야에 들어오는 사람이 하나도 없다면, 우린 괜찮을 텐데 하고 생각했어."

"여긴 지독히 사람이 없는 해변이죠." 그녀가 말했다.

그들은 바다를 따라서 되돌아 걸어왔다. 바람이 여전히 불고 있었다. 큰 놀이 낮은 파도 멀리에서 일어나고 있었다.

"이건 너무 단순하지 않나 싶어요. 마치 전혀 문제라곤 없는 것 같아요." 아가씨가 말했다. "난 당신을 알게 됐어요. 그런 다음부터 우리가 하는 일이라곤 먹고 자고 사랑하기 뿐이었어요. 그게 결코 그런 것만은 아니잖아요?"

"한동안은 우리 그렇게 지내."

"잠시 동안이라면 그럴 권리가 있다고 생각해요. 어쩌면 권리랄 건 아닌지도 모르지만. 어쨌든 우린 그럴 수도 있다고 생각해요. 하지만 당신이 나에게 무지하게 싫증내진 않을까요?”

“안 그럴 거야.” 그가 말했다. 누구와 함께이든 혹은 어디에서 나이건 거의 항상 느꼈던 고독감이 앞서 마지막으로 찾아온 이래 그는 외롭지 않았다. 전날 밤의 그 첫 경험 이래 이제는 저 해묵었고 죽음과 같던 고독감이 엄습하지 않았던 거다. “당신은 엄청나게 좋은 일을 나에게 베풀고 있어.”

“정말 그렇다면 기뻐요. 우리가 서로의 신경이나 건드리고, 노상 싸우면서 사랑하는 그런 부류의 사람들이라면 끔찍하지 않겠어요?”

“우린 그런 부류가 아니지.”

“나도 그러지 않도록 애쓸 거예요. 하지만 그저 나하고만 함께 있으면 싫증나지 않겠어요?”

“아니.”

“하지만 지금 당신은 다른 무언가를 골똘히 생각 중이지요?”

“응. 마이애미 데일리 뉴스를 살 수 있을지 어떨지 궁리 중이야.”

“석간 신문 말이군요?”

“스페인 사태에 대해 꼭 읽고 싶었거든.”

“군부 반란 말이군요?”

“물론이지.”

“그것에 대해 저에게 얘기 좀 해주겠어요.”

“물론이지.”

그는 자신이 알고 있는 지식과 정보의 범위 내에서 가능한 한 소상하게 이야기해 주었다.

“그게 걱정되세요?”

“응. 하지만 오후 내내 그걸 생각한 건 아냐.”

“신문에 뭐라고 났는지 봐요.” 그녀가 말했다. “그리고 내일은 차에 있는 라디오로 그걸 계속 들어봐요. 내일은 우리 정말 일찍 출발해요."

"자명종 시계를 하나 샀어."

"당신은 이지적이죠? 이런 이지적인 남편을 얻는 건 신나는 일이에요, 로저?"

"응, 내 딸아."

"그린 랜턴에는 먹을 게 뭐가 있을까요?"

그 다음날 그들은 아침 일찍 동트기 전에 출발했다. 아침 식사 때까지 그들은 백 마일을 주파해서 바다로부터 멀리 떨어져 있었다. 나무로 만든 독크와 어류 저장창고가 있는 항구 지역도 보이지 않았다. 그들은 이제 소나무와 키가 낮은 팔메토 야자수가 단조롭게 서 있는 축산 지역으로 들어와 있었다. 플로리다 평원의 중심지에 있는 작은 마을의 간이 식당에서 그들은 아침 식사를 했다. 그 간이 식당은 광장의 그늘진 쪽에 있었는데 녹색 잔디가 있는 붉은 벽돌의 법원 건물을 마주보았다.

"후반 오십 마일을 달릴 때는 어떻게 참아냈는지 모르겠어요."아가씨가 메뉴를 들여다보며 말했다.

"푼타 고르다에서 일단 멈추었어야만 했어."로저가 말했다. "그게 현명했었지."

"하지만 우린 백 마일은 견딜 만할 거라고 했잖아요."아가씨가 말했다. "그래서 그렇게 했던 거죠. 뭘로 드실래요, 당신?"

"난 햄과 계란과 커피, 그리고 생 양파 큰 걸로 한 조각."로저가 여종업원에게 말했다.

"계란은 어떻게 드시겠어요?"

"노른자 익히지 않은 프라이로."

"부인께서는요?"

"콘 비프 헤쉬를 잘 구워주고 수란도 두 개 주세요."헬레나가 말했다.

"홍차, 밀크, 커피 중에서는요?"

"밀크요."

"주스는 무얼로 하시겠어요?"

"그레이프 후르트로 주세요."

"그레이프 후르트 두 잔이오. 당신은 양파가 어때?" 로저가 물었다.

"저도 양파가 참 좋아요." 그녀가 말했다. "하지만 당신만큼이야 못하겠죠. 그리고 아침엔 한번도 먹어본 적이 없는걸요."

"양파는 좋아." 로저가 말했다. "커피와 곁들여도 어울리고, 운전할 땐 고독하지 않게도 한다구."

"당신은 고독하진 않죠, 그렇죠?"

"고독하지 않아, 내 딸아."

"우린 매우 빨리 달려왔죠, 안 그래요?"

"아주 빠른 건 아냐. 다리와 마을이 여럿 있어서 단숨에 온 건 아니지."

"저 카우보이들 좀 봐요." 그녀가 말했다. 서부식 작업복을 입고 카우보이용 작은 말을 타고 온 두 사람이 말안장으로부터 내렸다. 그들은 식당 앞에 있는 울타리에 말을 매고 보도를 따라 굽 높은 신발을 신은 채 걸어갔다.

"저 사람들은 이 근처에서 많은 소 떼들을 몰고 있지." 로저가 말했다. "이곳 도로상에서는 소 떼를 조심해야만 돼."

"플로리다에서도 소 떼를 많이 키울 줄은 몰랐어요."

"엄청난 땅이지. 이젠 소 떼도 역시 많고."

"신문을 사보고 싶지 않으세요?"

"사고 싶은데." 그가 말했다. "카운터에 있는지 알아 보겠어."

"약국에 있어요." 카운터가 말했다. "세인트 피터스버그와 탬파 신문이 약국에 있죠."

"약국은 어디 있소?"

"저 모퉁이에 있어요. 찾긴 쉽죠."

"약국에서 당신에게 사다 줄 건 없겠어?" 로저가 아가씨에게 물었다.

"카멜 담배요." 그녀가 말했다. "얼음통 채우는 것도 잊지 마세요."

"거기서 부탁하지."

로저가 조간신문과 담배를 사왔다.

"사태가 그렇게 잘 돼가지는 않는데." 그가 신문 한 장을 그녀에게 건네줬다.

"라디오에서 듣지 못한 기사가 나왔나요?"

"많지는 않아. 하지만 그렇게 좋지는 않은데."

"얼음통은 채웠나요?"

"부탁하는 걸 잊었군."

여종업원이 두 사람의 아침 식사를 갖고 왔다. 그들은 찬 그레이프 후르트 주스를 마시고 나서 먹기 시작했다. 로저가 자기 신문을 계속 보고 있어서 헬레나도 물컵에 신문을 세워 놓고 읽기 시작했다.

"칠리 소스가 좀 있소?" 로저가 여종업원에게 물어봤다. 그녀는 여윈 편의 작은 술집 댄서처럼 보이는 갈색머리 아가씨였다.

"틀림없어요." 그녀가 말했다. "당신들은 할리우드에서 왔죠?"

"거기 있었던 적은 있소."

"여자분도 거기서 오지 않았어요?"

"이 아가씨는 그리로 가는 중이오."

"어머나." 여종업원이 말했다. "내 책에 서명 좀 해주시겠어요?"

"기꺼이 해 드리죠." 헬레나가 말했다. "하지만 난 영화에 나오진 않았어요."

"나올 거예요, 손님." 여종업원이 말했다. "잠깐만요. 펜이 있으니까요."

그녀가 책 한 권을 헬레나에게 건넸다. 아주 새 책이었는데 회색의 인조 가죽 표지를 하고 있었다.

"그건 방금 새로 산 거예요." 그녀가 말했다. "이 일을 시작한 지도 단 일주일 밖에 안 되구요."

헬레나는 첫 페이지에 멋을 부려서 평이하지 않은 필체로 헬레나 핸코크라고 썼다. 여기저기 학교를 옮겨 다니며 배운 혼합된 필체의 특징이 나타나 있었다.

"멋진 이름에 반하겠어요." 여종업원이 말했다. "이름과 함께 몇 마디 적어 주시지 않겠어요?"

"이름이 뭐죠?" 헬레나가 물었다.

"마리예요."

'다정한 벗 헬레나로부터 마리에게'라고 그녀는 좀 이상한 느낌의 필체로 그 화려한 이름 위에다 썼다.

"아유, 고마워요." 마리가 말했다. 그런 다음 로저에게 말했다.

"손님에게 청해 봐도 성가시진 않겠죠?"

"괜찮소." 로저가 말했다. "기꺼이 써 주겠오. 마리, 성은 어떻게 되나요?"

"아, 그건 중요치 않아요."

그는 '마리에게 항상 행운이 깃들기를, 로저 핸코크로부터.'라고 썼다.

"당신은 이 아가씨의 아버지신가요?" 여종업원이 물었다.

"그렇소." 로저가 말했다.

"아가씨가 아버지와 함께 그리로 가고 있다는 게 정말 기뻐요." 여종업원이 말했다. "두 분에게 꼭 행운이 있기를 바라겠어요."

"우리도 그게 꼭 필요하다오." 로저가 말했다.

"아네요." 여종업원이 말했다. "두 분은 그런 게 필요치도 않아요. 하지만 어쨌든 두 분께 행운을 빌겠어요. 근데 선생님은 아주 젊어서 결혼했었던 게 틀림없어요."

"그랬오." 로저가 말했다. 빌어먹을 정말 그랬었지, 그는 생각했다.

"아가씨 어머닌 아름다웠음에 틀림없어요."

"이 세상에서 가장 아름다운 처녀였다오."

"그분은 지금 어디 계세요?"

"런던에요." 헬레나가 말했다.

"손님들은 이상하게 살고 있어요." 여종업원이 말했다. "우유한 잔 더 드시겠어요?"

"아니, 됐어요." 헬레나가 말했다. "고향은 어디예요. 마리?"

"포트 미드이죠." 여종업원이 말했다. "저 길 바로 위쪽에 있어요."

"여기 생활이 좋아요?"

"여긴 거기보단 조금 더 큰 마을이지요. 한 계단 높아진 것 같아요."

"즐기는 일은 있나요?"

"시간이 있을 땐 항상 즐겨요. 조금 더 드시겠어요?" 그녀가 로저에게 물었다.

"아니오, 우린 또 타고 가야겠소." 그들은 돈을 치르고 악수를 했다.

"팁 주셔서 정말 고마워요." 여종업원이 말했다. "그리고 책에 서명해주신 것두요. 신문에서 두 분 기사 읽을 거예요. 핸코크양,

행운을 빌겠어요."

"행운을." 헬레나가 말했다. "여름을 잘 보내세요!"

"잘 지낼 거예요." 여종업원이 말했다. "몸조심하세요."

"당신도 몸조심하세요." 헬레나가 말했다.

"오케이." 마리가 말했다. "다만 제겐 너무 늦은 감이 있군요."

그녀는 입술을 씹으며 몸을 돌려서 부엌으로 들어갔다.

"괜찮은 아가씨였어요." 차 속으로 들어가며 헬레나가 로저에게 말했다. "나도 역시 늦은 감이 있노라고 그녀에게 말해주었어야만 했어요. 하긴 그래 봤자 그녀에게 괴로움만 더 끼쳤겠지만."

"얼음통을 채워야겠어." 로저가 말했다.

"그건 내가 채울게요." 헬레나가 제안했다. "우릴 위해 하루 종일 내가 한 일이 없잖아요."

"내가 할게."

"아뇨. 신문이나 보세요. 그건 내가 할게요. 스카치는 충분해요?"

"뜯지 않은 두꺼운 상자에 완전한 새 술병이 있지."

"최고예요."

로저는 신문을 읽었다. 그냥 있길 잘했군, 하고 그는 생각했다. 난 하루 종일 차를 운전해야 할 테니까.

"이십오 센트밖에 들지 않았어요." 얼음통을 들고 되돌아오며 아가씨가 말했다. "근데 몹시 잘게 잘랐어요. 너무 잘게 자른 것 같아요."

"오늘 저녁에 조금 더 살 수 있을 거야."

마을을 벗어나서 그들은 평원을 가로질러 북으로 달리는 길고 검은 빛깔의 고속도로로 올라섰다. 길은 소나무숲을 통과하여 호수 지방의 언덕으로 들어서더니 길고 변화 많은 반도를 가로질러 쭉 뻗어 있었다. 바닷바람으로부터도 이제 멀리 떨어져 있어서 점점 달아오르는 여름 열기가 길을 눅진거리게 했다. 그래서 똑바로 길게 뻗은 길을 따라 계속 칠십 마일로 달리니까 바람이 생겼고 풍경은 자꾸 뒤로 사라지는 것을 느꼈다.

"빨리 달리니까 재미있어요, 그렇잖아요? 마치 당신의 젊음을 되찾아내는 것 같아요."

"무슨 뜻이지?"

"나도 몰라요." 그녀가 말했다. "말하자면 젊음이 그러하듯이 세상을 원근법으로 가깝게 하고 응축시켜 보는 그런 식이랄까요."

"젊음에 대해선 많이 생각해 보지 않았는데."

"무슨 말인지 알겠어요." 그녀가 말했다. "하지만 난 생각해 봤어요. 당신은 그걸 생각하지 않았죠. 왜냐하면 당신은 젊음을 결코 잃지 않았기 때문이에요. 젊음에 대해서 결코 생각하지 않으면 당신은 그걸 잃을 리가 없는 거예요."

"계속해 보라구." 그가 말했다. "이해가 잘 안돼."

"이치가 닿지는 않아요." 그녀가 말했다. "그렇지만 그걸 한번 풀어 보겠어요. 그러면 이치가 닿을 거예요. 완전히 논리가 맞지 않는데도 계속 지껄여대니 성가시죠?"

"아니, 내 딸아."

"철저하게 논리로 따진다면, 제가 여기 머물진 않으리라는 걸 당신은 아시죠." 그녀는 말을 멈추었다. "네, 전 머물 거예요. 이건 초논리거든요. 상식이 아녜요."

"초현실주의처럼?"

"초현실주의 같은 것도 아녜요. 전 초현실주의를 싫어해요."

"난 싫어하지 않아." 그가 말했다. "그것이 시작됐을 때 난 좋아했었지. 물결이 지난 다음 문제는 그 물결이 지난 다음에도 그것이 너무 오래 시간을 끌어 온 점이었어."

"하지만 세상일 치고 그게 끝날 때까지 성공을 거두는 게 있나요?"

"그거 다시 한번 얘기해줘."

"제 말은 초현실주의 운동 같은 게 끝날 때까지도 미국에서는 성공을 거두지 못한다는 거죠. 그리고 런던에서 성공을 거두려면 그게 끝나고도 여러 해가 지나야만 할걸요."

"이런 이야기는 어디서 알았어, 내 딸아?"

"전 그걸 생각해냈죠." 그녀가 말했다. "당신을 기다리고 있으면서 생각할 시간이야 충분했으니까요."

"그렇게 많이 기다리진 않았는데."

"아, 많이 기다렸어요. 당신은 결코 모를 거예요."

두 개의 간선 도로가 나타나서 곧 선택을 해야만 되었다. 거리는 별 차이가 없었다. 볼만한 풍경 쪽을 달리는 좋은 길을 잘 알고 있었으나 앤디와 데이비드의 어머니와 여러 차례 다녔었고, 새로 완성된 도로는 풍경이 신통치 않을 듯해서 그는 망설였다.

선택의 여지가 없지, 그는 생각했다. 우린 새 길을 택하리라. 빌어먹을, 요전날 밤 타미아미 오솔길을 가로질러 오다가 겪은 일을 또 다시 재연할는지는 몰라도.

그들은 라디오에서 뉴스 방송을 들었다. 아침나절 연속 방송극이 나오면 스위치를 꺼버리고 매 시보가 나올 때는 켰다.

"이건 제 집에 불이 붙었는데도 노는 데만 정신이 빠진 경우와는 다르지." 로저가 말했다. "이건 근심을 불태우면서 동쪽으로 번지고 있는 불을 피하여 시간당 칠십 마일의 속도로 서북서쪽을 향하여 달리는 상황이며, 불길로부터 피해가면서도 그쪽 소식은 계속 듣고 있는 그런 경우지."

"아주 오래 차를 몰고 가면, 우리도 그곳에 도착할 거예요."

"먼저 물부터 잔뜩 들이켜야 되겠군."

"로저. 당신은 가야만 해요? 가야할 입장이라면 꼭 가세요."

"아냐, 제기랄. 난 갈 필요가 없어. 아직은 아냐. 어제 아침 당신이 잠자는 동안에 그것을 생각해 봤어."

"그런데도 전 잠만 잤죠? 부끄러운 일이었어요."

"당신이 잠들어서 난 무척 기뻤어. 간밤엔 잠을 충분히 잔 것 같아? 내가 당신을 깨웠을 때가 무척 이른 시간이었는데."

"참 잘 잤어요. 로저?"

"왜, 내 딸아?"

"그 식당 여종업원에게 거짓말 한 건 부끄러운 일이었어요."

"그녀가 질문을 많이 했잖아." 로저가 말했다. "우리가 한 그 방법이 더 간단하고 좋았어."

"당신이 제 아버지가 될 수도 있었을까요?"

"내가 열네 살에 당신을 낳았다면."

"그렇지 않아서 다행이에요." 그녀가 말했다. "틀림없이 복잡하게 될 거예요. 제가 그걸 간단히 하기까진, 아주 복잡할 거예요. 당신은 제가 스물두 살이고 밤새 잠만 자고 하루 종일 배만 고프기 때문에 성가시리라고 생각하지 않으세요?"

"어디 그뿐인가. 당신은 내가 이제껏 사귄 사람 중에 가장 아름다운 아가씨이고 멋이 있고 잠자리에선 기막히게 신기하고 그리고 또 항상 말을 걸면 재미있고."

"좋아요. 그만 하세요. 왜 잠자리에선 내가 이상하죠?"

"당신은 그래."

"왜 그러냐고 물었잖아요?"

"난 해부학자는 아니잖아." 그가 말했다. "난 그저 당신을 사랑하는 녀석이야."

"그걸 얘기하고 싶지 않은가요?"

"싫어. 당신은?"

"싫어요. 그것에 관해서라면 부끄러워요. 그리고 아주 기겁을 해요. 항상 기겁을 한다니까요."

"깊은 사랑 브랫첸. 우린 운이 좋았어, 안 그래?"

"운이 좋았다느니 하는 이야긴 입에 올리지도 말아요. 앤디와 데이비드와 톰은 싫어할까요?"

"아니지."

"그럼 톰에게 편지를 써야 해요."

"그럴 거야."

"그분은 지금 뭘 하시리라고 생각하세요?"

로저는 운전대를 통해서 계기판 위에 있는 시계를 보았다.

"그림 그리기를 마치고 뭘 마시고 계시겠구만."

"우리도 한 잔 하면 어때요?"

"좋지."

그녀는 한 움큼의 잘게 부순 얼음과 위스키와 화이트 록을 컵에 넣어서 마실 것 둘을 만들었다. 새로 만든 고속도로는 이제 넓어졌고 멀리 툭 터져서 뻗어 있었다. 도로가 뚫고 지나가는 소나무숲의 나무에는 테레빈유를 받기 위한 구멍이 뚫리고 흠집이 나 있었다.

"여긴 랑드 지방하곤 풍경이 다르군." 로저가 말하고 술잔을 들었다. 술이 입 속에서 얼음처럼 차갑게 느껴졌다. 맛은 매우 좋았으나 잘게 부순 얼음이 너무 빨리 녹았다.

"정말 다르군요. 랑드 지방에선 소나무 사이에 노란 가시금작화가 있거든요."

"그리고 거기에선 테레빈유를 받으려고 여기처럼 한 쇠사슬에 묶인 죄수들을 이용하진 않지." 로저가 말했다. "여긴 모두 죄수

노동력을 이용하는 지방이야."

"그걸 어떻게 부려먹나 얘기해줘요."

"아주 더럽게 끔찍해." 그가 말했다. "주 정부에서 그들을 테레빈유 채취장과 벌목장으로 데리고 나가는 계약을 맺지. 공황이 최고조에 달했을 때는 기차에서 아무나 붙들어 끌어 내렸지. 모든 사람들이 기차를 타고 일자리를 찾아 동서남북을 헤맬 때거든. 주 정부 사람들은 심지어 탈라하세(플로리다주의 주도: 역주) 바로 근교에서도 기차를 세우곤 남자들만 끌어 모아서 차에서 내리게 한 뒤 감옥으로 행진을 시켰지. 그런 다음 한 쇠사슬에 매는 형을 선고하고는 테레빈유 작업장이나 벌목대로 나갈 계약을 맺는 거야. 여긴 사악한 동네라구. 수많은 법으로 얽어매고 정의는 도대체 없는 굉장히 사악한 짓거리를 하는 거야."

"소나무가 있는 지방은 아주 친근미가 있는데요."

"여긴 친근미도 없어. 막된 동네야. 소나무 숲 속에는 범법자들이 우글거려. 일은 죄수들에 의해 이루어지고. 여긴 노예들의 땅이야. 법은 오직 외부인들에게만 적용돼."

"여길 재빨리 통과하고 있어서 다행이군요."

"그럼. 하지만 이것만은 정말로 알아둬야 해. 이게 어떻게 운영되는지. 어떻게 진행되는지. 누가 악한이며 폭군인지, 그리고 어떻게 그들을 제거해야만 하는지 등을 말이야."

"나도 그런 일을 하고 싶어요."

"플로리다의 정책에 언젠가 강력히 반대 운동을 펴고 무슨 일이 벌어지는가를 보아야만 돼."

"그게 정말 나빠요?"

"당신은 그걸 믿을 수도 없을 거야."

"당신은 많이 알고 있나요?"

"조금 밖에 몰라." 그가 말했다. "난 한동안 좋은 뜻을 가진 동지 몇 사람과 그걸 반대하는 운동을 폈지. 하지만 우린 전혀 성공하질 못했어. 우린 주지사를 쩔쩔매게 했지. 대화에서는."

"정계에 뛰어들고 싶진 않으세요?"

"아니. 난 작가가 되고 싶어."

"저도 당신이 그러길 바래요."

도로는 이제 별 기복이 없이 점점이 흩어진 활엽수 사이를 지나다가 싸이프러스나무가 있는 늪지를 가로질러 나무가 우거진 지역을 통과했다. 이어서 그 앞에는 철교가 놓여 있었는데 강물은 깨끗하며 짙은 물빛으로 아름다웠고 유속은 빨랐다. 강둑을 따라서는 쭉 싱싱한 떡갈나무가 자라고 있었다. 다리에는 센완니강(작가의 오식인 듯함: 역주)이라는 표지판이 붙어 있었다.

그들은 철교를 들어가서 건너고 건너편 둑으로 올라섰다. 길은 북쪽으로 굽어 있었다.

"꿈 속의 강 같았어요." 헬레나가 말했다. "그처럼 맑고 짙은 물빛이 멋있었잖아요? 나중에 카누를 타고 그리로 내려가 볼 순 없을까요?"

"여기보다 위쪽에서 그 강을 건넌 적이 있지. 어딜 건너 봐도 아름다워."

"나중 언제 이 강으로 여행을 올 순 없을까요?"

"좋지. 이 위쪽으로 괜찮은 곳이 있는데 송어가 잡히는 그런 수로만큼이나 맑은 걸 본 적이 있어."

"뱀은 없을까요?"

"틀림없이 뱀이 우글거릴걸."

"난 뱀이 무서워요. 정말 뱀은 무서워요. 하지만 조심하면 되겠죠, 뭐. 안 그래요?"

"그럼. 그리고 우린 겨울에 그곳으로 여행을 해야겠어."

"가 볼만한 멋진 곳이 우리에겐 너무 많아요." 그녀가 말했다.

"이 강도 이젠 항상 기억해 두겠어요. 카메라 렌즈가 찰칵하듯이 이 강을 찍어두겠어요. 우린 멈추어야만 했었나 봐요."

"되돌아갈까?"

"다른 길로 계속 갔더니 그곳으로 되돌아왔노라 이면 모를까요. 난 자꾸 자꾸 자꾸 가고만 싶어요."

"계속 가다가 멈추어서 뭘 먹든지 아니면 샌드위치를 사서 차를 타고 가며 먹든지 둘 중에 하나를 해야겠는데."

"한잔 더 마셔요." 그녀가 말했다. "그런 다음 샌드위치를 조금 사요. 어떤 걸 팔 것 같아요?"

"햄버거도 있음직하고 바베큐도 있겠지."

두 번째 술맛도 첫 번째와 같았다. 얼음이 차가웠으나 바람 속에서 재빨리 녹았다. 헬레나는 바람이 쏟아져 들어오는 속에서 컵을 쥐고 그에게 건네주자 그는 마셨다.

"내 딸아. 당신은 보통 때보다 더 많이 마시고 있는 게 아닌가?"

"물론이죠. 물 탄 위스키 두 잔을 매일 정오에 그것도 점심도 먹기 전에 제가 혼자 마시리라고는 생각지 않겠지요, 그렇죠?"

"보통 때 마시던 것보다 더 마시지는 말았으면 좋겠어."

"안 그럴 거예요. 하지만 재민 있어요. 마시고 싶지 않으면 한잔도 안 마실 거예요. 차를 타고 시골을 달려가면서 도중에 술잔을 든다는 건 상상도 하지 못했더랬어요."

"때때로 멈추기도 하고 느릿느릿 다니며 즐길 수도 있을 거야. 해변으로 내려가서 옛 명승지도 보고. 하지만 빨리 여길 벗어나서 서부로 가고 싶어."

"동감이에요. 전 서부를 본 적이 없어요. 우린 언제나 되돌아올 수도 있어요."

"길은 참 멀어. 하지만 비행기 타고 가는 것보다야 이게 훨씬 더 낫지."

"이게 바로 비행기 타고 가는 거라구요. 로저, 서부로 나가면 멋있을까요?"

"나에겐 항상 그랬어."

"이때껏 전 한번도 안 가봤고, 그래서 우리 둘이 함께 보게된 것이 다행이잖아요?"

"우리가 먼저 가봐야 할 지방이 엄청나게 많아."

"하지만 재미있을 거예요. 샌드위치 살 마을이 곧 나타날 것 같아요?"

"다음 마을에서 사도록 하지."

다음 번 마을은 벌목업을 하는 읍내로서 고속도로와 나란히 긴 거리가 하나 있었고 좌우로는 벽돌 건물이 들어서 있었다. 제재소 여럿이 철도 옆에 있었으며 재목은 철길을 따라 높이 쌓여 있었다. 열기 속에서 싸이프러스나무와 소나무 톱밥의 냄새가 났다. 로저가 가스를 넣고 물과 오일과 타이어 공기를 점검 받는 동안 헬레나는 간이 식당에서 매운 소스를 곁들인 햄버거 샌드위치와 바베큐된 돼지고기 샌드위치를 주문해서 갈색의 종이 봉투에 넣어 차로 가져왔다. 그녀는 다른 종이 봉투에 맥주를 넣어왔다.

고속도로로 다시 나와서 읍내의 열기를 벗어난 다음 그들은 샌드위치를 먹고 그녀가 딴 찬 맥주를 마셨다.

"우리의 결혼 맥주(리갈 맥주: 역주)는 살 수가 없었어요." 그녀가 말했다. "이게 거기 있는 유일한 종류였어요."

"이것도 맛이 좋고 시원한데. 바베큐 먹은 뒤라서 최고야."

"점원 말로는 이게 리갈 맥주와 비슷할 거래요. 리갈 맥주와 결코 구별할 수 없을 거라고 말했어요."

"이게 리갈보다 더 좋은데."

"이름이 재미있었어요. 역시 독일식 이름은 아니었구요. 하지만 상표가 물에 젖어 떨어져 버렸어요."

"병 뚜껑에도 있을 텐데."

"병 뚜껑도 버렸어요."

"우리가 서부로 갈 때까지만 기다려. 여기서 멀리 갈수록 더좋은 맥주가 있다구."

"내 생각엔 샌드위치나 바베규는 여기보다 더 좋은 게 없을 것 같아요. 이 맛이 좋지 않아요?"

"거기는 음식도 엄청나게 좋아. 여긴 먹는 것도 역시 썩 좋은 동네는 아닌 것 같아."

"로저, 점심 먹은 후에 제가 잠시 눈을 붙여도 짜증내지 않겠죠? 당신이 졸고 싶으면 제가 자지 않을게요."

"당신은 잠들어도 좋아. 나는 정말 조금도 졸립지 않아. 내가 자고 싶으면 당신에게 말할게."

"당신 드시게 맥주 한 병을 더 사두었어요. 병 뚜껑 보는 걸 젠장 잊어 먹었지 뭐예요?"

"그건 괜찮아. 난 상표도 모르고 마시는 걸 좋아하거든."

"하지만 다른 때를 대비해서 그걸 외워두었어야만 했는데요."

"우린 다른 걸로 새 걸 살 텐데 뭘."

"로저, 제가 잠이 들어도 정말 싫어하지 않아요?"

"안 그래, 예쁜 사람."

"당신이 바라시면 깨어 있을 수도 있죠."

"잘 자. 그리고 혼자 깨어나. 그러면 우린 대화를 나눌 수 있어."

"안녕, 사랑하는 로저. 감사할 게 너무 많아요. 여행이랑 두 잔 마신 것 하며 샌드위치, 이름 모르는 맥주, 스와니강 위의 길 이며 우리가 가고 있는 곳이랑 모두 감사해요."

"잘 자라구, 베이비."

"잘게요. 원하시면 날 깨워줘요."

그녀는 자리에 깊숙이 들어가서 몸을 구부리더니 잠이 들었다. 로저는 계속 차를 몰며 가축을 찾아서 넓은 길의 앞쪽을 응시했다. 소나무가 많은 지역을 통과하면서는 시간을 재촉했다, 그리고 속도계를 보며 매시간마다 육십 마일 이상으로 얼마나 많이 속력을 낼 수 있는가를 알아보느라고 대체로 칠십 마일을 유지하며 계속 달리고 있었다. 이 고속도로 구간은 한번도 와 본 적이 없었으나 그는 이 지역을 잘 알고 있었다. 그래서 지금 차를 몰면서도 이 지방 풍경을 구경한다기보다 그저 차의 뒷전으로 보낼 따름이었다. 시골 풍경을 헛되이 버려서 안 되겠지만 장거리여행에서는 그럴 수밖에 없다.

단조로운 건 싫증나게 해, 라고 그는 생각했다. 그런 것하고 조망이 좋지 않다는 사실이 싫증을 일으켰다. 추울 때 도보로 여행을 하면 이곳은 멋진 지방일 듯했다. 그러나 이 계절에 차로 여행하기에는 단조로운 곳이었다.

내 기분이 침잠되어 버릴 만큼 오래 차를 몬 것은 아직 아니잖아. 하지만 지금보다는 더 활력을 되찾아야만 하겠어. 난 졸리지 않아. 내 눈은 피곤한 것 못지않게 싫증도 내고 있는 것 같아. 난 싫증나지 않았어, 라고 그는 생각했다. 그저 내 눈 탓이야. 그리고 이토록 오랫동안 꼼짝도 않고 앉아 있는 시간이 너무 길어져 버린 거야. 이건 또 다른 경주이며 난 그걸 다시 익혀야만 하겠어. 내일 모레쯤이면 우린 정말 먼 거리를 출발할거야. 그리고 그로 인해서도 피곤하진 않을 거야. 이렇게 꼼짝 않고 오랫동안 앉아 있어 본 적도 없었지만.

그는 손을 앞으로 뻗어서 라디오를 켜고 주파수를 맞추었다. 헬레나가 잠을 깨지 않아서 그는 라디오를 켠 채 그대로 두었다.

그의 생각과 운전으로 인하여 라디오 소리는 혼자 붕붕 떠드는 격이었다.

그녀가 차에서 자고 있으니 참으로 좋군, 그는 생각했다. 그녀는 심지어 자고 있을 때라도 좋은 동반자였다. 넌 이상하고도 운이 좋은 악당이군, 그는 생각했다. 행운을 움켜쥐고 있어. 너는 고독에 대해서도 무언가를 배웠노라고 생각했어. 그리고 실제로 연구도 했고 무언가를 배웠어. 넌 바로 그 무언가의 가장자리까지는 도달했어. 그런데 넌 뒷걸음질 쳐서 저 쓸모없는 인간들과 함께 도망가 버렸어. 또 다른 패거리들만큼 아주 쓸모없는 인간들은 아니었지만, 그러나 남아 돌아갈 만큼 쓸모없는 군상들이었어. 아마 그들은 생각보다도 훨씬 더 쓸모없었을 거야. 너도 그들과 쓸모없이 어울렸고. 그러더니 넌 그런 관계를 청산했어. 그리고는 톰과 아이들이랑 함께 있으면서 형편이 좋아졌지. 더 이상 행복해질 수 없는 최상의 상태라는 건 너도 알았어. 그리고는 아무 일도 생기지 않더니 다시 고독감이 생성되었고 그때 이 아가씨가 나타났어. 그러자 넌 행복의 세계로 바로 뛰어 들었어. 마치 그 세계의 가장 광대한 지주라도 되는 듯이. 행복이라면 전쟁 전의 헝가리에 있을 때였지. 그리고 넌 카롤리 백작이고. 가장 광대한 땅의 지주는 아니었지만 아무튼 꿩은 가장 많이 길렀지. 그녀가 꿩 사냥하는 걸 좋아할는지 모르겠군. 어쩌면 좋아할거야. 난 아직도 꿩을 쏠 수 있어. 꿩쯤이야 문제없어, 그녀에겐 사냥할 줄 아느냐고 결코 묻지 않았지. 그녀의 어머니는 마약 중독의 황홀경 속에서도 총을 아주 잘 쏘았다. 그녀의 어머니가 처음부터 행실이 나쁜 여자는 아니었다. 오히려 그녀는 아주 멋진 여자였다. 유쾌하고 친절했으며 잠자리에서도 성공적이었다. 그녀가 많은 사람들에게 말한 그 모든 것은 다 진실이었다고 나는 지금도 생각한다. 그녀는 그들에게 진실한 언질을 주었다고 나는 생각한다. 아마 그것이 사정을 위태롭게 만든 것 같다. 그녀의 말은 항상 그들에게 농담이 아니라 진실된 언질을 주는 것처럼 들렸던 모양이다. 하지만 남편이 자살하기 전까지는 결혼생활이 절정에 달했다고 말할 수 없다는 식의 말을 믿어 줄 수 없다는 것도 궁극적으로는 사교상의 결함이 된다고 생각한다. 유쾌하게 시작되었던 모든 일들은 끝장나고 말았다. 그러나 마약을 복용하며 생긴 일들이란 항상 그런 식이라고 나는 생각한다. 하지만 자기 동료를 잡아먹는 거미들 중에서도 몇몇은 아주 매력적이었던 것 같다. 사랑스런 그녀도 그들보다는 결코 더 나아 보이지 않았었다. 사랑스런 헨리는 입가심이었다. 헨리는 다른 맛도 역시 있었다. 우리는 모두 그를 좋아했다.

그 거미들 중 어떤 것도 마약을 가까이하지는 않았어, 그는 생각했다. 물론 그 점은 이 아이에 대해서도 기억해 주어야 할 사항이지. 비행기가 추락하게 되는 실속(失速) 속도를 기억해야 하고 그녀의 어머니는 그녀의 어머니일 뿐이라는 걸 기억해야 하듯이.

그건 매우 간단한 일이야, 그는 생각했다. 너의 어머니도 음란했다는 걸 넌 알잖아, 그러나 너도 네 어머니와는 다른 방식으로 악당 노릇을 하고 있다는 것을 스스로 잘 알잖아. 그런데 왜 그녀의 실속 속도가 그녀 어머니의 그것과 같아야 한단 말인가? 너의 것은 그렇지 않다고 하면서 말이야.

누구도 그런 말을 하지 않았어. 그녀의 추락 말이야. 네가 언급한 것은 네가 기억하고 싶은 방식대로 그녀의 어머니를 기억한다는 거지.

그건 역시 추악한 짓이야, 그는 생각했다. 아무 대가도 없이, 아무 이유도 없이 네가 가장 필요할 때, 넌 이 아가씨를 얻었어. 거리낌없이, 그녀가 하자는 대로, 사랑스럽게, 사랑을 받으며, 또

한 너에 대한 환상에 가득 찬 상태로. 그리고 자동차의 시트에 누워 네 옆에서 잠자게 해놓고 넌 그녀를 파괴하기 시작했어. 그리고 당당한 절차는커녕 그녀를 부인하는 데만 급급했고. 두 번, 세 번, 심지어 라디오까지 켜놓고.

넌 악당이야, 그는 생각했다. 그의 옆 시트에서 잠자고 있는 그녀를 내려다보았다.

넌 그걸 잃어버릴까봐 파괴하기 시작한 걸로 짐작이 돼. 아니면 그게 너에게 너무 큰 짐이 될까봐, 혹은 그것이 사실이 아닐 경우에 대비해서. 그러나 그렇게 하는 건 아주 좋지 않아. 난 네가 네 아이들 외에도 파괴하지 않는 그 무엇을 갖게 되는 걸 보고 싶다. 이 아가씨의 어머니는 과거에도 그랬지만 지금도 행실이 나쁜 여자다. 그리고 너의 어머니도 그랬어. 그런 사실로 인해서 넌 그녀와 더 가까워졌고 그녀를 이해하게 되었어. 그렇다고 그녀가 행실 나쁜 여자로 되어야 한다거나 네가 야비한 인간이 되어야만 한다는 건 아니야. 그녀는 너를 사실보다 훨씬 더 훌륭한 녀석으로 생각하고 있어. 그리고 어쩌면 그런 사실로 인해 넌 지금보다 더 나은 인간이 될 수도 있을 거야. 요즘 넌 한동안 훌륭했어. 그러니 어쩌면 훌륭해질 수도 있을 거야. 내가 알고 있는 한 넌 그날 밤 선창에서 부인과 개를 데리고 나온 그 시민에게 잔인한 짓을 한 이래 어떤 나쁜 짓도 한 적이 없어. 넌 술도 취하지 않았어. 넌 야비하지도 않았어. 많은 고해 성사도 볼 수 있을 터이므로 여태 교회에 나가지 않은 건 부끄러운 일이야.

그녀는 지금의 너의 모습을 보고 있어. 그리고 넌 지난 몇 주 이래 쭉 훌륭한 녀석이 되었지. 그녀도 아마 현재 너를 이제까지의 지속적인 너의 모습으로 여길 것이고 사람들이 헐뜯은 걸로 알 거야.

지금부터 넌 새출발할 수 있어. 정말 할 수 있어. 자신을 우롱하지 말아, 그의 다른 쪽 의식이 말했다. 넌 정말 할 수 있어, 그는 자신에게 일렀다. 넌 그녀가 생각하는 바 꼭 그대로의 착한 녀석이 될 수 있어. 바로 이 순간의 너의 모습 그대로 말이야. 세상에는 새출발이라는 것이 있고 넌 지금 그런 기회를 부여받은 거야. 넌 그걸 할 수 있고 또 할거야. 넌 다시 한번 모든 약속을 할건가? 그럼. 필요하다면 난 모든 약속을 할 것이고 그걸 지킬 거야. 모든 약속이란 말은 아니겠지? 전에도 그런 걸 어긴 적이 있는 걸 알잖아? 그 말에 그는 할 말이 없었다. 시작도 하기 전이 사기꾼이 되면 곤란하잖아. 안되지. 난 그러면 안돼. 그럼 매일 진실되게 행할 수 있는 걸 말하고 그런 다음 실천하도록 해. 매일 말이야. 하루에 한번만 그걸 행하라구. 그라고 그날의 약속을 그녀와 자신에게 지켜나가란 말이야 그런 식으로 하면 난 새롭게 출발할 수 있고 항상 곧게 살 수 있을 거야, 그는 생각했다.

넌 참 굉장한 도덕군자가 되고 있구만, 그는 생각했다. 네가 조심하지 않으면 그녀를 진저리나게 할거야. 어느 때 넌 도덕군자가 아니었던가? 여러 차례였지. 자산을 우롱하지 말아. 그래, 그런데 여러 곳에서였지. 자신을 속이지 말아.

좋아, 양심아, 그가 말했다. 너무 엄숙하고 교훈적으로만 나오진 말아. 내 말에도 귀를 기울여, 이 양심이라는 옛 친구야, 난 자네가 얼마나 유용하며 또 중요한지도 알고 있네. 그리고 내가 처한 이 어려움으로부터 날 어떻게 빼내 줄 수 있는가도 알고 있어. 하지만 좀 가볍게 취급해 줄 수는 없는가? 양심이란 이텔릭체로 말하는 줄 알았더니 자네는 굵은 획의 고딕체로 가끔 말하는 것 같구만. 자네가 겁을 줄려고 하지만 않는다면 난 자네, 양심께서 명하는 꼭 그대로 정확히 해 나가겠네. 비록 석판에

각인이 되어서 제시되지는 않았지만 십계명을 존중하듯 그토록 진지하게 받들겠네. 양심이여, 아시다시피 우리 인간이 우뢰 소리에 놀라기 시작한 지도 어언 오랜 세월이 흘렀지 않은가. 이젠 번개에도 놀라지. 거기엔 뭔가가 있잖아. 하지만 우뢰는 이제 더 이상 우리에게 강력한 인상을 주지 못해. 뭘 도와주려고 해, 이 개새끼야, 그의 양심이 말했다.

아가씨는 아직도 자고 있었다. 그들은 탈라하세로 들어가는 언덕을 오르고 있었다. 우리가 첫 신호등에서 멈추면 아마 그녀는 잠이 깰 거야, 그는 생각했다. 그러나 그녀는 깨지 않았다. 그래서 그는 이 오래된 도시를 그냥 통과하여 왼쪽으로 돌아서 곧장 남으로 뻗어 있는 유에스 319번 고속도로로 들어섰다. 차는 곧 아름답게 나무가 우거진 지역으로 들어섰는데 이 숲은 걸프 해안 쪽으로 이어져 있었다.

내 딸아, 네겐 한가지 특질이 있군, 그가 생각했다. 넌 내가 아는 누구보다도 더 오래 자고 내가 만난 누구보다도 더 식욕이 왕성한데, 그건 너의 체격과 관계가 있을 거야. 하지만 화장실에 가지 않아도 되는 건 완전히 하늘이 주신 능력이야.

그들의 방은 십사 층이었는데도 썩 서늘하지는 않았다. 그러나 선풍기를 돌리고 창문을 모두 열자 좀 나아졌다. 담당 보이가 나가자 헬레나가 말했다. "실망하지 않아요, 여보. 아름다워요."

"에어컨이 된 방을 얻으려고 생각했었는데."

"그런 데서 자는 건 사실 끔찍해요. 납골당에 있는 것 같거든요. 이곳이 좋을 거예요."

"다른 호텔 두 군데를 물색해 볼 수도 있었는데. 헌데 그 사람들이 나를 알고 있거든."

"그 사람들은 우리가 지금 여기 있는 것도 알걸요. 우리 이름이 뭐죠?"

"로버트 해리스 부처."

"훌륭한 이름이에요. 그 이름에 맞추어서 살아가도록 애써야겠어요. 먼저 목욕하시겠어요?"

"아니. 당신이 먼저 해."

"좋아요. 하지만 난 진짜 목욕을 할 거예요."

"하라구. 원하면 욕조 속에서 잠들어도 좋아."

"그럴지도 모르죠. 제가 하루 종일 잠잔 건 아니죠?"

"당신은 멋있었어. 다소 재미없는 여행길도 있었지만."

"나쁘진 않았어요. 아름다운 데가 많았어요. 하지만 뉴 올리언즈는 상상했던 거와는 딴판이어요. 이처럼 단조롭고 멋없는 데라는 걸 당신은 이미 알고 계셨죠? 무얼 생각했던가는 생각이 안나는군요. 마르세이유 생각을 했나봐요. 그리고 강을 볼 것 같은 생각도 했죠."

"여긴 그저 들러서 먹고 마시는 데야. 다만 이 구역은 밤이면 그렇게 나쁘게 보이진 않아. 어느 정도는 괜찮다구."

"그걸 보도록 하죠. 그런 다음 아침이면 출발할 텐데요. 뭐."

"그렇게 되면 한끼 밖에 먹을 시간이 없는데."

"괜찮아요. 추운 계절에 와요. 그땐 정말로 많이 먹을 수 있을 테니까요." 그녀가 말했다. "이건 우리가 겪은 최초의 실망인걸요. 그러니 우리 기분이 꺾이게 하진 말아요. 오랫동안 목욕을 하고 뭘 좀 마시고 우리가 감당할 수 있는 것보다 두 배 정도 비싼 음식으로 먹도록 해요. 그리고 잠자리에 들어서 멋진 사랑을 하도록 해요."

"영화 속의 뉴 올리언즈는 꺼져 버려라." 로저가 말했다. "우리는 침대 속에서 뉴 올리언즈를 즐긴다."

"식사부터 먼저 해요. 화이트 록과 얼음을 주문하지 않았나요?"

"했지. 당신도 마시고 싶은가?"

"아뇨. 난 당신 염려를 했을 뿐이에요."

"곧 올 거야." 로저가 말했다. 문에서 노크 소리가 났다. "도착했어. 당신은 욕조에서 목욕을 시작해."

"여긴 아주 훌륭해요." 그녀가 욕실에서 말했다. "내 코만 물 밖으로 나오겠어요. 아마 젖꼭지도 나오겠죠. 발가락두요. 차갑게 물이 흘러내리도록 그냥 놔둘까 해요."

담당 보이가 얼음통과 병에 든 물 그리고 신문을 갖고 왔다. 그는 팁을 받고 나갔다.

로저는 한 잔 마시고 드러누워서 신문을 읽었다. 피곤이 엄습해서 침대에 누워 베개 두 개를 접어 목 밑에 고인 다음 석간과 조간 신문을 읽으니 기분이 좋았다. 스페인에서의 사정은 별로 좋지 않았다. 그러나 아직 구체적 윤곽이 잡히는 것도 아니었다. 그는 세 개의 신문에서 모든 스페인 뉴스를 세밀히 읽었다. 그런 다음 여타의 해외 소식을 읽고 국내 소식도 훑어 봤다.

"당신 괜찮으세요?" 헬레나가 욕실에서 크게 말했다.

"아주 좋아."

"옷을 벗으셨어요?"

"응."

"뭐 걸친 건 없어요?"

"없지."

"피부가 갈색으로 많이 탔죠?"

"아직도 그래."

"오늘 아침 수영한 데 있죠. 거긴 내가 여지껏 본 중에서 가장 아름다운 해변이었다는 걸 아세요?"

"모래가 어떻게 그렇게 희고 가루같이 고울까 궁금할 지경이

더군."

"당신 아주 몹시 탔어요?"

"왜?"

"난 방금 당신에 대해 생각하고 있었거든요."

"찬물에 있으면 햇볕에 탄 데는 좋을 것 같군."

"물 속에서도 난 갈색인데요. 당신이 좋아할 거예요."

"난 그걸 좋아하지."

"당신은 계속 읽으세요." 그녀가 말했다. "지금 읽고 계시죠?"

"응"

"스페인은 괜찮아요?"

"아니."

"안됐군요. 아주 나빠요?"

"아니, 아직은 안 그래. 정말."

"로저?"

"응."

"절 사랑하세요?"

"그럼, 내 딸아."

"이야기 그만하시고 이제 신문 보세요. 전 여기 물 속에서 그걸 생각할게요."

로저는 도로 누웠다. 그리고 아래쪽 거리에서 들려오는 시끄러운 소리에 귀를 기울였다가 신문을 읽고 한 잔 마셨다. 지금이 하루 중에는 가장 좋은 시간이었다. 그가 파리에 살았을 때는 항상 카페로 갔던 바로 그 시간이었다. 거기서 그는 석간 신문을 읽고 반주도 한 잔 했었다. 이 도시는 파리와 같은 점은 전혀 없었고 오르레앙 같지도 않았다. 오르레앙도 역시 대단한 도시는 아니었다. 그러나 그곳에서는 아주 유쾌했었다. 아마 이

곳보다는 살기가 훨씬 더 나은 도시이리라. 하지만 그는 이 도시의 주변에 대해서는 별로 아는 게 없었다. 그 점에 대해서 그는 아둔하다는 것을 알고 있었다.

그는 항상 뉴 올리언즈를 좋아해 왔지만 사실은 도시 자체에 대해 별로 아는 것이 없었다. 그러나 매우 많은 것을 기대하는 사람에게는 이곳은 실망이었다. 그리고 확실히 계절적으로도 지금 이곳이 매력을 줄 만한 처지는 아니었다.

그가 이곳을 제대로 찾아온 가장 좋았던 때는 앤디와 함께 왔던 어느 해 겨울이었다. 그리고 또 다른 한 번은 데이비드와 함께 차를 몰고 통과했던 때였다. 앤디와 함께 북으로 가던 그 때 처음부터 그들이 뉴 올리언즈를 통과한 것은 아니었다. 시간을 벌기 위해서 그들은 이곳을 우회하여 북으로 갔다. 그리고 폰차트레인 호수의 북쪽으로 차를 몰아서 해몬드를 통과하여 베이튼 루즈로 갔다. 당시에는 새 도로가 개설중이어서 우회를 수없이 많이 했었다. 그런 다음 그들은 북으로부터 몰려 내려오는 눈보라의 남쪽 가장자리에 있는 미시시피주를 관통해서 북으로 올라갔었다. 그들이 뉴 올리언즈와 맞닥뜨린 것은 다시 남으로 내려오던 도중이었다. 하지만 날씨는 여전히 추워서 그들은 먹고 마시며 기막힌 시간을 즐겼다. 습기와 숨막힘 대신에 추위가 찾아와서 도시 전체가 쾌활했고 도시 전체가 정신이 번쩍 드는 것 같았다. 앤디는 골동품상을 모두 뒤져서 크리스마스 용돈으로 칼을 하나 샀다. 그는 차의 시트 뒤에 있는 물건 넣는 칸에 그 칼을 넣어서 왔다. 그리고 밤이면 잠자리에다 그걸 두고 잤다.

그가 데이비드를 데리고 여길 찾아 왔을 때도 겨울이었다. 그들은 애써 찾아낸 관광객용이 아닌 식당에 그들의 본부를 차렸다. 그의 기억으로는 본부를 지하실에 차린 것 같았다. 거기엔 티크나무로 된 식탁과 의자 등등이 있었다. 그들은 벤치에 앉았다. 어쩌면 꼭 그렇지는 않았을는지도 몰랐다. 혹시 꿈 속에서였던 것 같기도 했고 그곳 이름이나 위치도 기억나지는 않았다. 다만 생각나는 것은 그곳이 안트완느 가게의 건너편 방향이었고 동쪽에서 서쪽으로 가는 길 옆이었지. 북쪽에서 남으로 가는 길은 아니라는 사실이었다. 그와 데이비드는 거기에서 이틀을 묵었다. 혹시 그곳을 다른 장소와 혼동하고 있는지도 모르지만, 리옹에도 그런 곳이 있었고 빠르끄 몽소 근처에 그와 비슷한 또 다른 곳이 있었는데 여러 차례 꿈속에서는 혼동이 되었다. 그건 젊었을 때 술이 취하면 생기는 어떤 장소가 지워지지 않고 남아 있게 된다. 그러다가 얼마 지나면 그곳을 찾을 길도 없어지고 기억 속에서만 다른 어느 곳보다 더 훌륭한 인상으로 자리한다.

"나가요." 그녀가 말했다.

"얼마나 서늘한지 만져 봐요." 그녀가 침대 위에서 말했다. "얼마나 서늘한지 아래로 쭉 내려가며 만져 봐요. 아니 피하지 마세요. 난 당신이 좋아요."

"아니, 나도 샤워를 해야겠어."

"원하신다면요. 하지만 난 당신이 안 하는 게 더 좋아요. 저런 양파를 칵테일에 넣을 때 당신은 그걸 씻으세요? 베르무트 포도주도 씻지 않죠, 그렇죠?"

"난 술잔과 얼음을 씻거든."

"그건 달라요. 당신은 술잔도 얼음도 아니거든요. 로저, 제발 다시 그걸 해요. 다시란 말은 멋진 단어죠?"

"다시 그리고 다시." 그가 말했다.

그는 부드럽게 그녀의 갈비뼈 아래에 있는 좌골에서부터 발달한 사랑스런 굴곡과 두 젖가슴에 솟아 있는 사과와 같은 곡선을 쓰다듬었다.

"좋은 곡선이에요?"

그는 그녀의 두 젖가슴에다 입 맞추었다. "너무 차가울 땐 조심해야 돼요. 아주 조심스레 친절하게 해주세요. 당신은 그게 아프다는 걸 아세요? "

"응." 그가 말했다. "아프다는 걸 알아."

그러자 그녀가 말했다. "저쪽 편 남는 쪽이 질투해요."

조금 있다가 그녀가 말했다. "조물주가 나에게 두 젖가슴을 갖지 않도록 계획했나 봐요. 그래서 당신은 한쪽으로만 입맞추시거든요. 조물주가 모든 걸 너무 멀리 떨어지게 만들어 놨나봐요."

그의 손이 다른 쪽 젖가슴을 보듬었다. 손가락으로 가볍게 눌러서 거의 닿을까 말까 했다. 그러고 그의 입술이 사랑스럽고 서늘한 모든 부분을 찾아다니다가 그녀의 입술을 만났다. 두 입술이 마주치자 그들은 가볍게 문질렀다. 입술을 이쪽 옆에서 저쪽으로 부드럽게 비비면서도 사랑스런 입술의 가장자리를 벗어난 적은 없었다. 마침내 그가 그녀에게 깊이 입맞추었다.

"아, 사랑하는 당신." 그녀가 말했다. "아, 제발, 여보. 당신은 나의 가장 사랑스럽고 친절한 연인이에요. 아, 제발, 제발, 제발, 사랑하는 당신." 오랜 시간이 흐른 다음 그녀가 말했다. "당신 목욕도 못하시게 하고, 나만 생각했다면 죄송해요. 하지만 목욕을 하고 나니까, 그만 이기적이 되었어요."

"당신은 이기적이 아니었어."

"로저, 당신은 아직도 날 사랑하세요?"

"응, 내 딸아."

"나중엔 당신 감정이 바뀔까요?"

"아니." 그는 거짓말을 했다.

"난 결코 안 변해요. 나중에 난 더 좋게 느낄 거예요. 당신에게 이런 건 말하면 안 되지만요."

"내게 말해."

"아뇨. 난 당신께 너무 많이 말하진 않겠어요. 하지만 우린 정말 사랑스런 시간을 갖고 있는 거죠, 안 그래요?"

"그럼." 그는 정말 진심으로 말했다.

"우린 목욕하고 나서 밖으로 나가요."

"이번엔 내가 해야겠군."

"우린 어쩜 내일까지 머물러야겠네요. 미장원에 가서 손톱과 발톱을 다듬고 머리도 해야겠어요. 혼자서도 할 수 있지만 당신은 그걸 정식으로 잘 해두는 걸 좋아 하실 거예요. 그렇게 해서 늦잠까지도 자고 난 다음 나머지 반나절을 시내에서 지낼 수 있을 거예요. 그리고 다음날 아침에 떠나요."

"그거 괜찮겠는데."

"이제 저도 뉴 올리언즈가 좋아졌어요. 당신은요?"

"뉴 올리언즈는 멋있는 데야. 우리가 전에 여기 왔었을 때보다는 많이 변했는걸."

"제가 욕실에 들어갔다가 올게요. 잠시면 돼요. 그 다음 당신이 목욕하세요."

"난 그저 샤워면 돼."

그런 다음 그들은 엘리베이터를 타고 내려갔다. 흑인 아가씨들이 엘리베이터를 움직였는데 모두 예뻤다. 엘리베이터는 위층에서 내려오는 사람들로 꽉 차서 그들은 쉬지 않고 빨리 내려갔다. 엘리베이터를 타고 내려오자니까, 그는 방 속에 있을 때보다 더 공허감을 느꼈다. 헬레나는 실내가 꽉 차게 되자 그에게 바싹 밀착하여 기대었다.

"물고기가 날개를 달고 물에서 뛰쳐나오거나 엘리베이터가 그냥 뚝 떨어져도 당신은 정장으로 갈아입고 다니는 게 좋겠어. 지금은 너무 육감적이야." 그가 그녀에게 말했다.

"난 아직도 감각이 좋아요." 그녀가 말했다. "정장으로 갈아입을 조건이 기껏 그것뿐이세요?"

문이 열리자 그들은 구식으로 장식된 대리석 로비를 가로질러 걸어갔다. 그 시간의 그곳은 다른 사람들을 기다리는 사람과 정찬에 갈려고 기다리는 사람, 그리고 그저 무료하게 기다리고 있는 사람들로 붐볐다. 로저가 말했다. "먼저 앞장서 걸어가 보라구, 그래서 내가 당신을 보게."

"어디로 걸어가요?"

"에어컨된 바아의 문 쪽으로 똑바로 가지."

그는 바아의 문에서 그녀를 붙들었다.

"당신은 아름다워. 걸음걸이도 멋져. 내가 여기 서서 당신을 지금 최초로 보았다면 당장 사랑에 빠졌을 거야."

"당신이 이 호텔방을 통과하는 걸 내가 보았더라도 난 당신과 사랑에 빠졌을 거예요."

"내가 처음으로 당신을 보았더라면 내 속에 있는 모든 게 발칵 뒤집혔을 거야. 그리고 곧장 내 가슴을 통하여 그 아픔이 왔을 거야."

"그게 바로 내내 나에게 느껴지는 감정이에요."

"내내 그런 식으로 느낄 순 없을 거야."

"어쩜 내내는 아닐는지 모르죠. 하지만 전 참으로 많은 시간을 그런 식으로 느껴요."

"내 딸아. 뉴 올리언즈는 좋은 곳이지?"

"우리가 여길 온 건 다행이죠?"

무척 높은 천정과 보기좋게 짙은 색깔의 나무로 장식을 댄 바아의 내부는 아주 추운 느낌이 들었다. 헬레나는 테이블의 로저 옆에 앉아서 말했다. "이걸 보세요." 그리고 갈색의 팔에 돋은 자그마한 소름을 그에게 보여 주었다. "당신도 이런 걸 내게 만들

어 주거든요." 그녀가 말했다. "하지만 이번은 에어컨 탓이에
요."

"정말 춥군. 기분이 최고야."

"뭘 마셔야 되죠?"

"취하게 마실까?"

"약간 취하도록 해요."

"그럼 난 압생트주를 마시겠어."

"나도 그렇게 할까요?"

"그걸로 한번 해봐. 전에 먹어본 적이 없어?"

"없어요. 당신과 마시려고 기회를 아껴두고 있었죠."

"이야기를 지어내진 말아."

"지어낸 게 아녜요. 정말 난 그랬어요."

"내 딸아, 너무 많은 걸 꾸며대진 마."

"꾸민 게 아녜요. 전 젊은 여자의 입장이란 것도 아껴두지 않
았어요. 그게 당신을 짜증나게 할까봐서였죠. 그밖에도 전 오랫
동안 당신을 포기했더랬어요. 하지만 압생트 만큼은 아껴 두었어
요, 진정코. "

"진짜 압생트가 있소?" 로저가 웨이터에게 물었다.

"있을 것 같아 보이지 않아요." 웨이터가 말했다. "하지만 괜찮
은 게 있는데요."

"진짜 꾸베 퐁딸리에 육십팔 도 짜리요? 타라고바는 아니
고?"

"물론이죠, 선생님." 웨이터가 말했다. "병째 갖다드릴 순 없군
요. 그건 보통의 뻬르노 술병에 들어있을 것 같아요."

"난 그걸 식별해낼 수 있소." 로저가 말했다.

"선생님의 실력을 믿습니다." 웨이터가 말했다. "프라쁘(살짝
얼린 과즙: 역주)나 드립(커피 메이커로 뽑은 거피: 역주)도 한

잔 곁들일까요?"

"스트레이트 드립(희석하지 않은 드립: 역주)으로 주시오. 드립을 뽑는 소서는 있나요?"

"당연하죠, 선생님."

"설탕은 넣지 말아요."

"부인도 설탕을 넣지 않을 건가요, 선생님?"

"안 넣었어요. 그냥 마시게 해봅시다."

"아주 좋습니다, 선생님."

웨이터가 가버린 후 로저는 헬레나의 손을 테이블 아래로 잡았다. "어때, 내 귀여운 것. 이건 참 멋지군. 우린 여기에 왔으며 오래된 좋은 독주도 곧 오게 되어 있어. 그리고 우린 어디 멋진 장소에서 식사도 할 것이고."

"그리곤 자러 가죠."

"당신은 잠자리가 그렇게 좋은가?"

"전엔 결코 그렇지 않았어요. 하지만 지금은 그래요."

"전엔 왜 그렇지 않았을까?"

"그건 얘기하지 말아요."

"그래, 안 할게."

"당신과 사랑에 빠졌던 사람에 대해서 나도 일체 묻지 않아요. 우린 런던에 대해서도 얘기할 필요가 없잖아요, 그렇죠?"

"그래. 우린 당신과 당신의 아름다움에 대해서만 얘기하는 거야. 당신은 자신이 망아지처럼 걷는다는 걸 알고 있어?"

"로저, 말해줘요. 내가 정말 그렇게 걷는지, 그리고 당신은 즐거운지요?"

"당신은 그렇게 걷지. 그래서 내 마음이 아파."

"난 그저 어깨를 뒤로 제치고 머리는 똑바로 세운 채 걷는 것뿐인데요. 내가 알아둬야 할 좋지 못한 티가 있다는 건 알아요.”

“당신이 걷는 모습에 잘못된 건 전혀 없어, 내 딸아. 당신은 너무 아름다워서, 그저 보고 있는 것만으로도 즐거워.”

“한없이 그러진 말아요.”

“낮에만.” 그가 말했다. “이봐, 내 딸아. 압생트주에 대해 알아둬야 할건 아주 천천히 마셔야 한다는 거야. 물과 섞어 놓으면 독한 맛은 나지 않을 거야. 하지만 이 술이 독하다는 건 믿어야 돼.”

“믿습니다. 로저 신경(信經)을.”

“캐롤라인 부인이 바꾼 것처럼 이 믿음을 바꾸면 안돼.”

“결코 이유 없이 이 믿음을 바꾸진 않겠어요. 하지만 당신도 결코 그 남자 같진 않겠죠.”

“나도 그런 인간이 되고 싶진 않아.”

“당신은 그렇지 않아요. 누군가가 내게 애써 말하길 당신이 대학에 있었다고 하더군요. 듣기 좋은 말인 줄은 알았지만 난 몹시 화를 내고 그 영문학 교수에게 큰 소동을 부렸어요. 내게 당신 작품을 읽으라고 했어요. 글쎄. 물론 다른 사람들에게도 그걸 읽으라곤 했죠. 나도 그걸 다 읽고 싶긴 해요. 많지는 않죠, 로저. 더 많이 써야겠다고 생각진 않으세요?”

“우리가 서부로 나가기만 하면 이제 작품에 착수할 거야.”

“그렇다면 내일 여기 머물러서는 안될는지도 모르겠군요. 당신이 작품 쓰실 때가 나에겐 가장 행복한 순간이 될 거예요.”

“지금보다 더 행복할까?”

“네.” 그녀가 말했다. “지금보다 더 행복하죠.”

“그래, 난 열심히 매달리겠어. 곧 보게 될 거야.”

“로저, 제가 당신에게 나쁜 존재인 것 같아요? 저 때문에 당신이 술을 더 마신다거나 보통보다 더 사랑을 해야 한다거나 그러진 않으세요?"

"아냐, 내 딸아."

"그 말씀이 사실이라면 전 참 기뻐요. 저는 당신에게 잘하고
싶거든요. 전 못나고 바보같은 짓인 줄 알면서도 낮이면 혼자서
이야기를 꾸며요. 그리고 지어낸 이야기들 중의 하나에선 익사
직전이기도 하고, 때로는 열차 앞에서, 때로는 비행기에서, 또 때
로는 산에서이기도 해요. 웃고 싶으시면 웃어도 좋아요. 이런 줄
거리도 있어요. 당신이 모든 여자들에게 넌더리를 내고 실망한
순간 제가 당신의 인생에 뛰어들어요. 당신은 저를 무척 사랑하
죠. 저는 당신을 무척 잘 돌봐 드려서 마침내 당신은 훌륭한 창
작 생활의 새로운 전기를 마련하게 되어요. 그건 멋진 이야기죠?
오늘 차 안에서 또 다시 그 이야기를 짓고 있었어요."

"그건 내가 영화에서 봤던가, 어디 다른 데서 읽은 것임에 틀
림없는데."

"아, 알아요. 저도 역시 그걸 영화에서 봤어요. 그리고 역시
그걸 읽었던 것도 틀림없구요. 하지만 당신은 그런 일이 일어나
리라고 생각지 않으세요? 제가 당신에게 큰 도움이 되리라고 생
각진 않으세요? 시시한 이야기나 아이를 제공해드리는 방법 말
고 당신에게 정말 잘 해드려서 이제껏보다 당신이 훨씬 글도 잘
쓰고 동시에 행복해질 수도 있는 그런 것 말예요."

"영화에서도 그렇게 하던걸. 왜 우리라고 그런 걸 못하겠
어?"

압생트주가 나왔다. 글라스 꼭대기 위에 얹혀 있는 소서에는
부순 얼음이 담겨 있었는데 로저가 작은 주전자에서 끼얹어 놓
은 물이 거기로부터 말갛고 노란 액 속으로 똑똑 떨어져서 색깔
을 오팔 같은 젖빛으로 바꾸어 놓고 있었다.

"이걸 마셔 봐." 그 액이 바로 구름 빛깔로 변했을 때 로저가

말했다.

"이건 참 신기해요." 아가씨가 말했다. "뱃속에선 따뜻하군요. 꼭 약 같은 맛이 나요."

"이건 약이지. 아주 진한 약이야."

"전 아직 약이 꼭 필요하지 않거든요." 아가씨가 말했다. "하지만 이건 굉장히 좋군요. 언제 우린 취할까요?"

"거의 아무 때나. 난 석 잔을 마실까 해. 당신은 당신 원하는 대로 마셔. 하지만 천천히 마시라구."

"내가 어떻게 되는지 봐야겠어요. 이 술이 약 같다는 것 말고는 아무 것도 모르거든요. 로저?"

"응, 내 딸아."

그는 연금술사의 화로에서 나오는 듯한 열기가 명치 끝에 오르는 것을 느끼고 있었다.

"로저. 아까 말한 지어낸 이야기 줄거리처럼 제가 당신에게 큰 도움이 될 거라고 생각하진 않으세요?"

"우린 서로에게, 또 서로를 위해 큰 도움이 될 수 있을 거야. 하지만 어떤 이야기를 바탕으로 하는 건 좋지 않아. 이야기를 꾸미는 일은 나쁘다는 게 내 지론이야."

"하지만 아시다시피 그건 제 방식인걸요. 전 이야기 만드는 덴 일류거든요. 낭만적이라는 것두 알아요. 하지만 그게 내 방식이에요. 제가 실제적이라면 전 비미니에 오지도 않았을걸요."

난 모르겠어, 로저는 혼자 생각했다. 만약 그게 당신이 하고 싶어했던 거라면 그건 오히려 아주 실제적인 것이었다. 당신은 그 일에 대해서는 이야기를 꾸민 것도 아니지. 실제대로 다 한 거니까. 그러자 그의 의식의 다른 면이 생각하기 시작했다. 넌 악당인 네 자신을 도망시키고 있는 거야, 만약 이 압생트주가 네 속의 악한을 그렇게 재빨리 끌어가기만 한다면 말이야. 그러나 그는 그녀에게 이렇게 말했을 따름이었다. "모르겠어, 내 딸아. 이야기를 꾸며내는 일이란 위험하다고 생각해. 처음에는 무해한 어떤 것, 나 같은 사람에 대한 이야기 같은 걸 꾸밀 수도 있을 거야. 그런 다음엔 갖가지 종류의 다른 이야기들이 나올 수 있지. 그땐 나쁜 것들도 나올는지 모르고."

"당신이 아주 무해한 건 아니에요."

"아, 난 해가 없지. 적어도 그 이야기들 속에선 그렇겠지. 나를 구한다는 건 어쨌든 무해한 내용이니까. 하지만 처음엔 당신이 나를 구하겠지. 그런 다음에는 당신은 세상을 구하는지 몰라. 또 그런 다음에는 당신 자신을 구하는 일을 시작할는지도 모르고."

"전 세상을 구할 거예요. 전 항상 그럴 수 있기를 바랐어요. 그런 이야기를 지어낸다는 건 아주 거창한 일이죠. 하지만 전 당신을 먼저 구하고 싶어요."

"이거 질겁하겠는걸." 로저가 말했다.

그는 압생트주를 조금 더 마셨다. 기분은 좀 나아졌으나 걱정이 되었다.

"당신은 항상 그런 이야기들을 지어 왔어?"

"기억이 나는 때부터는 쭉 그랬죠. 당신에 대해선 십이 년 동안이나 이야기들을 꾸며 봤어요. 모든 걸 다 당신에게 이야기하진 않았죠. 수백 가지나 되는걸요."

"이야기를 꾸미기만 하고 왜 쓰진 않아?"

"쓰기도 하죠. 하지만 이야기를 꾸미는 것만큼 재미있진 않아요. 그리고 쓴다는 건 훨씬 어렵구요. 막상 써 놓고 보면 좋지 않아요. 제가 꾸며보는 이야기들이야 훌륭하죠."

"하지만 당신이 쓰는 이야기들의 여주인공은 항상 당신인가?"

"아뇨. 그렇게 간단하진 않아요."

"자, 이제 그것에 대해선 신경쓰지 말자구." 그는 압생트주를 또 한 모금 홀짝해서 혀 밑으로 굴렸다.

"전 그런 문제에 대해선 전혀 신경쓰지 않았어요." 아가씨가 말했다. "제가 항상 바라는 건 당신이었어요. 그래서 이제 당신과 함께 있잖아요. 지금은 당신이 위대한 작가가 되길 바래요."

"식사 때문이긴 했지만, 우린 멈추지 않았던 것이 더 좋았겠는걸." 그가 말했다. 그는 아직도 몹시 신경이 쓰였다. 그래서 압생트주의 열기가 이제는 머리까지 올라갔으나 그렇게 올라와 있다는 게 믿어지지 않았다. 그는 혼잣말을 했다. 네 생각엔 무슨 일이든 결과를 초래하지 않는 일이 있으리라고 보는가? 세상에 어떤 여자가 글쎄 성능 좋은 중고 뷰익 승용차만큼이라도 든든하겠어? 지금껏 살아오는 동안에 든든한 여자라고는 단지 둘만을 넌 알고 있지. 넌 그 둘을 다 잃었지만 이 아가씨가 그 다음에는 무엇을 바라겠어? 그러자 그의 머리의 다른 쪽 편이 말했다. 악당만세. 압생트주가 오늘밤 너의 속마음을 아주 일찌감치 세상에 알리누나.

그래서 그가 말했다. "내 딸아, 이제부터 우린 서로에게 착하게 굴고 서로를 사랑하자구." (비록 압생트주가 이 단어들의 발음을 어렵게 했지만 그는 말을 다 했다.) "그리고 여길 나가서 우리의 목적지에 도착하자마자 능력껏 열심히 그리고 훌륭하게 작업에 착수할 거야."

"그건 멋있어요." 그녀가 말했다. "그리고 당신은 내가 여러 이야기를 꾸몄다고 말한 걸 언짢게 여기진 않죠?"

"않지." 그는 거짓말을 말했다. "그것들은 매우 훌륭한 이야기들이야." 그 말은 진실이었다.

"한 잔 더 마셔도 될까요?" 그녀가 말했다.

"좋지." 사실은 술을 마시지 않았더라면 더 좋았을걸 하는 생각이 이제 그에게 들었다. 비록 압생트는 이 세상의 어느 술보다도 그가 가장 좋아하는 것이긴 했지만. 그에게 일어난 일 중에서 거의 모든 최악의 것들은 그가 압생트주를 마시고 있을 때 일어났었다. 그것이 그의 결점이었다. 그는 그녀가 그렇게 알고 있는 것 중에서 어떤 것은 말할 수도 있었다. 그러나 그는 자제했다. 일이 꼬이지 않게 하기 위해서였다.

"하지 말았어야 될 말들을 제가 한 건 아니겠죠, 그렇죠?"

"안 했어, 내 딸. 당신을 위하여 건배."

"우리를 위하여 건배."

두 번째 압생트주는 항상 첫 번째보다 맛이 좋다. 왜냐하면 혀에 있는 맛봉오리가 술에 있는 쓴 쑥맛에 마비가 된다. 그래서 단맛이 없더라도 덜 쓰게 되고 혀의 어떤 부분은 이 쓴맛을 더욱 즐기게 되기 때문이다.

"혀라는 건 참 신기하고 멋있군요. 하지만 이때껏 술맛이라고 생각한 게 있다면 우리를 오해의 가장자리로 데려가는 것이구만요." 아가씨가 말했다.

"나도 알아." 그가 말했다. "우리도 오해를 통해서 서로 밀착해 있어야지."

"제가 야심적이라고 생각했었나요?"

"이야기 꾸미는 건 괜찮아."

"아뇨, 당신에겐 괜찮지 않은가 봐요. 전 지금만큼 당신을 사랑할 수가 없었거든요. 언제 뒤집어질는지도 몰랐구요."

"난 흔들리지 않아." 그는 거짓말을 했다. "그리고 앞으로도 흔들리지 않을 거야." 그가 단호히 말했다. "다른 얘기를 하자구."

"우리가 거길 가게 되면 멋있을 거예요. 그리고 당신은 작업을 계속할 수 있구요."

그녀가 좀 둔감하다고 그는 생각했다. 아니 어쩌면 상황이 그런 식으로 영향을 주었나? 그러나 그는 말했다. "멋있을 거야. 하지만 싫증을 내지 않겠지?"

"물론 안 내죠."

"난 일할 땐 엄청나게 열심히 일하지."

"저도 역시 일할 거예요."

"그건 재미있겠는걸." 그가 말했다. "시인 부라우닝 부부 같잖아. 난 그 연극은 보지 못했지만."

"로저, 제 말을 농담으로 삼아야겠어요?"

"모르겠어." 자, 정신차려, 그는 혼잣말을 했다. 지금이 자제할 때야. 자, 조심해야지.

"난 모든 걸 다 농담으로 삼아. 그리고 내가 글을 쓰고 있을 때 당신은 일을 하는 데 훨씬 더 좋을 것도 같고."

"언젠가 저의 글을 읽어 주시겠어요?"

"그러고 말고."

"정말이죠?"

"물론이지. 정말 기꺼이 읽어 보겠어. 정말이야."

"이 술을 마시더니 당신은 무엇이든 다 할 수 있는 것처럼 느끼시는군요." 아가씨가 말했다. "이걸 전에 마시지 않았던 게 제겐 퍽 다행스러워요. 글 쓰는 얘길 꺼내면 귀찮아하시겠죠, 로저?"

"아냐, 젠장."

"왜 '젠장'이라고 말했어요?"

"나도 모르겠어." 그가 말했다. "글 쓰는 얘길 하자구. 정말이야, 농담이 아냐. 글 쓰는 게 어때?"

"지금 당신은 저를 바보 같은 기분이 들게 했어요. 저를 동등한 입장이나 글 쓰는 동반자로 취급할 필요는 물론 없어요. 전 그저 당신이 좋으시다면 이야기를 나누고 싶을 뿐예요."

"글 쓰는 이야길 하자니까, 그게 어때?"

아가씨는 울기 시작했다. 똑바로 앉아서 자세도 흐트리지 않고 그를 응시하면서. 그녀는 흐느끼지도 않았고 고개를 옆으로 돌리지도 않았다. 그녀는 그저 그를 바라만 보았다. 눈물이 뺨을 타고 흘러내렸다. 그녀의 입은 점점 부풀어올랐으나 비뚤어지거나 벌어지지는 않았다.

"제발, 내 딸아." 그가 말했다. "제발. 우리 이야길 하자. 아니면 다른 거라도. 내가 잘해줄게."

그녀가 입술을 깨물더니 말했다. "그렇지 않다고 부인은 했지만 전 아마 글 쓰는 동반자 취급을 받고 싶었나 봐요."

그건 우리가 바라는 꿈의 일부일 거야. 그런데 제기랄 그런 꿈은 안 된단 말이냐? 로저는 생각했다. 이 악당아. 넌 무엇 때문에 그녀의 감정을 상하게 해야 하느냐? 그녀가 마음 아파하기 전에 지금이라도 빨리 그녀에게 잘 대해줘.

"아시겠지만 전 당신을 잠자리 속에서도 저와 똑같다고 여기지는 않아요. 하지만 머리 속에서는 같은 의식이고 싶어요. 그리고 우리 둘에게 공통으로 흥미있는 화제들을 얘기하고 싶어요."

"우리 그러자." 그가 말했다. "우린 지금 그렇게 할 거야. 브랫첸, 내 딸아. 글 쓰는 게 어때, 내 귀여운 것아?"

"제가 말씀드리고 싶었던 건 말이죠, 이걸 마시니까 제가 글을 쓰려고 했던 때의 감정과 똑같은 감정이 느껴진다는 것이었어요. 무엇이든지 다 쓸 수 있다는 느낌과 훌륭하게 쓸 수 있다는 느낌 말예요. 그래서 써봐야 그저 단조로운 내용뿐이죠. 보다 진실하게 쓰려고 하면 할수록 점점 더 단조롭게 되어 버려요. 그리고 진실하지 않을 땐 무의미하죠."

"키스해 줘요."

"여기?"

"네."

그는 테이블 위로 몸을 기울여 그녀에게 입을 맞추었다. "당신이 울 때 참 아름다웠어."

"눈물을 흘려서 미안해요." 그녀가 말했다. "우리가 글 쓰는 얘기 나누어도 정말 성가시지 않죠? 그렇죠?"

"물론 괜찮아."

"아시겠지만 그건 제가 기대했었던 부분들 중의 하나였어요."

그래, 그랬으리라고 나도 짐작한다, 그는 생각했다. 그렇지. 왜 그래선 안 된단 말인가? 그리고 우린 그렇게 할 거야. 아마 나도 그걸 좋아하게 될걸.

"글을 쓴다는 게 어땠어?" 그가 말했다. "그 외에도 글이 잘될 것 같다가 재미없는 결과가 되었을 땐 어떤 느낌이야?"

"당신이 글을 쓰기 시작했을 땐 그렇지 않았어요?"

"안 그랬어. 내가 시작했을 땐 마치 내가 무엇이든지 다 할 수 있다는 그런 기분이었지. 그리고 작품을 쓰고 있는 동안에는 내가 온 세상을 다 창조하고 있는 것처럼 느끼려고 했지. 그리고 그걸 읽게 되었을 땐 이 작품은 훌륭해서 내가 이걸 쓸 수가 없었을 텐데 라고 생각하곤 했지. 난 이걸 다른 어디에선가 읽었음에 틀림없어. 아마도 세터데이 이브닝 포스트 같은데서 말야, 이런 식이었지."

"낙담한 적은 없었어요?"

"시작할 땐 그런 감정이 없었어. 이 세상에 나온 것 중 가장 위대한 소설을 쓰고 있다고 생각했거든. 그리고 그저 사람들이 이걸 충분히 이해할 만한 의식을 갖추지 못한 걸로 여겼지."

"정말 그토록 자만심에 차 있었어요?"

"어쩌면 그보다도 더 심했지. 내가 자만심에 차 있다는 생각조차도 안 했으니깐. 난 그저 자신감에 차 있었어."

"제가 읽은 것들이 당신의 최초의 작품들이었다면, 당신은 자만심을 가질 권리가 충분히 있었어요."

"그 작품들이 아니었어." 그가 말했다. "최초로 쓴 자신 있던 작품들은 모두 분실했지. 당신이 읽은 것들은 내가 전혀 자신이 없었던 때 쓴 거야."

"어떻게 그걸 잃어버렸어요, 로저?"

"그건 끔찍한 이야기야. 언젠가 이야기해 줄께."

"지금 그 얘기해 주시면 안돼요?"

"하고 싶지가 않아. 그런 일은 다른 사람들에게도 일어났던 거야. 물론 나보다 더 훌륭한 작가들에게도 일어났었거든. 그래서 마치 그게 꾸며낸 것처럼 들릴 수도 있어. 그런 일이 일어나는 데에 별다른 이유가 있을 리가 없지. 그런데 그런 일이 여러 차례 자주 세상에 일어났지. 그리고 악당처럼 아직도 상처를 주고 있어. 아니, 꼭 그런 건 아냐. 이젠 상처에 흉터만 남았어. 큼직한 흉터야."

"제발 그 얘기 좀 해 주세요. 만약 그게 흉터에 불과하고 딱지는 아니라면 상처는 내지 않을 거예요, 그렇죠?"

"안내겠지, 내 딸아. 글쎄, 그 당시 나는 무척 정리벽이 강했지. 그래서 손으로 쓴 원본 원고는 하나의 마분지 표지철에 묶어 두고 타자 친 원고는 다른 표지철에 묶고 먹지로 복사된 건 또 다른 표지철에 묶는 식으로 정리를 했어. 지금 생각해도 이게 뭐 지나치게 실없는 정리벽이었던 것 같지는 않아. 다른 사람은 달리 어떻게 하는지 모르겠지만. 아이구 지겨워, 이놈의 이야기."

"아녜요, 이야기해 줘요."

"글쎄 나는 당시 로잔느 국제회의를 취재하고 있었거든. 휴가가 가까워 오는 때였어. 그러자 앤드루의 엄마가, 사실 그녀는 사랑스런 아가씨였고 미모에다 상냥했으며—"

"난 그녀를 결코 질투한 적이 없어요."그녀가 말했다. "데이비드와 톰의 엄마는 질투했었지만요."

"당신은 두 사람 어느 쪽도 질투해선 안돼. 그 사람들은 다 훌륭했어."

"데이비드와 톰의 엄마를 과거엔 질투했어요."헬레나가 말했다. "지금은 안 해요."

"그건 당신의 인격이 참 훌륭한 거야."로저가 말했다. "그녀에게 전보라도 쳐야 될까봐."

"그 이야기나 계속 하세요, 제발. 그리고 장난은 말아요."

"좋아. 앞서 말한 앤디의 엄마가 내 물건을 갖고 찾아오기로 작정을 했나 봐. 그걸 나에게 갖다 주면 휴가를 함께 지내는 동안에도 내가 작업을 할 수 있으리라고 생각했던 모양이지. 그녀는 기습적으로 그걸 나에게 가져오려고 했어. 원고에 대해선 편지에도 전혀 쓰지 않았거든. 그러니 로잔느에서 그녀를 만났을 때도 난 그것에 대해 아무 것도 몰랐지. 그녀는 하루 늦게 왔는데 그 점에 대해선 전보를 이미 쳤었지. 그녀를 만났을 때 난 그녀가 울고 있다는 사실밖에는 아는 게 없었어. 그녀는 울고 또 울었지. 그래서 내가 무슨 일이냐고 물으려고 하자 너무 끔찍해서 말을 못하겠다는 거야. 그런 다음 또 울기 시작했지. 그녀는 가슴이 찢어지듯이 소리쳐 울더군. 이 이야기를 내가 해야만 되나?"

"제발 말해 주세요."

"그날 아침 내내 그녀는 내게 말을 꺼내지 않으려고 하더군. 난 최악의 사태가 일어났을 가능성을 상상했지. 그래서 그런 일이 일어났느냐고 물어봤지. 하지만 그녀는 고개만 저었어. 내가 상상한 최악의 사태란 그녀가 나를 트롱뻬르(배신: 역주)했거나 다른 누군가와 사랑에 빠졌으리라는 거지. 내가. 그걸 물어보자 그녀 말이 '아이구, 어떻게 그런 말을 할 수가 있어요' 하고는 좀더 울더군. 그러자 난 안심이 되었지. 마침내 그녀가 말문을 열었어.

"그녀는 모든 원고철을 트렁크에 싸넣어 가지고 집을 떠난 모양이야. 파리-로잔느-밀라노 특급 열차가 리옹역(파리에 있는 역 이름: 역주)에 도착했을 때 그녀는 자기 백과 함께 그 트렁크를 일등 객차 칸에 얹어 두고 대합실로 갔다는구만. 런던 발행 신문과 에비앙 생수를 사려고 했대. 리옹역에는 그 외에 신문, 잡지, 생수, 작은 병에 담은 꼬냑, 그리고 햄을 끼운 샌드위치를 종이에 싼 것 등등을 파는 손수레도 있고 베개와 담요를 빌려주는 열차 같은 것도 있잖아? 하지만 그녀가 신문과 에비앙 생수를 사들고 자기 칸으로 돌아와 보니 트렁크가 사라져 버렸더라는 거야.

"거기서 그녀는 할 수 있는 조치는 다 취해 본 모양이야. 프랑스 경찰이 어떻다는 건 잘 알잖아. 그녀가 해야만 되었던 첫번째 일은 우선 신분증을 제시하고 자신이 국제 사기꾼이 아니며 환각 증세로 병원신세를 지지도 않았다는 것부터 증명해야 되었다는군. 그리고 그녀가 확실히 트렁크를 소지하고 있었다는 것과 그 서류는 정치적으로 중요하다는 것도 확인해야 했고, 그 외에도 부인, 확실히 복사본이 있을 것 아닌가요 라며 따지더라는 거야. 그런 일을 하느라고 하룻밤이 꼬박 지나갔고 다음날 형사가 와서 트렁크를 찾는다며 아파트를 뒤졌다는군. 그래서 내 권총을 발견하더니 내가 뻬르미 드 샤스(총기 소지 면허: 역주)를 갖고 있는지를 알아야겠다고 추궁하더라는구만. 경찰은 그녀를 로잔느로 계속 여행하게끔 허락할까 말까 하는 의심까지도 했던 것 같아. 형사가 열차까지 뒤쫓아오더니 출발 직전에는 좌석칸에 나타나서 '부인 신원은 확실하던데 이젠 짐들도 이상 없죠? 다른 잃은 물건은 없죠? 또 다른 중요 서류가 분실된 건 없죠?' 이러더라는 거야.

"그래서 내가 말했지. '하지만 큰일난 건 아니지 뭐. 당신이 원본과 타이프 친 것과 먹지로 복사한 걸 다 들고 나왔을 리는 없고.'

" '하지만 전 다 들고 나온걸요.'라고 그녀가 말하더군. '로저, 전 그랬단 말이에요.'이래. 그건 역시 사실이었어. 내가 파리로 가서 보니 그게 사실이라는 게 판명되었어. 지금도 기억나지만 난 계단을 올라가서 아파트 문을 열었지. 자물쇠를 딴 다음 미닫이문의 놋쇠 손잡이를 잡고 문을 연 다음 도로 닫았었지. 부엌에서는 오드자블(표백 살균제: 역주) 냄새가 났고 창문을 통해 날아들어온 먼지는 식당의 식탁 위에 묻어 있었어. 원고를 넣어 두었던 식당의 찬장으로 내가 가 봤지. 원고는 몽땅 없어졌더군. 그게 거기 있으리라고 나는 확신하고 있었어. 마닐라 산의 마분지로 된 서류철이 거기 있을 것만 같았어. 왜냐하면 내 머리 속에는 그 모양이 선명히 남아 있었으니까. 하지만 거기엔 아무것도 없었어. 마분지 상자에 넣어 둔 종이 클립이나 연필이나 지우개나 물고기 모양을 한 연필깎이도 없었어. 왼쪽 상단 모서리에 회신용 주소가 찍힌 봉투도 안보였고 원고를 발송해 주도록 동봉하는 국제 우편환도 없어졌어. 그건 페르시아 옻칠이 된 작은 상자 속에 넣어 두었었고 그 상자의 안쪽에는 춘화가 그려져 있었지. 그 모든 것들이 트렁크 속에 채워져 있었다는 거야. 심지어 붉은색 봉랍도 없어졌더군. 그걸 난 봉투나 소포를 봉하는데 사용했었는데. 난 거기 서서 페르시아 상자 속의 춘화나 물끄러미 쳐다봤지. 그리고 기이하게 과장된 신체의 각 부위가 춘화의 특징을 나타낸다는 걸 확인했지. 이런 생각을 한 것도 지금 생각나는군. 난 참 춘화 영화나 그림이나 글을 싫어해서 페르시아에 갔다온 친구가 이 상자를 선물했을 때도 그의 기분을 생각해서 그림이 있는 내부를 한번 슬쩍 보는 척 하고는, 그 후 우편환이나 우표를 넣어두는 편리한 함으로나 썼고 그 속은 다시 들여다보지도 않았다는 그런 생각 말이야. 원본을 묶은 철과 타이프 원고를 묶은 철 그리고 먹지 복사를 묶은 철 어느 것하나도 거기에 없는 것을 실제로 확인하는 순간 나는 숨이 콱 막히더구만. 난 옆방으로 갔지. 거긴 침실이었어. 침대에 드러누워서는 다리 사이에 베개를 끼우고 두 팔로는 다른 베개를 껴안았어. 그리고 아주 조용히 거기 누워 있었지. 전에는 다리 사이에 베개를 낀 적이 결코 없었어. 베개를 두 팔로 껴안고 누운 적도 결코 없었고. 하지만 이제 난 그것들이 몹시 필요하게 되었어. 내가 썼던 모든 것과 내가 커다란 자신감을 가졌던 그 모든 것이 순식간에 사라졌다는 걸 나는 구체적으로 알게 된 거야. 그 작품들은 내가 퇴고에 퇴고를 거듭하여 다시 썼던 거야. 그래서 내가 바라던 그대로 만들어 냈던 거야. 이젠 그 작품들을 다시 쓸 수도 없다는 걸 나는 알았어. 왜냐하면 난 일단 한번 써 놓고 나면 그걸 깡그리 잊어 버리거든. 그래서 매번 다시 읽을 때마다 난 그 작품들이 내 작품인지 의심스럽고 어떻게 내가 그것들을 썼는지 조차도 궁금할 지경이라구.

"그래서 난 거기 꼼짝도 않고 누워 있었지. 베개를 벗 삼아서. 그리고 절망에 빠졌어. 그 이전엔 한번도 절망에 빠진 적이 없었거든. 진정한 절망 말이야. 그 이후에도 그런 절망에 빠진 적은 없었고. 나는 이마를 침대 커버로 쓰고 있는 페르시아 숄에 댄 채 누워 있었어. 침대도 그저 매트리스에 불과한 걸 쓰고 있어서 스프링들이 그냥 마루바닥에 붙어있었지. 침대 커버 역시 먼지가 자욱했고. 나는 그 먼지 냄새를 맡으며 절망에 가득 차서 거기 누워 있었어. 베개만을 내 유일한 위안으로 삼고 말이야."

"없어진 작품들은 어떤 것이었어요?" 아가씨가 물었다.

"열두 편의 단편과 소설 하나, 그리고 시가 여럿이었어."

"가련한, 가련한 로저."

"아냐. 난 그렇게 가련하지는 않았어. 왜냐하면 나의 내부에는 더 많은 것이 있었거든. 작품으로 썼던 것들을 말하는 게 아냐. 쓸 것들이었지. 하지만 형편은 사실 말이 아니었어. 그 원고들이 없어졌다는 걸 난 믿을 수가 없더군. 모든 걸 다 잃은 건 아니었지만."

"그래서 어떻게 했어요?"

"무슨 뚜렷이 실제적인 것이야 없었지. 난 거기 한참 동안이나 누워 있었어."

"울었어요?"

"아니. 내 내부는 집안의 먼지처럼 완전히 메말라 버렸는걸. 당신은 절망에 빠진 적이 없어?"

"물론 있죠. 런던에서였어요. 하지만 전 울 수 있었죠."

"미안해, 내 딸아. 그 얘길 끄집어. 내게 해서. 내 얘기만 생각하느라고 그걸 잊었어. 아주 미안해."

"어떻게 했느냐니깐요?"

"글쎄. 난 일어나서 계단을 내려가 관리인 아주머니에게 말을 걸었지. 그녀는 나에게 부인이 어떻게 됐느냐고 묻더군. 경찰이 아파트에 왔다갔고 그녀에게도 질문은 했었으니까 걱정스런 얼굴이었어. 하지만 여전히 친절은 했어. 그녀는 잃어버린 트렁크를 찾았는지 물어 보더군. 내가 아니라고 말하자 이건 참 불운이며 큰 불행이라고 위로했어. 그리고 모든 내 작품이 그 속에 있었다는 게 사실이냐고 물었어. 난 그렇다고 했지. 그녀는 도대체 어떻게 복사본도 없느냐구요? 라고 묻더군. 복사 원고도 다 거기 들어있었다고 내가 말해 주었지. 그러자 그녀가 매 사 알로르(하지만 그게 뭐냐)라고 말하더군. 왜 복사가 원본과 함께 잃어버리게끔 되었느냐? 하는 거였지. 아내가 실수로 그걸 함께 챙겨 넣었어요 라고 내가 말했어. 그건 정말 큰 불행이었군요, 라는 건 그녀의 말이었구. 치명적인 실수라더군. 하지만 뭇슈께서는 그 내용들을 틀림없이 잘 기억하고 계시겠죠, 뭐. 라고 하길래 내가 아니라고 했지. 하지만 뭇슈는 그걸 꼭 기억해내야만 할거예요. 일 포 르 수비엔느 라쁠레(기억해 내야만 되겠어요) 내가 위 라고 하면서 매 스 네 빠 쁘시블. 즈 느 망 수비앙 쁠 뤼(하지만 그건 불가능해요. 난 더 이상 기억을 못하겠어요)라고 덧붙였지. 매 일 포 페르 엉 에포르(하지만 노력을 해 봐야죠)라고 그녀가 말하더군. 즈 르 프레(그렇게 해 보겠어요)라고 내가 말했어. 하지만 그건 쓸모없어요. 매 께스끄 뭇슈 바 페르?(그럼 어쩔 셈인가요?) 그녀가 물었어. 뭇슈는 여기서 삼 년간이나 일해 왔어요. 난 뭇슈가 모퉁이에 있는 카페에서 글 쓰는 걸 보아 왔어요. 난 뭇슈가 부엌 식탁에서 일에 몰두하는 걸 쭉 봤죠. 물건들을 갖고 가끔 내가 올라갔을 때 말예요. 즈 새끄 뭇슈 트라바유 꼼므 엉 수르. 께쓰끄 일 포 페르 맹뜨낭?(뭇슈가 미친 듯 일하는 걸 나는 알아요. 이제 어떡할 셈이세요?) 일 포 르꼬망세(다시 시작해야지요)라고 내가 말했지. 그러자 그 관리인 아주머니는 소리내어 울기 시작했어. 나는 한 팔로 그녀를 감싸 안아 줬지. 그녀에게서는 겨드랑 땀 냄새와 먼지 냄새 그리고 오래된 검은 옷에서 나는 냄새가 풍기더군. 그녀의 머리칼에서도 역한 냄새가 났는데 머리를 내 가슴에 파묻고 울더군. 시(詩) 작품들도 있었어요? 그녀가 물었어. 그렇다고 했지. 이 무슨 불행이람,

그녀의 말이었어. 하지만 당신은 시쯤이야 확실히 기억해낼 수 있을 거예요. 나의 대답은 즈 따슈래 드 라 페르(그걸 하도록 노력해 보죠)였고 그렇게 하셔요는 그녀의 말이었어. 그걸 오늘밤에 해치워 버려요.

"그러지요, 내가 그녀에게 말했어. 아, 뭇슈. 그녀가 말하더군. 부인은 아름답고 사랑스러워요. 뚜스 르 낄리야 드 장띨(굉장히 친절도 하구요). 하지만 참으로 중대한 실수였어요. 저와 마르끄(포도 찌꺼기로 만든 브랜드: 역주) 한 잔 하시겠어요? 물론이오. 내가 그녀에게 말했지. 코를 훌쩍이며 그녀는 내 가슴을 떠나 술병과 작은 잔 두 개를 찾아내 오더군. 새 작품을 위하여. 그녀가 말했어. 새 작품을 위하여. 내가 말했지. 뭇슈께선 아카데미 프랑세즈(프랑스 학술원: 역주)의 회원이 될 거예요, 아뇨. 내가 말했지. 아카데미 아메리칸느이지요. 그녀의 말이었어. 럼주를 더 좋아하세요? 럼도 좀 있는데요. 아뇨. 나의 말. 마르끄가 대단히 좋소. 좋아요. 그녀의 말. 한 잔만 더요, 자. 그녀가 말하더군. 나가셔서 혼자 드세요. 아파트 청소를 하러 마르셀르가 오지 않을 듯하고 우리 남편은 이 더러운 특석을 차지하러 곧 들어올 것 같아요. 제가 위층에 올라가서 오늘밤 주무시게 잘 치워 드릴게요. 아침 식사는 나갔다 올 때 뭘 좀 사다 줄까요? 아주머니에게 부탁하는 게 좋을까요? 내가 그녀에게 물었어. 물론이죠. 그녀가 말하더군. 식대도 십 프랑만 내세요. 거스름돈은 나중에 드릴 테니까요. 저녁 식사도 차려드리고 싶지만 오늘밤은 나가서 드셔야겠어요. 비록 그게 더 비싸겠지만. 알레 봐르 대자미 에 망제 껠끄 바르(가서 친구도 만나고 어딘가로 먹으러도 가세요). 남편만 아니라면 당신과 함께 나갈 텐데요.

"같이 가요. 카페 데자마뙤르에서 지금 한 잔 합시다. 내가 말했지. 진한 그록(물을 탄 럼주로 독주에 속함: 역주)으로 한 잔

하자구요. 안돼요. 전 이 새장을 남편 올 때까진 못떠나요. 그녀
가 말했지. 데빈느 뜨와 멩뜨낭(어서 나가요). 열쇠는 두고 가세
요. 돌아와 보시면 모두 잘 정돈되어 있을 거라구요.

"그녀는 훌륭한 여자였어. 그래서 나는 이미 회복된 기분이었
어. 왜냐하면 해야 할 일은 오직 한 가지뿐이었거든. 하지만 그
걸 해낼 수 있을까 없을까 하는 건 모르겠더군. 단편 가운데 몇
가지는 권투에 관한 것이었고 또 몇 가지는 야구 이야기 그리고
나머지는 경마에 대한 것이었지. 그 이야기들은 내가 가장 잘
알고, 가장 근접했었던 내용이었어. 그리고 다른 몇 편은 일차대
전에 관한 것이었고. 그 작품들을 쓰며 나는 그 상황에 따른 모
든 감정들을 실제로 적나라하게 되풀이해서 느꼈고 그걸 작품
속에 투영했던 거지. 그리고 내가 표현할 수 있는 모든 부수적
지식도 집어넣었고. 나는 퇴고하고 또 퇴고하여 마침내 그 모든
것이 작품 속에서 살아나게 했는데, 그 모든 작품은 나에게서 사
라져 버린 거야. 난 아주 젊은 나이 때부터 신문사에서 근무해
왔기 때문에 일단 어떤 걸 써 놓고 나면 깡그리 다 잊어 먹거
든. 매일 글을 쓰는 일로 기억을 깨끗이 지워 버리는 것이 마치
스폰지나 젖은 걸레로 칠판을 깨끗이 지워 버리는 것과 같잖아.
난 여전히 그 나쁜 버릇을 지속하고 있었고 이젠 그 버릇이 거
꾸로 날 완전히 사로잡아 버렸어.

"하지만 이제 그 관리인 아주머니와 그녀의 체취와 또 그녀의
실제성 및 결단력 등이 나의 절망감을 꿰뚫어 버렸어. 마치 못
이 깊이 푹 박혔을 때 그러하듯이 말이야. 그래서 이번 일에 대
처하여 난 무언가를 해야만 되겠다고 생각하게 되었지. 실제적인
그 어떤 걸 말이야. 비록 잃어버린 그 작품들에 대해서는 어떤
도움이 되지 못할지라도 나에게는 도움이 될 그 무언가를 하자
는 그런 결단이었어. 이어 난 그 장편 소설이 사라진 데 대해서

는 오히려 기쁜 마음이 절반쯤 생기더군. 왜냐하면 좀더 나은 장편을 쓸 수 있겠다는 신념을 발견했기 때문이야. 그건 마치 바다 바람의 풍향에 따라 폭풍우가 대양에서 걷히고 나면 물 위로 저 멀리까지 사물이 한층 뚜렷하게 보이는 거나 마찬가지였어. 그러나 난 단편 소설들은 정말 잃어 버린 거야. 그것들은 내 집과 내 직업과 한 자루의 총과 소액의 저축과 아내를 얽어매는 연결 고리 같은 것이었는데 말이야. 내 시들도 마찬가지였구. 하지만 절망감은 사라지더군. 이제는 큰 손실 뒤에 찾아오는 상실감만 남게 되었어. 상실감도 역시 나쁜 감정이긴 해."

"저도 상실감에 대해선 좀 알아요." 아가씨가 말했다.

"가련한 내 딸." 그가 말했다. "상실감은 나쁜 거야. 하지만 그게 사람을 죽이지는 않아. 그러나 절망감은 순식간에 사람을 죽일는지도 몰라."

"진짜로 죽인다는 말인가요?"

"내 생각은 그래." 그가 말했다.

"한 잔 더 해도 될까요?" 그녀가 물어봤다. "그리고 그 나머지 얘기도 해주시겠어요? 이런 걸 전 항상 궁금하게 여겨 왔거든요."

"한 잔씩은 더 해도 괜찮겠어." 로저가 말했다. "그리고 싫증나지 않는다면 나머지 얘기도 해줄게."

"로저, 싫증나느냐는 말 같은 건 하지 마세요."

"난, 제기랄, 때때로 나 자신도 싫증나게 하거든." 그가 말했다.

"그러니 당신을 싫증나게 하더라도 그게 정상이야."

"어서 드신 다음 지나간 얘길 해주세요."

작가 소개

어네스트 헤밍웨이는 1899년, 미국 일리노이주 오크 파크에서 태어났다. 그의 문필 경력은 1917년, 캔자스 시티 스타지에 그가 기자로 입사함으로써 시작되었다. 제1차 세계대전 기간 동안에 그는 이탈리아 전선에 구급차 운전병으로 자원 입대하였다. 그러나 보병부대에서 의무대원으로 근무 중 중상을 입고 후송되어 치료를 받은 다음 상이병으로 제대하였다.

1921년, 헤밍웨이는 파리에 정착했는데 그곳에서 거트루드 스타인, 스콧트 피츠제랄드, 에즈라 파운드 및 포드 매독스 포드 등과 같이 미국인 본국 이탈자 서클의 일원이 되었다. 그의 첫 작품집 "세 편의 단편과 열 편의 시"(Three Stories and Ten Poems)는 1923년에 파리에서 출간되었다. 이어서 단편 선집 "우리 세대에"(In Our Time)가 1925년에 나와서 그는 미국에서도 데뷔하게 되었다. 헤밍웨이는 '잃어버린 세대'의 목소리를 대변하게 되었을 뿐 아니라 그 시대 전체의 탁월한 대표 작가 역할도 하게 되었다. 1927년에 "여자 없는 세계"(Men without Women)이 출간되자 헤밍웨이는 미국으로 돌아왔다. 그리고 이탈리아 전선이 배경인 장편 "무기여 잘 있거라"(A Farewell to Arms)가 나온 것은 1929년이었다.

1930년대가 되자 헤밍웨이는 처음 키이 웨스트에 정착했다가 후에 쿠바로 옮겼다. 그러나 한군데에 머물지만 않고 그는 광범위한 여행길에 올라서 스페인, 플로리다, 이탈리아 및 아프리카를 돌아다녔다. 이때 그의 경험을 묶어서 펴낸 것이 투우에 관한 고전적 연구서라고 할 수 있는 "하오의 죽음"(Death in The Afternoon)(1932년)과 아프리카에서의 대수렵 여행을 그린 "아프리카의 푸른 언덕"(Green Hills of Africa)(1935년) 등이었다. 얼마 후 그는 스페인 내전을 취재하였다. 이때의 내용은 그의 훌륭한 전쟁 소설 "누구를 위하여 종은 울리나"(For Whom The Bell Tolls)(1939년)의 배경이 되었다. 이후 그는 카리브해에서 독일 잠수함에 대한 초계 활동도 했고 제2차 세계대전 동안에는 유럽 전선을 취재하였다. 헤밍웨이의 가장 인기있는 작품인 "노인과 바다"(The Old Man and the Sea)는 1953년에 퓰리처상을 수상했다. 그리고 1954년에는 '서술기법에 있어서 강력한 힘을 가지고 있으면서 문체 구성의 완벽성'을 보여준 공로로 노벨 문학상을 획득하였다. 미국의 단편 및 장편 소설의 발전에 있어서 중요한 영향을 끼친 그의 업적으로 헤밍웨이는 20세기 작가들 중 어느 누구와도 견줄 수 없는 대중적 인기를 얻었다. 그는 1961년, 아이다호주의 켓첨에서 자살하였다. 그의 다른 작품들을 열거해 보면 "봄의 분류"(The Torrents of Spring)(1926), "승자에게는 아무것도 주지 마라"(Winner Take Nothing)(1933), "부자와 빈자"(To Have and Have Not)(1937), "제5열 및 최초의 49단편집"(The fifth Column and the First Forty-nine Stories)(1938), "강 건너 숲 속으로"(Across the River and into the Trees)(1950) 및 유고집으로 나온 "움직이는 축제일"(A Moveable Feast)(1964), "떠도는 섬들"(Islands in the Stream)(1970), "위험한 여름"(The Dangerous Summer)(1985) 그리고 "에덴 동산"(The Garden of Eden)(1986) 등이 있다.

역 자 후 기

"헤밍웨이 열기(Hemingwayian Fever)"라는 말로 표현되는
작가 헤밍웨이에 대한 인기는 그가 1961년 자살에 가까운 의문
의 죽음을 한 이래 4반세기가 더 지난 지금까지도 여전하다. 그
의 단골 출판사였던 Chrles Scribner's Sons의 사주인 Charles
Scribner 2세가 최근 밝힌 바로도 헤밍웨이의 작품은 스콧트 피
츠제랄드와 함께 아직도 베스트셀러 수위 그룹에 들어가며 가장
많이 논평을 받는 작가군에도 포함된다고 한다.

이러한 대중적 인기 외에 학문적 연구 영역에서도 사정은 비
슷하다. 미국의 여러 계간 문학평론지에서도 그의 이름과 작품은
계속 주목의 대상이 되고 있으며, 주요 대학에서의 학위 논문도
매년 많이 나오고 있다. 1971년에는 Hemingway Society가 결
성되어서 Hemingway Review가 일년에 두 번씩 나오고, "국제
헤밍웨이 대회"도 장소를 옮겨가며 매년 열리고 있다.

헤밍웨이에 관한 자료는 뉴욕에 있는 케네디 센터에 가장 많
이 소장되어 있는 것으로 되어 있으나 일차적 자료와 유고에 관
한 한 가족과 Scribner's사의 소관일 것임은 물론이다. 그의 사
후에 나온 유고작으로는 "움직이는 축제일"(1964), "떠도는 섬
들"(1970), "에덴 동산"(1986)이 있는데 단편 소설이 나오기는
이번이 처음이다.

헤밍웨이가 인기를 모으기 시작한 것은 "무기여 잘 있거라"를
시발로 하여 주로 장편에서 이루어졌다. 그러나 그의 문학성이
응집되어 있는 작품 세계는 역시 단편 쪽이라는 것이 많은 평자

들의 의견이다. 압축된 주제, 절제된 표현, 간결한 문체의 진면목은 그의 단편에서 진수를 맛볼 수 있다는 말이다. 그러므로 이번에 Scribner's사에서 발굴하고 다시 정리하여 빛을 보게 된 일곱 편의 단편은 헤밍웨이 문학 세계의 이해라는 점에서 새로운 흥분과 기대감을 갖게 해주었다고 보아도 지나치지는 않은 듯하다.

여기 게재된 각 단편의 서두에는 집필 연도 및 정리 과정이 짧게 개관되어 있다. 이 부분을 음미하면 작가의 문학적 변모 과정 중에서 각 단편이 어느 시기를 보충하고 어떤 연결 고리의 역할을 하는지를 파악하는 단서가 될 수도 있겠다. "기차 여행"과 "침대차의 사환"은 그의 초기 단편에서 자주 보는 通過 義式의 범주에서 이해를 시도하여도 좋을 듯하다. 소년 시절이란 몰랐던 세상일에 대한 인식의 기간이다. 소년은 보통 통과 의식의 세 가지 과정을 겪으면서 성인으로 성숙한다. 원시 제례에서 보는 그 과정은 출발, 성인 의식, 귀환의 세 단계로 되어 있는데 헤밍웨이의 유명한 단편 "인디언 캠프"가 좋은 예이다. 그런데 여기 나오는 두 작품에서도 상황 설정이 비슷하다. 어느 날 새벽 갑자기 "지미"소년은 자족스러웠던 고향을 등지고 미지의 세계로 출발한다. 왜 고향을 떠나느냐는 설명이 있다면 그건 오히려 군더더기일 뿐이다. 그가 차창을 내다보며 파악하는 새로운 풍경들도 모두 성인 의식의 한 과정일 수가 있다. 그러나 그 극치는 역시 소년이 피의 의미에 직접적인 대면을 하는 순간이며, 흑인들의 기상천외한 대화와 巨人의 경지에 이른 면도칼 사용 비법을 목격하는 순간에 일어난다. 마지막 귀환 단계가 불분명한 듯하지만 소년의 확신에 찬 의식의 확보 단계에서는 같은 기차 여행의 연속이라도 떠날 때와는 분위기가 다르다. 귀환 열차와 같은 따뜻함이 있다고 하겠다.

"십자로의 특수 공작대"와 "인물이 있는 풍경화"는 전쟁을 배경으로 하고 있는 작품인데 헤밍웨이 특유의 nada(허무주의)가 깔려 있는 세계이다. 무참한 살육전이 전개되는 과정에서도 주인공은 승리의 쾌감이나 전리품에 대한 욕심을 갖고 있지 않다. 그렇다고 전쟁 자체를 부정하거나 회의하는 반전론자도 아니다. 그저 대의명분이 간단 명료하기만 하면 무자비한 학살도 기계적 정확성을 갖고 감행한다. 그러면서도 그는 또 다른 의미에서 생의 궁극적 허무감을 가슴으로 느끼며 살고 있다. 그에게 있어서의 전쟁이란 허무와의 승산 없는 싸움이라는 이중의 국면을 갖고 있는지도 모른다.

"기억해내는 것도 많으셔요"와 "본국에서 온 큰 소식"은 성장기 소년의 복합 감정과 악의 투영이라는 주제가 가미된 짧은 간주곡으로 이해가 되면 좋을 것 같다.

"낯선 지방"은 헤밍웨이 자신이 겪은 초기 습작품들의 분실 사건을 담고 있어서 자전적이다. 작품의 전개 순서는 유고작의 속성이랄까, 거두절미된 감이 없지 않아서 난해한 부분도 있으나, 방황하는 작가의 자조적 내면 성찰 측면에서는 "킬리만자로의 눈"에 나오는 "헤리"의 독백도 연상되는 등 내면 독백 기법을 번뜩이는 기지로 실험하고 있다. 그러나 "딸"이라고 부르는 아가씨와의 전도된 사랑의 감정이나 "에덴 동산"에서 본 바 있는 동성애적 사랑의 추이 등은 헤밍웨이가 파헤치고 싶었던 또 하나의 지평이었을는지는 모르나 끝없는 도전을 하기에는 인간에게 주어진 절대 시간이 너무 야박했는지도 모르겠다.

헤밍웨이의 문장은 수많은 속어와 비어의 사용에 따르는 어려움은 말할 것도 없거니와 너무 많은 것이 절제되어 있어서 오히려 까다롭다. 헤밍웨이는 "빙산이론"이라는 것을 그의 문체론의 근간으로 삼았다. 즉 빙산이 물위에 떠 있는 부분은 전체의 칠

분의 일밖에 되지 않듯이 작가의 목소리도 그 정도의 분량에서 전체를 이야기해야 된다는 것이다. 그것은 곧 설명의 배제와 비약을 전제하게 되며 이때 느끼는 작가와의 동질적 일체감과 교통의식은 신선하고도 충격적인 체험이 된다. 그러나 이것을 번역하여 옮길 때는 설명적인 군더더기가 붙지 않을 수 없어서 곤혹을 느낀다. "문체가 곧 의미"라는 작가의 신념과 노력에 본의 아닌 누를 끼쳤음을 여기에 밝힌다.

1988년 3월
김 유 조

● 역자 ●

김유조　경북대학교 영어영문학과 졸업
　　　　동 대학원 문학석사
　　　　건국대학교 대학원 문학박사
　　　　미시간 주립대학교 객원교수
　　　　호손학회, 벨로우 말라머드학회, 한국번역학회 이사
　　　　한국헤밍웨이학회 회장, 명예회장(현)
　　　　신한국영어영문학회 부회장(현)
　　　　건국대학교 문과대학 학장(현)

　　　　저 · 역서
　　　　『Ernest Hemingway 작품 연구』, 『무기여 잘 있거라』,
　　　　『누구를 위하여 종은 울리나』, 『헤밍웨이 미공개 단편선』,
　　　　『클라라의 반지』, 『미국 문학사』, 『어네스트 헤밍웨이』, 『스타인백』

　　　　편저
　　　　『A History of English Literature』,
　　　　『The Literature of the U.S.A with a Brief Note』, 『영미 단편의 이해』

　　　　논문
　　　　『Ernest Hemingway 미공개 단편의 위상』 외 다수

헤밍웨이 미공개 단편선

● 발행일　2002년 2월 28일
● 2 쇄　2003년 8월 28일
● 옮긴이　김유조
● 펴낸이　채종준
● 펴낸곳　한국학술정보(주)
　　　　　경기도 파주시 교하읍 문발리 파주출판문화정보산업단지 538-2
　　　　　전화 031) 908-3181(대표) · 팩스 031) 908-3189
　　　　　홈페이지 http://www.kstudy.com
　　　　　e-mail (e-Book 사업부) ebook@ kstudy.com
● 등 록　제일산-115호.(2000. 6. 19)
● 가 격　12,000원

ISBN　89-534-0719-2　93840 (Paper Book)
　　　　89-534-0720-6　98840 (e-Book)